稀見筆記叢刊

藏山稿外編

（清）徐芳 著

馬晴 點校

文物出版社

圖書在版編目（CIP）數據

藏山稿外編／（清）徐芳著；馬晴點校．—北京：文物出版社，2022.4

ISBN 978－7－5010－7128－9

Ⅰ．①藏…　Ⅱ．①徐…　②馬…　Ⅲ．①志怪小說—小說集—中國—清代　Ⅳ．①I242.1

中國版本圖書館CIP數據核字（2022）第031749號

藏山稿外編　［清］徐芳　著　馬晴　點校

責任編輯：劉永海
封面設計：程星濤
責任印製：张道奇
出版發行：文物出版社
地址：北京市東城區東直門内北小街2號樓　郵編：100007
網站：http://www.wenwu.com
印　　刷：宝蕾元仁浩（天津）印刷有限公司
經　　銷：新華書店
開　　本：880mm×1230mm　1/32
印　　張：16
版　　次：2022年4月第1版
2022年4月第1次印刷
書　　號：ISBN 978－7－5010－7128－9
定　　價：80.00圓

出版説明

徐芳（一六一八～一六七一），字仲光，號愚山子、東海生，明代建昌府南城（今江西南城）人。明崇禎十二年（一六三九）舉人，十三年進士，同年有方以智、周亮工、湯來賀等人。徐芳爲人耿介，有濟世救民之志。乾隆《建昌府志》稱徐芳剛中進士即敢於言政，無所顧忌，『時朝政日非，言路擁塞。芳出左掖門，與同年吴晉錫握手欷歔，慷慨談時事』。徐芳出任澤州知州，未一年以母憂歸。順治二年（一六四五）唐王朱聿鍵在福州稱帝，改元隆武，徐芳起驗封司，擢文選郎。因得罪奸臣，改爲翰林編修，以病乞假歸。後與兄徐英攜家人入山隱居，爲生活所迫曾憑堪輿外出謀生。分巡道莫可期以遺逸薦，起翰林院左春坊，不就。同治《南城縣誌》卷八『名儒』中將徐芳列爲『國朝』第一人，稱其『生有異骨，警敏絶倫，淹通典籍。文章舒徐條達，有吐納百川之勢。爲人慷直廉介，不墮流俗……生平於書無不讀，於諸先儒同異，具能晰其源流，而獨宗良知學』。

徐芳一生勤於著述，方以智在《懸榻編》序中稱『愚者向曾訪旦旦軒，見其所編勒，已屢帙連榻矣』。江山改易後，徐芳拒仕新朝，隱居山林，惟以讀書和寫作度日，『予踈放已久，人不甚以俗事相責。山空徑僻，剥啄不到。時於此中，倚徙傲岸，有所感觸，以詩歌雜文寄之。或時就架抽書一卷，隨意覽涉，不必竟册』。徐芳著作頗多，有文集《藏山稿》，小説集《藏山稿外編》，詩集單行。從書名上看，《藏山稿外編》應是《藏山稿》的續編、補充，苗蕃刊刻《懸榻編》時《藏山稿外編》已完成一部分，南京圖書館藏《藏山稿外編》與《懸榻編》有部分篇目重合。徐芳在《懸榻編》刊刻後并未止筆，《藏山稿外編》中一些篇目記録的時間透漏徐芳去世前仍在寫作，《震雷續記》一文載『予庚戌三月過章門』。《嗜鰲紀報》有『庚戌中秋日記於廣陵舟次』，時爲康熙九年（一六七〇），據徐芳去世僅三個月。

《藏山稿外編》應未梓刻，儘以抄本方式流傳。南京圖書館藏抄本《藏山稿外編》二十四册，不分卷。第一册首頁題『南城徐芳仲光著　邗上鄭俠如士介閲』，『士介』是鄭俠如的字，號休囤，江蘇江都人，祖籍安徽歙縣。明崇禎十二年（一六三九）貢生，授工部司務。入清後歸里，築詩酒自娱。著有《休園集》《休園詩餘》一卷。據康熙九年秋徐芳爲鄭俠如《休園詩餘》所作序可知，二人係同年。結合《藏山稿外編》記録的時間推測，南京圖書館藏《藏山稿外編》應是徐芳於去世前在揚州遊歷時，贈與鄭俠如或鄭俠如據徐芳稿本抄寫。

徐芳生長在一個佛教氛圍較濃的家庭，父親徐德耀奉佛謹嚴，主張不殺生、素食。徐芳受佛教影響較深，在《四十八願期場序》中稱『幼時泛覽佛書』，相信因果報應、主張放生、食素。《藏山稿外編》所言大抵積德行善、蔭庇後人，而不孝、偷竊、殺生等行爲，則會遭到鬼神懲罰，具有一定警世意義。又多言科舉事，認爲中式與否皆有定數，非人力可左右。該書記載有關徐芳生平、交遊資訊以及明清之際易代事跡，具有一定史料價值。

南京圖書館藏抄本《藏山稿外編》書根處有墨筆題册次，整理即遵按此順序編排。在整理過程中，異體字統一改作正體字，如『䧺』改作『雄』『髩』改作『鬢』，『凾』改作『函』。

感謝福建師範大學歐陽健教授對本書整理校點的指導。由於整理者水平有限，訛誤定當不少，懇請讀者予以批評指正。

南京圖書館　馬晴

目録

卷六

卷七

卷十一……一八七

卷十二……二〇七

卷十八……三三一

卷十九……三五一

卷二十……三七五

卷二十三……四五一

卷一

許翁還金記

靈寶許氏，中州大族也，其先許翁家貧，偕媪結草舍通衢，織屨飯過客爲業。一日群商至，時方盛暑，解鞍盤薄，飯罷，各驟去。翁過視客所，得遺橐，發之，可千餘金，皆封識。翁謂媪曰：『誰家兒疏莽至此，雖然，吾寠人不可享非所有，必俟之，且客致千金良苦。』居久之，無過而問者。翁與媪坎地瘞橐，蒙糞土其上，堅待不去。

後十餘年，有客至，彷徨顧視若有念者，飯罷忽大哭。翁問故。曰：『前十年于此失千金，以是恚不還里，今復十年矣，感時觸緒故悲耳。』翁曰：『有是哉？强宿我家，杯酒解愠。』客遂止。是夜，翁掘地出千金橐奉客，客大駭。翁曰：『子故物也，待子於此十年矣。』解橐視金，封識宛然，客感涕曰：『世安得有是人？雖然必酬翁半。』翁笑曰：『吾不取千而取百乎？』卒不受。客感激無以報，以數十金於各招提禮懺告天彰翁德。

是後數月，有道者過翁曰：『此去數百步崗頭有吉壤，葬之纍世顯貴，吾重翁德，故相告。』因拉翁詣穴所，指示之。未幾，媪卒，翁遂葬焉。翁後亦窆其地。後數年，翁之子生孫曰進，讀書登第，官至吏部尚書，謚襄毅。公生六子，長曰詔，舉鄉試。次曰誥，南京户部尚書。曰讚，少傅、吏部尚書、武英殿大學士。曰詩，工部郎中。曰詞，郡太守。曰論，兵部尚書。

論者謂國朝宦業之盛無如許氏云。嘻一織履翁得千金足以老矣，乃棄不取而必俟其人焉，宜天厚報之而地即應之，天之眷翁無窮而地之鍾於翁家亦踰格也。且以一父子之身而列朝班者七，上卿三，宰執一。以司封之典言，翁與媪不獨爲大塚宰之祖，三尚書之曾祖，且得以身受大塚宰大學士之贈，而向道傍一老媪，今且居然稱一品夫人，而寵光極矣。其視千金奉何如？雖有數萬金，亦安從易之？則雖謂翁媪之巧於取，亦可也。此事先君子每諄言之。先君子嘗游許公鄉，故得聞。嗚呼！自昔貴家大室皆必有先人之積以爲之基，如許翁者，蓋其一耳，第不知其子孫顯貴時，亦尚念織履翁之積焉否也。

金陵翁還金記

金陵翁姓張，忘其名。客淮，歲暮言歸，同舟十數人，皆江寧諸邑之賈販返里者。偶以小泊登岸遺溺，忽風發，長年呼促解維而去，翁於厓畔拾得小襆，中有金十數鐶，秘之。有頃，一客駭亂而起，周章摸索，仰天大號，欲出自擲於水。翁把持詰問，客曰：『經年營運，得金僅十數鐶，將歸以供饘粥，適登舟迫促，不知遺落何所，舉家望絶矣。且金陵數百里，空橐何恃而致？固不如死。』翁極口勸慰曰：『金生可復，死能再生耶？幸篋有微贏，途中所資當力任。』客感其言而止。已，至金陵，出前金還之，曰：『子所遺也，舟中目衆，不敢漏語。』客喜過望，願以身執役報德。翁先有子，居貨蕪關，此客亦蕪關人。翁瀕行，因出家書寄之，且言：『薄貲財遠販良苦，即不鄙，兒當肆中相屈料理，甚便。』客益喜。

行至采石，適風濤大作，偃一舟溺之。客疾呼小舟救人，而手擎襆金，示之曰：『以此相酬。』小舟因競往，從怒浪中掖數人起，即詢所溺，皆金陵人自蕪關返者，中一少年即前還金張翁子也。客大駭，出家書示之，少年感客捐金相救，頌德不已。客笑曰：『此若翁之賜也，以若翁所賜還爲君用，又奚謝焉？』遂具述淮上失金還金事。自是此客爲翁肆中任事，宣力交相酬答。此兩歲中事，周靖公談之甚悉。

愚山子曰：事有莫知其然者，則舉而歸諸天，惟天自然亦非泛泛而無所以然也。如金陵翁之還遺金，本虞客死而出以活之，不知乃以活其子。蕪關客之見溺號救，亦自以此所有者張翁之遺，不難捐以救人，不知所救者又即翁之子，皆天也。嗚呼，今之坐視顛危而莫肯一舉手者，坐貪與忍耳。使金陵翁而忍，蕪關客不得還，竟死矣。蕪關之客不還，而采石之覆舟，無有爲號救者。即號之，無襆金以鼓其勇，救亦未必力，而翁之子亦終於死，交死耳，復奚利焉？翁生客，客又生翁之子，兩相生而兩不知，此造化之所以奇也。雖然金陵翁賢矣，客幸受所遺之金於翁而輒捐以拯人，其趨義嗜善抑何勇乎。吾不知今日士大夫中有此人焉否也。

甘太翁還金記

同郡南豐前輩甘公來，號蘇宇，太翁名坤，生平行誼端謹。鄰邑廣昌有集曰甘竹，商賈雲聚。太翁嘗市易，於人叢中拾金一囊，重百餘兩，不知誰所遺者。守三日待之。已，其人至，則挈以授之，緘封不啟。歸數日，而蘇宇公孕，以甲科，曆官太參，而太翁受貤封，邑人榮之。當蘇宇公登第時，其家中廳地忽坼裂作魁星形像，痕影纖曲，逼肖如畫。觀者鬨至，太翁懼其動衆，手縵滅之。是夜，還坼如故，而禮闈揭曉即於是日。湯恪素先生與公家有親誼，知之最真。嘻！天豈輕一第而重百金哉？即封公亦豈敢謂以百金之輕，邀一第之重？而行若此，即其人可知矣。如光取影不必若何以求肖也，孕協其時，第應其候，廳坼而畫，誰爲爲之？魁可地，翁之天奇，地尤奇哉。

灌園翁還金記

陽城三莊楊瀾者，灌園翁也，家甚貧。有桑地近大道，薄暮過其下，叢柯中有物灼然，捫之得連橐，中裝甚重。挾之歸，啟視有金二百，封識甚固。翁秘藏之，不告其婦也。旦而之桑間嬉焉，欲以俟其人。寂無至者，翁徙藏益秘。又二年許，翁荷鍤桑間，有客過而歎，擔環旋悵眺若不能去。翁叩之。客曰：『非公所知也，二年前於此失橐裝甚多，辛勤爾許，尚未克復，兹桑如故，感是以傷。』翁曰：『有是哉？』指林之西偏曰：『小菴在近，聊共一坐，以解子憂。』客固辭。翁拉甚力，至菴設茗，詢遺金日月、目數、囊裹記識，歷歷懸合。則遂止客宿，餉以雞黍而出橐，曰：『子故物也。』客攬盼狂踴，愿以半贈，翁笑却之。客懷無所展，自以年少而翁長倍，拜翁爲異姓父，留數日乃去。自後歲一過勞問，致饋遺甚謹。鄉人士義翁，爲酬金題扁旌之。翁後以壽終。生子時轆，早歲有文名庠序，每闈鄉試，人必斫額。望曰：『天報翁，必於生之身也。』而諸孫亦森爽，近已有籍諸生者。翁之後於今方大，門人曹惟允，其鄰子也，能具道之。

愚山子曰：昔管華二人劚地，得金，幼安揮鋤自若也。子魚捉視而後擲之，幼安以此薄其人，爲之割席。厥後幼安以高逸終，而子魚不免爲魏武私人，身名遂遠，其貪戀矯揉之情狀，已盡露於一捉中，幼安窺之深矣。夫還金易耳，如灌園翁則難，灌園翁還金難矣，得金而灑然不動於中，并婦之不告，秘藏以俟其人，若土石然，則尤難。若楊翁者，可謂劃然義利之間者也，推此志也，可以善身名，可以托家國。惜哉！斯道不甚講於讀書登仕富貴之人，而卓絶之行乃得之山澤之叟也。且夫子魚非能擲金者也，而故矯焉，使不偕幼安，安知其不捉而走也。若翁者，暮而得之桑間者也，然世之富貴者，方且乞於墦而攫於市矣。捉而擲之，亦何傷乎？吾終以子魚之爲猶賢也。

程太翁孝感記

程生自光，新安人也，其高祖會魁公之父處士公，性孝友。處士公父進士公中歲納一妾，有孕。夫人意不能容，私授意處士公曰：『生兒，則急溺之。』公唯唯。及是果舉一子，夫人恚甚。洗浴甫畢，輒攫以付公，且目之。公抱兒趨出，前期豫覓一乳媪謹愨者，至是密送其家。踰數日，以殤折報，因反命夫人曰：『事畢矣。』時進士公遠遊旁郡，歸聞其如此，亦不能深致詰。而兒之母于夫人攫兒時，以指掐兒臂三，深入膚裏，欲以爲識。已，傳兒猝斃，一慟而止，亦遂絶念。公則時時竊往媪家撫視，數歲即爲改易名姓，從塾師讀書，保護甚密，終不令夫人知也，即家中人亦無得聞者。

兒稍長，殊穎敏魁傑，逮弱冠居然偉丈夫矣。無何，進士公壽八十，夫人具慶，生兒妾亦尚無恙，是日，以思兒故，懟不肯出。先是處士公謬報兒死，之後進士公亦漸知事出夫人，而公頗與密畫，心恨其忍。十數年中待公殊薄，每見輒忿忿不樂。公亦心知父意，念弟未壯，終不敢洩。是日，公率家人奉觴上壽，有少年尾拜堂下，姿貌殊秀。進士公夫婦傳問：『誰家郎兒，而執此禮？』公跪曰：『是父某歲所生之幼弟也。』夫人駭甚，詰公曰：『有之？爾言弟死，何得復存？』公叩首請罪，具述私爲存鞠之狀。進士公狂喜，其母聞而趨出，下堂解衣捉視兒臂，指痕宛然，則相抱而哭。夫人年既老，心亦慚悔前事，至是見兒在，又復儀狀出衆，亦大喜。時處士公年六十有一，尚未舉子。進士公呼前語曰：『爾之孝德通於天矣，吾無以酬爾，祝爾生賢貴子，他時壽考亦復如我。』處士公拜謝。踰年果生一子，即會魁公瑄，弱冠登第，官户部郎中。户部生象山令宗哲，父子皆有清節，爲世名賢。而處士公得壽九十，猶及見會魁公顯仕。妾所生子後亦舉鄉試，不負公至意焉。事出自光口述語。

妾生兒而不舉，非父意也；而母必且死之，逆之以生，則又非母意也。故當是時，行令則失父，行意則失母，且母夫人之忮兒既如此矣，公即以身護之，如漢惠之於趙王如意其終免乎？公以權濟之，既已謬謂母心，而又隱彌意外之他變，至偉然丈夫之日而後出之，而兒遂不死矣，孝之至也。不特進士公十數年前之死兒一旦從天而墮，夫人之全德令名亦賴以不至虧損也。八十老人之言，其報如響，向以爲公爲弟延，而今乃自延矣，豈非天乎？夫行不測之權以濟非常之變，蒙十數年不白之疑怨於父子兄弟之間，以陰就其所爲，而終以克全無愧，非至德而負天下之絶識者不能也。吾於處士公事得子鵠焉，又以之徵天道也。

冢宰嚴太公德報紀

冢宰嚴恭肅公清，浙江嘉興人也，而籍於滇之昆明。太公用和名鋏，業醫，多隱德。一日，有鄰叟没三日，蘇，語人曰：『某入冥至大府，見穹碑焉。主者令記碑上句傳人間，其句曰：「醫生嚴用和，施藥陰功多，句壽增二紀，養子奪高科。」』誦甫畢，而叟復瞑。已，冢宰公生，慧甚，弱冠登兩榜，仕宦數十年爲六卿，長以清節著。五子兩登鄉薦，三承蔭官，皆至太守。孫似祖，中崇禎庚辰二甲進士，召對稱旨，授翰林簡討，與予偕出徐蓼莪先生門。嘗言其家雖顯仕，居宅首院尚藥室，仍高曾之舊，出入俛促，不具門閥。冢宰公生平淡樸之風，於兹可想。

論曰：名醫之濟人耦於賢相，故范景文嘗欲學之。封公陰行其德，而報旌於鄰叟之穹碑，慶流孫曾，簪組繩繼。天何負於善人也？冢宰公貴爲孤卿，而門第無改於舊，尤卓然矣，彼故不忘其所自也。

兩太公德報紀

麻城劉莊襄公璲，大父仲輔公，自少仁恕，雖蟲豸不輕戕踐。初婚之夕，有偷兒入室。公驚起，燭之，乃所識者，慰曰：『子耶當以貧故。』取奩中釵花數枝，畀之，使去。曰：『吾終不泄子。』後夫人白首偕老，常問其人。公曰：『置之，已許不言矣。』公後享高算，以子孫貴，受贈少司馬，曾玄甲第尚蟬聯云。

吾邑硝石黄進士文偉，大父節三公，生平長厚多盛德。嘗有偷兒乘昏匿廡下輿中，將伺間行竊。公偶察視，得之。其人惶懼請死，家中人欲加捶楚。公曰：『無然，渠以貧故至此。』呼酒與飲而贈金若干，俾轉運糊口。其人愧謝去。公後亦享高年，一子一孫同舉鄉薦，而孫文偉實領解，聯捷成進士，其他籍明經諸生者又數人，一時鼎盛，人皆歸德報太公云。

此二事兩公所行絶類，而昌後同，以身受其報亦同。世傳梁上君子爲太丘佳話，兩公方之奚愧耶？然予聞黄太公得子孫雙舉報，竦然不樂曰：『德不當此，發泄過後，其凋矣。』劉公纍葉顯盛，黄再傳遂削弱，進士公官止大令，亦不壽如太公，語其得第之後，門户炎赫亦非舊矣。太公誠深識其亦有以豫窺之乎？夫滋培積纍以無替先德，豈不賴後人力耶？

再紀家宰嚴公世德事

予既記予友嚴亦如祖用和翁事，頃遇其里道子張君出，質之。道子曰：『不獨此，用和翁之以藥濟人，固也。又好施與，家非厚，僅足自給。然遇人來乞藥，其貧甚者，常以碎金雜藥裹中授之，而未嘗言。故貧人自翁家歸時，得金，以爲翁誤，不知翁蓋陰行善，而不居其名也。嘗有鄉人病亟就翁診視，翁問其病所從。答曰：「頃負豪金兩許，而無可措，甚迫蹙，氣塞遂不可解。」翁内出藥數劑，授之曰：「吾老人目眩，恐雜土塊不净，歸自簡視煎之，毋假他手。」其人受藥，疑重，歸，簡之，并得碎金。取償所負，適足，而病良已。其生平德厚如此。』佑啟冢宰公良非偶然，而冢宰公又以清惠繼之。自巡撫歸，再起冢卿，予告回籍若而年未嘗（原書殘，有缺頁。）

接見有司與鄉黨，處恂恂如也。諸子在庠序有文名，公皆禁，不使鄉試，曰：『以吾家而與寒士争名，可乎？』逮公没，而孟仲兩君始相繼登鄉薦，仕皆至太守。季舉明經，亦如父。蓋植之深，故澤之永。蘇子瞻云：晉公修德於身，澤報於天，如持左契交手相付，冢宰公父子亦如是矣。

嗚呼！今之素封巨室，金帛溢筐箱，珠玉填笥櫝，驕吝苛鄙，視親戚故舊瑣尾饑凍之過其前，若無耳與目者皆是也。其或斗粟尺縑稍知分濡，則栩栩然自以爲德，惟恐人之不知寓矜恤於渾忘之中。施不立名、受不見惠如太翁者，豈大賢而下所敢望哉？宜天亦以大賢報之。夫冢卿貴矣，非榮也，冢卿而名臣，則其於榮，斯云至矣，以賢報賢豈偶哉？

臺閣子孫記

福唐葉臺山相公，其先世不顯。祖某翁，習醫。歲暮歸，過縣，見有數人被械愁歎。問之，皆逋糧不能完者。叩其數，止十餘金。翁自度囊中金足了此，遂盡與之。既歸，到門徘徊，未肯入。妻聞，乃出招焉。翁具以傾囊濟人告，妻曰：『此極美事，淡泊度歲，亦奚傷也？』是夕，翁梦神告曰：『上帝以爾盛德，令爾生臺閣子孫。然爾家墓地故不佳，明旦視爾羊所在即吉穴，留意圖之。』次日，果有鄰子從翁買羊作祭。翁曰：『吾家惟此羊，不欲賣。』鄰子强之，與俱出，覓羊所在，方卧一山隈。翁謂鄰子曰：『羊不必價，但吾親柩未有葬處，君家地多，隨意贈數尺土，幸矣。』鄰子曰：『惟子所欲，即此皆是。』翁隨於羊卧處指而求之，舉柩葬焉。逾年生臺山先生，爲盛時賢相。夫十餘金之助，數非多，脱數人之械，德非溥，臺閣子孫之報厚，斯過矣，而帝不勒之者，何也？取其心之誠也。且翁之囊不過十數金，今盡傾以濟人，是十數金之心，即千萬也。况當歲暮已需之所并急，而能捐之，則是十數金之心，且不啻千萬也。夫人亦未誠於善耳，苟誠於善，天之報未見其有不厚者也。

心相益算記

樂安人王奇峰者，善種山，住竺由久。與余友夏羲叔言，其族叔某，素業賈，有姪善姑布、唐舉之術。叔壯時，嘗使相之。姪曰：『叔財不能厚，即甚贏，可致百金。而壽促，僅能五十三，又無子，曷爲勞勞乎？』叔心不謂，然無何。年四十七矣，尚未有子，所積貲不能溢百。因思姪言，作歸休計。一夕，將渡，有婦抱小兒投於河。叔見呼曰：『救此婦者，予十金。』岸傍人泅水，出之，叔即酬如數。而婦顧堅求死，詢之，曰：『妾夫以途肆鬻餐失意，一盜賊爲所誣陷，法當配，得十餘金可營贖。妾傾産變易，而所得銀爲一隸暗換，盡鐵耳。夫不可救，而産已廢，計惟有一死。』叔聞惻然，因遂與婦金若干，俾歸贖夫。婦謝去。叔抵家，姪來候見，大驚曰：『叔骨相頓易，壽當踰八十，而有二子，應在來歲。且叔近日何善，而面間陰騭文滿若是？』叔以救婦事告姪，姪曰：『此當之矣。』是後，叔果生二子，壽至八十三始卒。萬曆末年事，奇峰言其叔與姪名字甚詳，羲叔忘之。

夫捐十數金而可免無辜於配，又全其婦若兒之生，即無録，其善者固當爲之，况冥相之轉移見於骨相如此。夫壽與子固竭千萬金以營，而不可力得者，今乃以一念之不忍致之，天何負於善人也哉？

善行益算記

維揚人陳某，少與同里三子結異姓兄弟，期於休戚與共，死生不渝，歃酒刑牲，瀝誠日月。後歷年既久，寖不能如約。三人中陳最長，生一子，家頗殷。仲惟一女，與季子訂婚有日矣。亡何，季死，家貧落，仲有渝盟意。季之家屢申前請，猶水石也。陳亦數從中史，不見聽。

一日，陳入城，途遇素知之已没者，居然人也。問曰：『子猶生乎？』答曰：『否，某在冥爲小隸，主勾攝。昨奉到一牒，行録多人，子名與焉。毋入城，便歸料理。予紆而渡江，越兩日至。』陳疾歸，念生平未了，無若季子婚事，遂大集親故，延兩家子女畢至。而語仲曰：『曩者昔之盟言猶在耳，何可忘之？且若所以難婚季者，以其貧也。今析吾産三，若與季之子二之，則可不貧，而若之女亦可以歸之矣。』遂立取貲産籍均剖、面授，開筵合巹，即其家諧伉儷焉。曰：『吾待此以瞑也。』於是所親知其遇勾攝隸事，留連盤聚，連接昏旦。陳亦自知前期，坦然以俟。至三日早，儼見前隸，曆階而陞。陳迎謂曰：『行乎？』隸曰：『不然，昨奉帝敕以子析産全婚，克敦大義，特命延算，以示褒佳。適牒到，免提，專此慰報。』語訖而滅。此己亥春夏事。予友張道子往維揚，知其詳，而於名姓不能遍記。今陳某尚無恙也。

噫！物態涼炎瞬眼立變，天下之不渝盟者寡矣。陳獨惓念疇昔，以他人子女爲身後第一事，割利就義以遂其志，洵可尚也。而冥路褒嘉捷於呼谷，然則災亦可彌也，數亦可轉也。不死之藥、返魂之香，不在海外神山，在方寸也。帝嘉在不渝，則仲季輩之反眼負心，其寔應且憎矣。

卷二

董小山再生記

太原有董小山者，崇禎初偕所親客江淮，一載獲利過倍，槖鏹而歸。行河北荒徑中，所親故惡少，利其金多，又無他同侶，可掩而有，猝拔刀向小山砍之，頭斷。小山爾時但覺悸甚，從驢背欻下走，不敢回顧。所過溪山林阜，往往飛越無着足處，日暮憊甚，至一民家小憩，索水飲，不覺遂入胎中。其家乃汝州城外，姓楊名五者。妻妊彌月，是夕生子，墮地即作人言。楊五懼，欲殺之。則叫曰：『勿殺我，我太原董小山，被寇至此。』因刺刺陳訴不已。媪以年大，從未舉子，固留之。懷抱中，時時作冤痛聲。兩月後即索衾異寢，曰：『於媪同簀，大不便。』媪勉從之，因名『董小山』。

小山生數歲，時時往城中鐵廛花市，客所集處遊息，伺偵，冀有太原人來過。媪不能禁也。又嘗於衆中自言其妻某氏，子某名，田若干畝，屋若干區，僮僕某某。所知幾人，別若而年，今不知何若。舉市粲然皆笑曰：『小兒子作此等梦語。』小山則潸然泣數行下。癸未春，小山年十三，偶於西商中遇所識一人，遽歸別母。時楊五死已久，媪哭曰：『小山兒，何忍棄我？』則應曰：『我自是太原董小山，何與他事！』再拜謝媪，掉首從某商西去。是後大亂，道遂梗，不復有消息。予己亥過汝，汝人言其事歷歷。及訪楊媪，已再歸一戎卒，今猶在也。

往閱羅近溪先生所記，昆陵張孝廉死京師，而生某家。四歲能識其故妻與女，灑涕話舊，又見先生輒稱老師，以爲古今第一奇事。若小山者非其類與？甫墮地而言，言皆小山，則小山雖死，固不死也。小山自認爲小山，不認楊氏兒，并河北斷頭之小山，亦不復記，則是此身形骸之外，果有物焉？出此入彼，未斷頭時所最寶愛之小山，非真小山。則我輩今日所最寶愛之我，亦未必其是真我也。世儒拘執理格，於生死輪轉之説，率詆以爲異端怪幻，豈盡然哉？一小山死，復一小山生，惡少能致河北之小山於死，而不能禁汝州之小山不生。吾不知其歸太原後，惡少凶謀畢露，將何面目以對之也，噫！

再生緣記

萬曆中御史纘烈者，家貧，負才術者推其年命當貴。然試場屋數不利，頗以爲怪。一日過其家，御史出内人，命推之。術者曰：『是已，君固當貴，而夫人造殊劣，君如得志，即夫人命爲不合矣。且窮達，夫婦共之。』夫人聞言不樂，間語御史曰：『妾幸得事君，不虞以妾之薄命累君。然妾視君非久困者，勉之，妾且死以成君之遇。』御史婉慰至再。夫人曰：『固然，如命何？必相念者，與君結再生緣耳。』久之，無他，御史亦不爲意。歲辛酉復當鄉貢，御史列録科高等，當發。夫人忽入户，自經死。御史大慟，已不可如何，復勉赴試。是秋，遂中省榜，明年壬戌聯捷成進士，謁選得某郡司李。感悼特甚，矢終身不復娶。

後十餘載，召入爲御史，巡按楚中。至某府，太守迎謁獨後。御史以爲慢，怒甚，戒門者曰：『毋入守。』太守屬司李入白曰：『郡守本齋宿候公，適署中異事擾惑，致失謁。』御史曰：『何異事，但言，我且驗之。』李曰：『守有所生女，今年十七矣。未嘗解言語，左手亦握固不解，以爲喑廢，故莫與婚者。今晨公至，守擬出，是女忽發言，欲與偕謁。守驚喜失次，問其意。曰：「渠自有一段姻緣，須公面達。」今且躁疾求出，呵之不能止。』御史曰：『謾耳，安有是？』司李曰：『不然，公自驗之，且此怪事，非公不得決。』御史乃召守入，守具言狀，固請一往。御史自駕如府，女聞御史至，倩妝出拜。伸左拳示之，中有小鏹半截，燦然奪目。御史瞪視若失，隨從衣帶間出半鏹驗之，其理縝合均齊如一，御史亦忉怛不自勝。

蓋夫人死之前一日，嘗取小鏹中析，以半授其子，曰：『此歸爾父。』自持其半曰：『當隨我棺中。』御史感是言，常囊是鏹身間。今茲諧合，乃知守之女，即夫人再生，手中之半鏹，即其棺中自攜者也。而女亦前話舊事，娓娓可聽。問女生之年月時日，又即夫人死之年月時日。於是太守前請，以是女歸公，御史弗決，而女亦矢死靡他。司李又婉爲之妁，乃卒歸御史爲婦，後復生數子，女受貤封焉。安福康小范嘗知御史，能言其事。

愚山子曰：古夫婦之間知其必厄，而剖物以離，卒驗物以合，蓋亦有之，樂昌之鏡是矣。然固於其身耳，雖涉羅憂難，而半鏡故在，可之市而索也。夫人棺中之半鏹，將安市乎？然竟能於此死，於彼生乎？其地下之所攜，以券其地上之所授，此於樂昌之離同，多一死，其合同，少一新舊遷次，不堪之苦矣。快哉，夫人之蜕老而少，蜕其數之奇者而偶也。

蓋嘗論之此事有難解不可及，而又可監，足深念者數端。人莫不冀其身之榮，而夫人急夫之榮，不惜隕其身，不可及也。人之情莫不以富貴淫，御史以通顯，故乃益念其妻，鰥處十七年之久，不可及也。鐲既入棺矣，何以在拳中？在拳中矣，方生之時，嬰兒之掌安能函此鐲，豈棺中一鐲，拳中又一鐲乎？又豈當御史來時有鬼物焉，移其棺者而之手乎？又豈鐲在手，亦如身之骨肉與胎俱萌，與年俱長乎？不可解也。夫人書生婦耳，方其死時，安知有某太守，而往爲之女，又安知太守之必爲御史屬隸？御史十七年後之必按此郡，而於此待之？即盡能知，而事蹟窅茫，體分闊絶。萬一泉臺半鐲不能得之手中，亦終無以爲券，而太守之女其不得爲巡按御史之婦，明矣。生死之日月，何以符？十七年之手口孰緘之，一日之喉舌指掌，孰豁其喑而伸其攣耶？不可解也。

而吾之所感者更不盡是，窮達固誠有命，要當聽其自然。一術士之言入，致糟糠燕婉之伉儷生死仳離，而不可止。耽溺小數，其害乃若此矣，是可監也。而夫人一念誠懇，遂能貫格沉冥，再生之緣孚若左契。蓋地下人司死生伉儷之籍者，其軫察幽情委曲，成美絶，不似今日官吏之頑聾忍毒。而當時文法尚寬，以按部之御史，妻其所隸郡守之女，而不罹於彈墨，而使俗儒之拘鄙腐滯，與夫貪位患失，寧負心負死，而必不肯輕擲一官者，終不能爲破格之舉如此也。是其事皆有足深念者，故特表而出之。

三生緣記

舒公弘志，粤西全州人也，其太翁任監司時，與山中老僧善。嘗過庵話次，悄然不樂。僧叩之。答曰：『年垂衰老，琴書尚未有托，是可憂耳。』僧婉慰之。翁因謔僧曰：『聞修行人亦有落福報者，以師道履精勤，白首枯寂，使生吾家，豈不足少償乎？』僧亦謔應曰：『某山野疏朽，辱公知盻，使輪轉而有得公爲父，亦何不可？』因笑而罷。翁歸未幾，宫中有姬方妊，群見老僧飄然入室，而弘志生。遣視山中老僧，即於是日化去，乃知果符向者語也。公後弱冠登進士及第第三人，授史館編修，給假歸娶，尚不曉人道。蓋其夙戒嚴潔，此亦一驗。是時太翁以九列投老，而公又少年鼎甲，高堂繾戀，意不復在仕進。亡何，鼎甲公殀死，年纔廿七，未舉子。太翁慟甚，因復幻想，此子爲山中老僧，若精魂未泯，安知不更生他處？使得再一相見，永劫不恨。因手書其籍里、科名、姓字於背，而後殮之，且曰：『如或相聞，千金必報。』

是年，鸞峒小民楊某生子，背間燦然有字，即舒太翁所書云云者。此民多子而利千金，抱兒疾棹數百里至太翁家。閲背間書，果合。翁狂喜，即酬峒民千金，而留是兒，使鼎甲公夫人撫之。既長有奇慧，少年登鄉薦第三，崇禎中任興化司李，以事謫杭州幕。同籍鄒木石太守之官溫陵道，遇之，具述其事，問背間書。曰：『長漸漫滅，惟名姓存耳。』因袒肩以示，則『舒弘志』三字尚可辨也。而司李兒時即能知其前三世事，談之歷歷。予友馬爾采私問之，曰：『誠然，但其境界惝恍如梦耳。』司李初名弘慈，以避國諱改國華。亂後去官，多游吴越間。

愚山子曰：天下之最不可方物者，情乎，極其至也，死生以之，况其他乎？夫山菴之形，瞥見於深閨之内，魂爲之也，前此所有也。死父之書，忽移於生兒之背，非魂所爲也，前此未有也。老僧未了之凡，溢爲鼎甲，更餘爲司李，報爲之也，事之可解也。司李已斷之緣續於後身，又能悟其前身非報所爲也，事之不可測也。故學道者莫患多情，老僧以情顯，終以情墮矣。入世必賴有情，太翁無子，以情有子；無孫，又以情有孫矣。情之流易妄，而不妄則不奇。夫遇一了不相涉之僧，而忽望以爲子，非妄乎？然竟以妄投也。情真則一語流連，三生必券也。情之病必癡，而不癡則不幻。復憐已死之子，而即望其更生他家；書死子之身，而即望其存，驗來世非癡乎？然竟以癡合也。情透，則尋常行墨，歷劫不磨也。

湯臨川作《牡丹亭》詞，有學道者誚之，答曰：『此亦學也，但公言性，予言情耳。』臨川豈謂知道者哉？乃其於情則已至矣。性失而情，情失而頑，頑失而忍，忍之極而生爲悖人，死爲戾鬼。夫情非道也，然與爲無情，吾尚有取於多情哉。

沛僧再生記

僧無塵者，潞澤人也。嘗挾少貲，雜販豐沛間爲貨郎，數年不返。有村婦負其值，久不償。僧往索之。婦夫客外久，悦僧，誘之入室，挑以語而私之。僧矍走曰：『此何等事，毋污我。』遂捨去。因念婦性蕩乃爾，今我去家久，安知吾婦不復爲此婦人生幻舍耳。因散貲祝髮，以苦行自力。

沛有溪爲來往要道，津筏時缺，僧買小舟於此守濟，不索錢，予之，亦不辭。有呼渡者，嚴冬深夜必起應，撐駕之暇，翛然念佛而已。人欽其篤行信施，稍集則結茅溪畔，爲佛菴，居其中，而守渡如故。如是十數年，一日示小疾，合掌跏趺，端然而逝。沛人罷市來觀，頂禮贊歎，爲塔於菴側。而是時百里外某紳家，生子墮地，即瞪目環視，徐睇其掌曰：『軀何小也？』詢之，屢吐顛末。其家以爲怪，遣人至沛驗之，僧甫化數日，而兒生之期恰與之合。於是沛人又知僧之生當富貴家，更相傳誦，以爲勤修之力，洵不誣云，此數年中事。

夫生死何常，出入息間耳，而其變不測，得不淪爲異類，幸矣。况生貴紳家，而又能自知之，僧之不昧，天所以告沛人也。且久客而於自薦之婦，則却之，其志行粹潔，已不可及。以此起悟無方罥網劃然而裂，豈不大過人乎？吾敬且媿之矣。

崔八再生記

金陵崔八者，萬曆中人，豐於產，以老疾卒，再生本京侍指揮家爲子。甫學語，即自言其名姓，即夙世事。其家初秘之，後亦稍稍聞於鄰里。而當崔八死後，諸子以析産不均，日相詬猝，幾至雀角。又其先貲鏹出貸四方者甚多，聞八已死，各希詭匿。其子雖按籍討索，然終不能核其細曲，譁呶蓋甚。

是時，兒方生二歲許，忽語揮使曰：『吾家事甚急，非自往，不能理之。』八之子亦頗耳其父再生事，間使人至揮使家詗聽。聞其如此，共往迎致。兒至崔家，老妻尚在，出覘視兒，一見輒相勞苦，剌剌不已，皆老人舊語。已復問曰：『吾之玉鳩杖在乎？囊與若貯金四百某室承塵間，偶忘言之，若記否也。』妻大駭，如言於承塵中得金四百，杖蓋親友所送，其端鳩首，飾之以玉，崔八生時常扶曳之。金則數十年前崔手貯者，其事甚秘，非兒言，妻亦幾忘之矣。於是舉室傾信，以爲是真吾之父祖，且悲且喜，迭前禮訊。兒則端坐堂中，笑語酬答略無遜避。

已，乃前諸子，責曰：『吾遺爾曹不薄，即不均，固足温飽，奈何紛呶，作此醜態？』諸子愧謝，隨呼取其遺産之籍，稍均之。已，又盡召昔之貸金者至，一一舉其名姓，稱假年月，及其子母積纍，先後完欠覼縷詰質。諸逋負者見其如此，莫不舌橋毛豎，輸服而退。兒在崔數日，疑判結解諸構并釋，乃告其家人曰：『事畢矣，我當歸侍。』諸子固留，不可。既返，遂不復言此事。漸長亦迷惘，不能記憶，而諸子亦數至侍家候問，或時迎歸，饋養之，兩姓自是過從不絶。

予壬寅五月飲康小范家，小范言如此，在坐金陵數君言亦如此。噫！使死必生，生必能自知其前身姓名與其舊事，即死不死，而爲之子孫者，亦皆可以無恨矣。然而不能至如崔八於襁褓之中，呼召妻孥，處斷家事，則固居然一老翁耳。安見其爲小兒，而亦何嘗死哉？事不怪不奇，盡人而怪，則幽明之故亦病其褻，侍氏之兒、崔氏之父，所謂可一不可兩者也。崔房舍最多，小范之居即其家轉鬻者，今謂之崔八巷。

紀澤宗室再生事

澤州有宗室某，饒知計，手致産甚厚。生數子，亦皆傑立，而綜持不休，田舍契券皆自藏秘。一夕急病歿，不能語其處。自後遠近多有以價值虧欠來言者，諸子覓券不得，窘無以應。此聲流布，言者益得計，或摘爲吞占紛行。告訐有司，以無券故，多直訐者，其家官訟連年不解。

鄰壁有貧人夫婦，生一子，三四歲常獨立門首，見隸卒喧誶宗室宅中，每就窺望，沉吟鬱抑，悴見顔色，舉家疑訝。一日，母私詰之。兒曰：『有一事，不敢言，今不得不言矣。兒即鄰府老宗室也，再生此。今見諸郎苦惱迫蹙，大不能忍。』母前掩其口曰：『毋妄言，禍矣。』兒曰：『不然，此宗室貲産，豈盡出攫奪，凡此紛紛，皆由券失。然券自有處，我尚能記憶指示。否則，産不盡，訟且不已。』母曰：『奈何。』兒曰：『但語老婦人過此，兒當自白。』母逡巡入告，其家方困外患，聞此怪事，黽勉以聽。兒俟夫人至，前問：『無恙？』夫人面發赤，欲唾之，然欲聞失券事，姑婉詰之。兒曰：『券在第幾房天花板上，貯以小朱匣。』夫人踉蹌歸，揞板摸索，朱匣故在，扃鑰宛然，積埃盈寸。發匣得券，一一持向謳詰之家，箝口下首，所失之産復完如故，諸郎以此家微賤，不欲重題，但來往贈遺，待以鄰好，兒亦秘不復。及長，穎，能讀書，補州諸生，蓋啟禎時事。雲程張翁爲予述甚細。

噫！宗室固富貴人也，而産鄰家，微矣，非甚困急，兒雖喻，安敢自言？即言，誰聽之？是父子夫婦，隔世竟路人也，可悲也夫！一匣秘貯，舉室數年不能得，而曰兒得之。此際雖有執經之儒强爲抹煞，而曰兒非宗室，豈可得哉？

澤宗室再生續紀

予既紀澤宗室再生事，而不得其姓名。頃陽城門人曹惟允至，云與此生善，嘗居停其家。生姓劉，名熙，能讀書。嘗詢其再世狀，生自言初死時，有數人肩輿入堂，舁之出，至今父母劉家止，即産。墮地自知爲宗室，然心念我若言，人必怪而殺我，遂强忍，心甚朗白。劉故宗室，家所用奔走賈販，之人居相比。常自愧我乃生此人家，父之母之，然既已如此，無如何。

當宗室家被構，夫人身詣庭訟，已竊尾視，心痛不敢出語，吞聲泣而已。後指示文券與前説同，但云此時仍未敢倡言，蓋其父母禁之。夫人坐我膝上，我潸然泣。夫人亦相向慘惻，知我所謂，其家人仍護惜體面，以常童遇我。後以出券故，德我，娶我以孫女。我壓於父母，然心亦痛此骨肉可相昵乎？故自婦歸，二三年未嘗與狎語。婦疑，屢詰我。我初支應，後告以實。婦曲勸謂此前世事，今身且换，何得作爾語。父母又切着我，以我家而婦彼女，安敢棄？即彼終身安依乎？予亦熟思未可，乃姑隱忍。然我於舊事皆能記憶，即讀書，亦若素習。初生時，有乘輿之兆，似宜有就。

故於舉子業，至今未敢棄焉。生言如此。

嗚呼！以主人翁而生爲奔走者子，誠屈抑猶可忍，至娶婦而知其骨肉，天下難處莫踰是矣。婦之，非情也；棄之，又非禮與法也。子曰：『民可使由之，不可使知之。』夫死生之際，如劉生者，多矣。使盡如之，安可哉？安可哉？

李太宰再生紀

李梦白太宰之没四十年矣，頃有老僕過豫中，道遇一僧，休暑林下。狀貌奇偉，酷肖太宰，因徘徊注視。僧見僕逼近，瞪而呼曰：『爾某也，今無恙耶？』僕駭然，更前致問。僧不答，遽起，疾步而去。僕惘然竟日，歸以告其家人。蓋此僕童時，經事太宰，其所呼之名，他人所不能知者也。然則太宰殆已再生於世而爲此僧，於此老僕，心猶識之。而飄然以去，所謂欲話因緣恐斷腸者，孰與不語之深遠乎？

方太宰之生，太翁梦見白老人入室，因以字之。其後過梦白庵，足之所履，皆若熟到。今又見比丘身，以示異於老僕，然則太宰於去來之際，果獲自如，而於塵情今昔之感，一無所繫者乎？楚黃有耿公者，太宰同邑人也，近官江南，爲天界僧言之。

昔張方平知滁州日，遊瑯琊山僧舍，敕從隸取梯陟梁，得經函焉。中寫《楞伽》半卷，爲竟書之，書法宛然如出一手，號二生經。後授東坡序之，仍寫刻龍遊寺。古來名人從僧伽中來，而不迷其性者多矣，太宰爲誣，將二生經亦僞耶？

寶坊僧再生紀

同郡黎川有鄧氏女，聘爲余氏婦，於歸之夕，忽悟其前身是寶坊寺老僧也。偶見大家婦嚴妝過寺，輿馬僮娣前後華盛，心忽美之，曰：『女子乃能貴重如是。』由此一念，死後遂落女胎，追憶往事，皆此歷歷也。具以告其夫，且請曰：『吾與君爲名色伉儷可矣，若重毀戒體，以從事於情慾，萬萬不敢。』夫亦悚然而許不奪其志，尋爲夫置貳室，齋居入道，甚相適焉。十年後，感疾不起，囑其母曰：『身自寶坊寺來，没亦思還彼處。幸爲請於舅姑，建塔近庵以僧禮葬我，雖死不憾。』其家聽之，既死，以柩歸於寶坊，禮請壽昌其天和尚禮送入塔，若亡僧之禮。天界笠公云。

按釋氏以女爲五漏之體，而中閨婉婉以色事人，視鬚眉丈夫，其去蓋天壤矣。此高座人之所憫惻而忽羡之，何也？已迷而忽悟焉，則夙生静力，猶有在也，而能介然自守以不及於亂，其志趣堅定，蓋非尋常兒女子之所及者矣。事固有難以常理格者，一念微差，遂及再世。予既感此事因緣之奇，而定力之難，又以嘉其復之不遠，可以爲治心者示一策也。

卷　三

幻術紀一

宇宙皆幻，而復於其中以幻見，是幻之幻也。其爲伎多譎詭不可測，其徒亦衆矣，姑舉一二。

福清人周鶴山，貧不治産，而衣食居處器飾與素封等。或延賓解贈，恣其所欲，皆給無靳。又能以手拍人肩背，其人即傾囊以奉，殊不自知所以。晚年術敗，太守執繫郡獄。鶴山即於獄中治一小室，剪紙人六七，長數寸，置屋柱下。到晚索其袖中，各得碎金四五錢不等，任其所需，莫不贍足。獄中貧者窘者皆資之，後數年竟死於獄。

愚山子曰：幻奚爲哉？適足以殺其身而已。

天啟中，謝都督弘儀之官福州，途遇一道人，自言通仙術。因攜至三山，士大夫争從之游，道人與爲輪盤之會。諸紳且遍至，道人則約日集平遠臺。諸紳私計，道人徒一空瓢耳，安所得治具資？交疑之。前晚遣僮竊探寓舍，道人高卧無營也。至日，諸紳故早會，欲以觀其所爲。至則道人尚卧如故，聞叩門聲，乃起迎入。談笑良久，曰：『此間湫促，山頂小亭高豁宜眺，盍俱往乎？』遂至亭，傍有小室，冷鐺寒灶，寂無一物。諸紳心益怪，道人顧笑曰：『饑乎？』即從小室中捧湯粉出共食，曰：『暫用止饑，便小設也。』已同諸紳緩步臺上，談笑甚適。少頃就席，則几榻茵褥供設甚盛，筵上珍饌羅溢，尊匜之屬并用金玉。諸紳所未有，酒半呼盧爲樂。

有中翰洪賓南者，徽人，家富，饒寶玩。所擲骰子忽墜一於地，遍覓不得。道人笑曰：『子落洪先生第六宫夫人錦衾間矣。』酒罷，道人送客合扉去，諸紳陰留一僕伺之，荒徑悄然，絶無人跡。已，推扉竊視，則凡所設皆烏有矣。中翰歸至六宫衾間索之，果得骰子，乃竦然以爲真仙也。詰朝請至，師事之，欲傳其丹術。道人摇首，良久曰：『此須以七寶設供，而君於密室齋心静坐，經七晝夜，乃可告耳。』洪信之，盡出所藏秘寶，於内館設壇修供，使所親嚴守，而已於密室獨坐，飲食皆從小牖傳達，意虔甚。至第七日早，忽聞屋瓦錚然，墮鮮龍眼一枚至榻間。洪大喜，以爲丹至。碎之，得片紙，乃道人書，謝已去矣。洪大駭，遣視道人并壇所七寶，皆不復見，守者亦不知其何自脱去，因亟赴都閫言狀。

都閫遣人追見至洪塘，道人倚檣而笑曰：『若爲我來耶？留此久矣，雖然，爲我致謝公，一帳相贈，他日當有用處。』張帆破浪，斯須滅跡。追者持帳反命，各復憮然。是舉，洪所喪，約以萬計。

夫空鐺延客而饌甚盛，奇矣；墮一骰子，而乃知其落第六宫美人帳中也，即欲不以爲仙，豈可得哉？古稱巧婦不炊無米，如道人者，即奚難焉，非至論也。

幻術紀二

崇禎初，吾郡李生某，家富。遇一道人，自云得仙術，生禮而師之。其術譎詭百方，都非人意所可度測。一日，鄰居大家娶婦，生笑曰：『可共觀乎？』道人曰：『奚難！』命取寺僧鐃鼓樂器，從五六少年各操一具，大譟而入，歷階陞堂，直貫内寢，流連盤礴，日暮乃出。於儔人中，肩摩蟻折，各無滯礙。其家親賓雲集，亦不見不聞也。生益惑之，尋傾囊以從。云往信州山中謁見仙師所知。尼之，不得。既至行深山中，日且暮，道人忽飛墮一深崖下，笑别生。生欲從，不得，探囊中金已盡失，稍詬之。遂隱，不見。生行乞而返，其家遂落。

愚山子曰：此可爲好異妄談神仙者戒矣，雖然道人術固善，惜用之小耳。使岳武穆解此，入背嵬軍中取兀术撻懶首，如探囊取物也，天下事豈不什九濟哉？

傅遊九幻隱記

傅遊九，吾邑嘉隆時人也。善幻術，以閒遊行鄉村，村人争醵金錢，使演技爲笑樂，奇譎百變。邑令范公涞疑其妖妄，欲殺之。縶使入見，責曰：『若奈何惑衆？』對曰：『不敢，窮民小伎，博飯耳。』曰：『何伎？』對曰：『能牽牛入甕，還驅之出。』令曰：『試之。』隸取甕與牛至。游九徐行側甕，舉繩牽引，螻蚓迤折，至於甕口，傴脊曲髁倒蹲而入。牛亦從之，盤旋甕中。牛不見大，甕亦不見小。一時觀者鬨然皆笑。良久，令曰：『可以出矣。』對曰：『負罪，不敢復出。』令曰：『但出，吾恕汝。』對曰：『君意甚惡，請從此别。』舉手唱喏，人牛俱失。令怒，撞甕碎之，捉呼碎瓦片片聲應。自是，不復更有蹤跡，别遣偵探，經歲杳然，乃罷。其事至今故老時時傳之。

此與陽羨書生寄身鵝籠、冷太常謙遁跡瓴水其術略同。然見機而作，一隱遂不復見，則又與五湖西子、青城平仲末路同一超忽矣。非深於曳尾之義，能如是乎？

德興盜幻隱記

萬曆中，德興劇盜魏某，蹻捷多力，其技能淩騰壁堵，飛越磵塹，意之所向，人莫能備。鄉人患之，最後爲賊曹捕得，自吐生平寇劫、贓罪歷歷，遂論擬重辟，獄具，當赴省臬覆訊。主者知其技勇幻變，選健卒十數人押之，拲梏手足，更以鋃鐺紲頸，露刃擁簇，以防奔逸。盜意色舒恬進發自若。途且半，至一郵亭。盜踞坐檐石，目諸卒曰：『公等行矣，石下瘗金少許，公輩自發取，以償勞苦，且公等自視技孰當我者，我自樂遊戲，豈公等所能捕獲？吾視斷公等頸如截瓜瓠，正不屑耳。』奮踵三躍，鐐鎖自折，捽卒手刃，還擬之。卒駭慄喪魄，莫敢仰視。盜擲刀大笑，側身映石而没，形影俱絶。卒如言發石，果得藏金數十兩，具狀還報，分道追攝，終不復見。

或曰盗固善士遁法云，或曰是劍俠流也，而隱於掠。正智菴老僧悟蘊，德興人也，嘗爲先君子道之。往甘寧、戴淵俱起萑符，而李勣少年嘗爲無賴賊，卒佐命策勳，爲時名將，盗安足以錮豪傑哉？魏勇足横行而術奇脱險，使生啟禎多事之際，登壇授鉞以當一面，其樹立寧可量乎？惜所生不時，草澤自放，而後之推轂膺閫外寄者，求技如此盗，不可得也，噫！

京西生還魂記

頃歲京師李生某者，多才藝，教授某貴人家，與沁水王給諫泊園善，時過從。家住西關小莊，去城可六七里。一日，假貴人馬乘以歸。馬雄駿，久歇，既出城，振鬣驟騁，風飛電激。生控勒不得止，心手駭怯。至一崖際，欻然而墜，馬即回蹄東返。生爾時但覺撲地，再起見馬奔逸，恐爲他人所得，奮足躡之。道見内子之兄踉蹌至，生大呼『爲我截馬』，其人不顧而過。生怒以足搪之，倒於地，復捨去。

到京西門，有尊官輿蓋自城出，袍帶靴幞，居然昔制。生避立道左，正爾疑訝，而輿中人指顧曰：『此生人魂，何因至此？』傍有小吏爲述委曲。尊官曰：『可即導還，無俾迷惘。』遂有一青衣來領生，行過十數家，於門間剥啄一女子出，則生前十年亡婦也。相見悵怏，絶無一語。生亦知是冥魂，姑尾之去。抵家門首，婦滅。生獨入，見諸僮娣問之，皆不答，但聞房内叢語啁唧。

生於紙窗罅中窺視，見一死人倒卧土炕之上，四肢僵偃，皮面枯瘠。妻坐其首側，掩面而泣，親屬數人彷徨圍繞，極於無措。生大聲呼叫，終無應者，乃從中堂户入，至於卧所，惝然而合。但見前列兩燈，其焰如炬，漸近漸小，再細省之，即己雙目睛也，遂能轉瞪微睇，鼻息亦漸壯。家人踴躍告曰：『郎君生矣。』生心甚明了，而氣尚弱，經數刻許，乃問此何爲者。家人答曰：『自郎君墮馬，即便失氣，從人馳報，因以扉舁歸。幸膚體尚温，延醫診視并云脉絶。正爾危急，不圖再此蘇息。』生乃述墜馬後所見狀，而内子兄亦至。生曰：『途呼不應，何也？』内兄曰：『子行後，吾亦隨出，聞人言爾墮馬死，因疾奔來視。中途蹶跌，傷膝跛蹩其履，是以遲至，孰爲呼者？』生曰：『然子之蹶，吾固心憤而搪之以足也。』後數日，生愈，仍館貴人家。

間過泊園，所言其再生之異若是。

昔唐孝廉裴珙，自鄭西還洛，遇昆明池神七郎子按鷹還，誤假其乘以行。抵家見親與弟妹語，俱不應，始知已化異物。賴衢中貴人遣地界神領還，得不死，事載《述異記》。向疑以爲齊諧、子虛之屬，今李先生魂合顛末如此，與珙豈有異與？方其躡而趨城，導而還舍，輿中之尊官、道傍之亡婦、中途蹶跌之内兄，所遇劃然，所見應然，安知其爲魂，又安知更有一僵卧房中者以爲其軀耶？往記之不盡誣，而死之中乃復有不死也。然今天下服制更易久矣，而生所見輿中人，乃尚如是，豈幽明不相攝耶？抑人所憎棄神特留之，又豈各從其所好耶？

神兵記

申酉之間天下咄咄多怪，而最奇者莫如汝水之神兵。先是金聲桓提師至江州，傳檄南昌，撫臣以下皆散走，城中無主，金持疑未敢入。會糧道黠胥郜德甫倡衆賫册迎附。金德之使，領職用事，勢張甚。凡諸螯虐，皆德甫爲謀主。有詹賚一者，崇仁人，臨川章通政光岳僕也。賡一嘗爲盜，本邑事發，依章門下免。已輒悍戾不馴，爲通政子所惡，欲置之法，遂銜怨。無何江變，賡一嘯集千衆，破通政公家，而手刃其主，以重鏹媾金帥，得授練兵守備。於是大肆所欲，凡諸故紳大室多被殘毒，如是數月。臨之人怨賡一，甚於西昌之怨德甫。

有趙某者，邑孝廉王秉乾莊丁也。習攻木，以伎食徽之婺源，有日矣。一旦擲斧而還，若有神使歸，號其鄉人曰：『我趙帥也，詹郜二賊不道，帝命殛之，能從我否？』有應之者，則令各認一技，閉户書符牒咒之，即自能起舞擊刺，進退皆有法。衆至數百，名曰『神兵』。

是時，德甫等正會帥撫州，聞報，怒甚，出甲千數襲之。趙已前知其事，驅衆伐木樹柵自固。德甫兵至，阻柵，不得進。趙鼓譟出，舉槊刺德甫，中腹墮馬，刃出於背。賡一繼進，連刺之，皆洞胸，立死，衆遂大潰。會師中有知其神者，亟屠狗取血灑之，術遂敗，不復能戰。陣亂，數百人多陷死，趙亦見殺。乙酉十月事。

古今妖術聚衆多矣，未有一椎魯無知之木工，蹶然而起，上無所師，旁無所助，馳走千里之外，率耰鋤而兵之，摧凶陷陣，刃無爽發，若是捷者，此所以爲神也。彼二逆者，方自以爲得志，而無復難我矣，不知冥冥之中，乃有神仇之，又不發於他人，而發於無知之木工。指顧之頃，駢首就馘，血膏鬼斧。天之報施凶人，亦快矣哉！

然則神能殺詹部，胡不能全趙？曰數也。彼其言曰『天使我殺二賊』，二賊死，神之事畢矣，即趙亦不知其所以然也。彼數百人者，亦數在戮中，即不爲神兵，未必遂免於死。以神之靈，豈不能冥褫二賊，必假手於趙之鳴鼓者，所以肅天誅，而昭不道之戒也。當是時，鋒鏑遍野，白骨礙路，江人之死者，何可數計？而此數百人者，獨得以其軀骸博二渠之首，抑壯矣！

然則，天下之爲亂逆可殺者，多矣，奚獨嚴於二凶？曰激也，人窮則神激，神激而怪應之。今夫石相角，則焰爲之起。水受搏，則躍物投實，則返而自礟，皆激所致也。彼二凶者，操敵人之戈，以賊殺其主，斬艾其鄉里，若封羊豕，穢惡窮極。神之怒於是激矣，故偶於木工洩之，非苛此而縱於彼也。徽之人有逐殺其母者，母避之神祠。神卒跳而馘其子，戈倒趾徙，萬衆駭目。非土偶之能靈也，所以然者，人激而鬼應也。子不語怪力亂神，若此等者，惟恐其不神，亦惟恐其不怪者也。

素衣女子記

蘇郡吴生某，偶中夜獨坐，聞耳畔鼾聲甚沸，四顧無人，意甚怪之。躡足細聽，聲自壁磚罅中出。因抽小簪，刺入其中，既出，赭然半腥血也。斯須，忽有素衣女子步立生後，貌極妍麗，小兒輩群指語生。生亦仿佛若有所見。已詣寢，而女早待。生欲避之，女直前牽挽睇笑曰：『非妾溷君，君固擾妾，去將安之？』生知其爲妖，而惑其姿媚，遂與之昵。

自是每夕必至，久之，遂晝見。飲食笑語，群然狎處。家中人即欲遠之，不可得也。而生亦精神消耗，漸見羸瘠。郡中有法官施亮生，能以符咒驅禁邪魅，時爲嘉興某紳迎往見醮。或勸生密往祈請，生然之。拏舟甫登，女已先在，責生曰：『若奈何聽狂讒，而萌毒計？且施生如我何？』念子身單，與子偕發。』至王江涇，乃矍然返曰：『施生於彼結建壇宇，此吴興界，地有神守之，暫當別子。』生遂往，以狀白施。施曰：『小魅，不煩全力。』書符三通，命自途抵家，次第焚之。生奉教惟謹，既入室而女又至，且咍且詈曰：『技止此耶？且施生何能爲？吾向固語子。』於是大肆擾暴，抛擲土瓦，毀損器物，至於無算，而逼處如故。生懼，復以告施。施大恚，乃入穹窿山，杖劍披髮，刺舌血書疏，請於上帝。七日後有神將臨生家，縛祟，鞫而斬之。神詰責不聞，而庭下輸吐一一可辨，蓋是白蛇之妖，通靈已久。其拷訊之處，有血盈掬，淋漓在地。神既去，後復有一妖形見。詣生曰：『阿姨擾子過甚，戾固自取。然且爲子死，顧假子居治喪百日，且舉族他徙。不然，終亦不能舍子。』生懼唯唯。逮夜，群見中堂陳設，有赤髮靛面獰醜之怪，大小數百，迭來吊哭，一如人禮。生舉室避去，百日以後，聲影始絶。此昨年事，今其宅尚廢，無敢居者。吴中一友酒次述。

往記蛇妖之祟甚多，而其變必女，豈女固與蛇爲類與？其禍害之甚，至有舉體化水，僅存鬚髮者。世之淫蕩於漁色者，其可無戒與？此妖幸不殺人，而終肆擾亂，至煩天神捕馘之力。天下之止惡者，其亦於爲虺之始圖之與？設位哭吊，小妖居然有礼。神之獨遺老魅，而不盡其類空之，其以是與？妖之族多，既如此，帝又安能盡之？則天下之居，其又何時而獲謐與？

侯廣成先生神異記

侯廣成先生既死乙酉之難，是秋九月，嘉定尉閔某，夜城哨至東門，驟有騶衛呵殿而來。尉控轡道左，輿中坐者頳袍披髮，怒髯如戟。從隸咤曰：『是已故通政侯公也。』尉駭走，東城故荒僻，初變後道寂無人。尉益走，後來呵聲益迫，終不敢返顧，踉蹌喪魄。及縣，乃隱。馳馬入署，疾大作。請於令，於城中僧寺建水陸道場，七晝夜普薦。

是秋，紳士之兵死者，而獨於中座設先生位，尉日手小疏跪誦頓顙無算以謝。僧竊睨疏皆自理是夜登城唐突之罪，又復於署中日夕虔祀若祖考焉。一日疾作，復有所見，乃更就祀所設饌，强先生猶子研德入奠代請，執禮極恭。踰年，尉竟死，死時復云見先生。

張睢陽有言『生不能報陛下，死當爲厲鬼殺賊』。古忠臣烈士，其日星河嶽之正氣長存天地間。雖形銷影寂，而英爽結鬱，若木石蘊火，隨軋而焰。先生形見之事，豈有異與？彼幽憤所加，寧獨苛於一尉？而云車風馬，偶於尉一露之，使知天下有不可刀鋸鼎鑊，划絶糜散之忠魂，即尉以上可以懾也。而凡爲臣子者，亦可奮也。記原又言嘗客浙西，偕友請箕仙。岳忠武忽降，賦詩慷慨，且曰『爾伯銀臺公亦在』。記原拜泣，欲得一語，答曰：『公方領雲間城隍司，暫供遊覽，未可迫索。』噫！先生之靈，真與岳忠武徜徉并駕矣？忠武没五百餘年，而應跡喧赫，俎豆遍方宇，即先生之神，亦奚疑哉！

小仙記

太原張价屏少參，年十七八時，偶出，見一道人坐檐下，姿儀蒼竦。問所爲，曰『化齋』。价屏呼僮出飯，齋之，語良久。道人曰：『感子多情，姑一兒戲索笑，可乎？』遂袖出小瓷缽，曰：『子意何需，吾爲子取？』价屏曰：『試飲我酒。』道人傾缽注酒，飲之，甚旨。則又曰：『需何物侑之？』价屏曰：『新棗，時方寒，臘欲以此，困之。』道人於缽探棗數枚以進，色鮮味爽，正如乍摘。食竟，睨价屏曰：『此界無奇，能從我蓬島遊乎？』价屏罵曰：『我方讀書，取斗大印佩腰間，何有山鬼耶？』道人笑曰：『已知，予逝矣。』以一足插缽中，没尺許。价屏駭曰：『毋碎爾缽。』道人摇手曰：『不妨。』遂全身縮入缽中。斯須，缽亦隱。

价屏馳騎四出追索，問人，曰：『出南門。』又馳數十里，遇老叟，曰：『追道人乎？』曰：『然。』叟曰：『遠矣。適從此去，囑我曰：「爲謝張氏子，無徒苦問。」』其時即縮脚入缽之時，無少後騎悵而返。於是人呼爲『小仙』。

漢武有云『天下安得神仙，盡妄耳』，此語似是而非。夫仙何嘗無，但多慾如帝而欲致之，固不得耳。彼少君、文成之流妄也，非仙也。若小仙者，所謂覿面失之者也。价屏語予，當時恨不撒手便去。予笑曰：『不然，即今請君入缽，君之手固亦未能撒也，何獨恨當日也？』

梦石居紀異

吉州李梅公先輩，少時喜讀《袁石公集》，行住不離腕篋，自謂得石公深。一夕，梦偉丈夫見訪，坐定叩名姓。其人笑曰：『子日哦吾集，而不識乎？吾袁石公也。』

李□然，稍前致款曲。其人曰：『子雖日哦吾集，非能知我者也。如某詩中某句，非我所謂佳者，子特賞之、圈之。某文某處，我所最得意也，而子塗泐之。子幸愛我，要非知我者也。』李又蹴然謝過，請詳示評次得失。其人曰：『予安能盡言之，子但就吾所謂閱之謬者，而推廣之，以求吾精神面目之所在，則近之矣。』遂去，而李亦寤。索集覆閱，果有詩之圈者，而文之塗泐者。始信梦中丈夫，真石公也。遂牓其齋曰『梦石居』。梅公自言云云。

噫！以生平從未謀面之人，而來入梦中，爲賞其詩文。故爲雖賞之，而取捨不盡當故，則石公之於詩文，不惟其生死而眷戀循索，惟恐人知之不深，乃若是也。世之忮心莽氣輕詆議古人者，鬼神之揶揄慍怒，當不知何如矣。梅公如此，而況不如梅公者乎？

仙人橋紀異

寧都道上有一溪，水勢湍急。舊有木橋，爲暴流衝漂，歲久無修復者，行人苦之。有一傭居水傍，頻年賈力，積貲三十餘金，遂盡捐以執斯役。梁柱既備，擇日豎構。

是夜，遠近群聞斧鋸絙綷負荷牽曳之聲，喧然達旦。昧爽往視，則橋已裝就，屹然完鞏，工徒灑指不假纖力。至今二十餘年，屢經巨漲，略無欹損。衆謂非神力不及此，因呼爲『仙人橋』。此傭至今尚健無恙。頃鄰友章仲愷往還其地，語予如是。

橋於利濟最大，豈無資力千百傭者，而傭任之。一念真誠，鬼斧神工，奔走效命，豈不異乎？橋可撼，而傭之精勤願力不可毀。彼力饒津梁，而心忍淪溺者，視傭得無愧與？

冰蓮紀異

去平西之西數十里，有劉季尖，不知所自名也。其高入雲，老屋數間，祀古仙像，遊人到者絶少。己卯冬揭子子宣讀書近地，雪霽，偶登是山。山深凍結，竹樹草葦皆玉枝瑶幹，瀰漫一色。子宣酣不能已，遂獨步躋峰頂。至則古殿深扃，闃無人跡，兩扉薄冰籠罩，對對作梅花斑點，高低疏密，排比極稱。其屋瓦四周，皆是蓮花密布。每一花片，長可四五寸，輕痕軟縐，如池中新摘，香膩猶潤。一花之上，次更亞一花，淨艷陸離，垂向檐頭，長竟可盈尺。周廻顧望，雪屋一區，直是一大蓮花瓣。子宣徘徊良久，逼暮乃返。頃過山中，予征其生平聞見之異，舉此以對，且曰此大略耳，其奇絶處可想不可述。

夫冰雪無質緣物而形，即百狀千姿，亦其宜耳。若何而炫其奇於空山古屋之間？而梅與蓮之幻出也，謂有爲之者耶？彼纖葩弱蕊，誰手營而指畫？化工於此，不太勞乎？謂無爲之者耶，則此梅與蓮，宜遍滿於村扉野茨間，何獨於劉季一尖，而奇幻之錯出乃爾哉？夫空山古屋其地儘可不奇，即有而孤遠僻寂，無肯過而問者，亦終於湮没耳。而幸有嗜奇如揭子者，而事始傳，其奇遂爲古今所僅有。則夫天下之異，其隱於孤遠僻寂，而爲耳目所不及者，可勝道乎？

鼻飲

近歲，溧水有一令，年少自喜居官，不守常格。嘗捉得一盜，呼捕役至，曰：『聞若曹善拷賊，爲我一一陳試之。』役舉數端，有灌鼻之法。令喜。於是躶盜倒懸堂側，取燒酒至，以瓶瀉入其鼻。盜故善飲，凡瓶所注，皆從鼻竅輸入喉中，無涓滴外溢，不惟無苦，而且樂甚。捕注益急，則咽益酣。斯須，盡兩瓶，盜已酩然醉矣。令鼓掌大笑，命解縛付獄，尋釋之，曰：『此異人，寧失，出之，可也。』邑周生教授金陵，於酒次述其事。蓋嘗聞海外有鼻飲之國矣，令以滴酒注人鼻中，未有不悶絶者。至列之刑拷之中，以爲苛法，盜獨酣受之，若甘雨之溉龜拆，非猶是五官乎？如曰海外之鼻，彼盜耳又何修，而得海外之鼻於天也？

卷　四

陳女再生紀

西昌年家子羅時先之姑，適陳友方叔。時先之妻，又方叔女也。時先爲予言其姑羅孺人，嘗生一子，甚慧，至五六歲而殤，孺人痛之不已。踰年，有妾方妊，孺人梦兒來告曰：『感母懷思之深，痛不能割，今當於某妾所受生，以續子母之愛。』亡何，妾生一女。懷抱中獨依孺人，得之則嘻笑，失則啼號，甚於其母。孺人知是前兒，愛之亦如己女。後二年，女忽病甚。孺人梦兒至曰：『爲他人女，終非本意。今欲却還，再生母處，何如？』孺人心愛是女，亟止之曰：『汝生已定，萬勿復爾。』寤而告家人曰：『是兒屢有怪變，其櫘未葬，不若火之，以絶之其念。』遣人發視，則兒遍體生紅白毛，長踰寸許，因亟火之。是夜，復梦兒至，懟曰：『母意何毒？焚時極苦，使兒無所逃遁。』次日，女身摩頂至踵，無端焦爛，若傷毀者，半月始瘳，而梦遂絶。女今六七歲矣。

夫思母而再生，天性之恩精通冥漠，此理之所有，顧况之兒嘗見於前事矣。既已女矣，而梦復爲兒，何也？且生死形神，判然區別，火加於死兒之軀，而瘡見於生女，若合兩兒爲一身者，渺冥怪幻，此則非意之所測也。然以數歲之嬰，追戀其母，猶能没後求生，以希聚合，今成人而高堂無恙者，其幸爲何如？愛日知年，可不加之意乎？而孝事不能，甚或好貨財、私妻子、狂走四方，視其親如路人，略不措意，乃有若無者，其悖爲何如？則又此兒之罪人也。吾故揭之，以爲人子勸焉。

僧爲王記

汴城王生者，有文名，嘗從事周王府。自言其前身爲汴屬諸生，一夕梦入冥府，見老僧自門外至。王起迎輿，爲揖讓良久。列坐款語，王手衮冕服進。僧固讓，王亦固請。至於數四，最後僧意蹙，至於頓足流涕，若被抑勒，最不堪者。斯須，輅車至，老僧冠服升車，甲士前導，旌幢羽衛至數百衆，生亦厠屬車後。塵中擁逼偕出，不可得止，如是里許。有大古井，正當衢路，從者驅車直入，王與數百人一時并墮井中，生亦隨之。

歘然而下，若從天半撲落，瞪目微睇，則身在一土床上。旁有一媪譁而語曰：『是個奇兒。』生時欲自言姓名，但窮極氣力，出口皆成呱呱聲。欲自起行，則四體頑然，絲毫轉動皆不可得，乃知已入胎中受生也。是後乳有漸長，雖身在襁褓，而自知其爲某生。既壯，補諸生，有聲，凡詩歌古文詞皆以夙習，自能工曉。至其往世、鄉里、村舍、父母、妻子、親知名姓皆復記識，但不解梦中老僧爲何等異。未幾有以生之才告周王者，王遣人來聘，司文翰。生入謁，拭目諦視，則向梦中老僧也，乃大嘆異，爲所知道其事。汴城陷後，生落拓，不知所在。有王孫某，上丹青與生善，頃遊汝爲張蕙嵘憲副言之。

一梦耳，而以此死，以此生。既生矣，而其梦者仍續也，則其死者，仍未死也。僧而爲王，逮既王，寧復知僧？而生知之，生之不迷，天固以生迪王也。雖然，此不足論也，獨怪今之世尊赫顯重無踰王者，而僧不願，至於頓足流涕，而後受之，若重有所抑，何也？豈僧優於王，又豈世之所謂王者，固釋氏所厭薄，以爲墮落者乎？

福業牽人驅而入阱，然則今之所稱富貴人，皆井中人，皆僧所不屑也，可畏也夫！

馮老再生記

絳州有馮老者，與人訟於府。騎一騾，過聞喜縣西五里宋莊李姓者之門，偶蹷墮而死。李家婦適坐蓐，遂産一子，撲地作詫訝聲曰：『熱殺，熱殺。』聽其音，老翁也。家人諱言出怪，呼水溺之，有救免，兒自是不復語。至二三歲，忽謂父母曰：『我何故至此？何故我軀之變，若是其小？』父母怪，詰之。則曰：『我馮老也，當過此墜地，迷悶中若入一崖洞中，黯而窄，氣蒸熱，不可忍。良久得出，目始有光，微見天地，身亦覺涼暢。纔啟口，傍人便欲殺我。我强忍至今，不敢吐氣，然身雖换，心歷歷焉馮老也。』又言：『家絳州某里，有妻若子、兄弟幾人、某戚某友，吾旦夕念不置，且吾家以訟益落，幸召兒輩至，有所欲語。』

絳州去聞喜纔百里許，其家如言使人聞之，果有數子并馳至。甫入門，兒即遥呼：『某某來乎？』諸子矍然伏地泣且拜。兒曳履前受，且絮詢家狀甚晰，因迎歸。

登堂見老妻，嗚咽談枕語數事，妻亦相向悲惋。凡親族自外至者，皆望呼其姓字，與爲款曲。雖三歲兒，居然故翁也。已，又告其子曰：『若輩産薄良苦，向有貸出銀三户計若干，若所未知。券藏某所，今取之庶可少濟。』其子如教，索得券，又喜出望外，自是呼爲『馮老』，常往來兩姓間。李畜以兒，而馮遇之竟以『馮老』，此人没近五六年，得年六十許，蓋萬曆中人。

南城徐生曰：死恒耳，何以墮地而彼即入腹，既出而語，其音猶老人也。至三歲小兒，公然妻其故妻，子其故子，合兩身兩世爲一人，尤異甚矣。天下合離悲喜，幻變之極，亦無踰此者矣。聞喜翟公象陸，理學君子也，與予叩擊及此，謂人生如火之麗木，没即木燼煙散，蕩而歸於無何有之鄉耳。予謂父母生血肉之身，未必能生靈覺之身。靈覺之身，始有自來，終有攸往，非如草木瓦石之塊然斷滅。公未以爲然，然謂世間恒有是事，因遂舉此。嘻！馮老之生而既如此矣，人之死，果可謂之塊然蕩然，如木燼煙散，之歸於無何有者耶？

徐氏婦再生記

萬曆末年，聞喜宋莊村某家生一女，長至二三歲，忽告母曰：『兒欲一歸，可乎？』母曰：『此汝家矣，又安歸？』女曰：『否，兒前村某家女，名蓮子者也。病疹死，再生母家。然竊念故母，恐見責，不敢語，負痛甚久。』因歷指其家人名姓，母知前村有是家，及女疹死事，自往道之。故母聞，來迎，一見悲切，話舊甚悉。且曰：『兒死時，母以果物奠我，有杏甚甘。我捉食太莽，傾散於地，不記之乎？』故母抱持，大慟云：『果有是事，當時已怪之云。』自是，兩家之母交互女之，迭相來往，往歸諸生姓徐者，今尚在，年可五十許。翟象陸述，亡其姓。

然則生死去來之故，概可知矣，有覺不覺耳。予因語象陸，倘得數百年後，再生此世間，而仍知其爲盱江之徐生，因以歷驗數百年治亂興亡之故與吾鄉吾家世代隆替，人事之更革，豈不一奇快事。象陸曰：『果尒，予亦愿之，不特子也。』因與大笑而罷。

劉將軍再生記

丙戌丁亥間，開封城外民家婦，一産二子。長者纔墮地，即問曰：『劉將軍安在？』父大駭，以爲怪物，撲殺之。次者墮地，又即問：『杜將軍安在？』父又欲殺之，爲母堅護而止。後漸長，自言其爲劉將軍綎，於夙世事，皆能記憶。而前撲殺者，即杜將軍松也。此童軀幹甚偉，後避跡他徙，不知所之。夫生而能言，於兒固怪，在劉將軍恒耳。忠武之魂，長在天地間如是。第不知其所生何爲，其偕杜將軍生，又何爲也？雖然，吾尤惜杜將軍。

紀張海臣再生事

張海臣，汴梁人也。少時嘗籍諸生，食餼於庠，有文名，豪宕不羈。以他事得罪有司，遂擲去。客河東，習岐黄家言，輒臻幻眇，尋徙居濩澤，凡十餘年。澤之人奉之若盧扁、華陀，致産數千金，蓋一時名醫云。

其始離母胎日，輒自言曰『我某寺僧也，今視手與足，皆非我也。』父母惡而禁之，刺刺不肯止，如是數日。既長，每憶其前身事，猶歷歷也。頃在三山，與陽城故友張雲程談生死之事，雲程首舉以復，蓋海臣之卒，纔年許耳。海臣既悟其前身之爲僧矣，而潦倒氛塵，已躓名場，復躭方伎，雖才慧，根於夙乎？謂之善反，殆未可也。

紀迎真庵道人再生事

陽城東鄉小城，鎮之東里許，山坳中有迎真庵，一老道人生平頗誠謹。一夕死，魂生平陽府翼城縣某鄉老翁家。甫墮地，即瞪目環視曰：『公等皆何人也？此地何地也？我陽城縣小城迎真庵中某道人也。』其家怪詫，欲溺之。此翁衰年艱嗣，躊躕不忍，懷抱中時多絮語。因遣人尋探至此庵，舉道人姓名，果有是人。質其死之年月日歸，即此兒生之年月日時。因大嗟歎，具言其初生時怪異，自後不復相聞，此亦天啟中事。小城張廷重述。

噫！兒非道人也，而其自視則道人也，此非所謂故吾者哉？而真我遠矣。予嘗遊小城諸山，此道庵猶能識之。

楊氏婦再生記

乙未秋，清江浦工部書役楊某妻死，既葬矣。越數日，河北十里外，有村婦某氏，亦病死，踰半日復蘇。家人慰問，輒曰：『此何地，何以至此？我楊氏婦也。』其家大駭，男女數輩迭前曉譬，皆不識，但索輿促返。有老成者，教以遣人至書役家言狀，楊隨至。婦見楊，即起坐絮語，泣詢家中大小事甚悉。楊聽其言，皆己妻也；視其面，則固此家婦，不敢認。而婦以死誓，不肯留河北，乃共訴之工部。

工部呼婦細詰，具言其死而復生狀。問書役，則曰：『婦已死，葬數日矣。』乃悟是婦魂返求尸不得，偶假河北死婦之體以生也。工部不能強，因令書役捐十數金，贈河北喪婦家，而婦歸楊氏。是時，家濟寰適客其地，因得聞。

夫死而復生，異矣。死既葬，而假他婦之體以生，則尤異。一死，而不死；一不死，而又竟死也。河北婦非楊氏之婦，而楊氏婦，又已非河北之婦也。工部固善全，而造物於此，亦怪幻極矣。或謂婦之心雖楊矣，而其面如故，今歸楊，何以置故夫？予曰：不然，人之所以爲人者心，心改而面隨之。商鞅，魏諸公子也，入秦，則仇魏。子胥，楚産也，入吴，則仇楚。衛律、中行説，漢儒也，入匈奴，則仇漢。夫既已心之矣，即其面，非復昔日之面矣，孰爲故夫，又豈獨河北婦乎？

蕩口舟子記

無錫蕩口民，彭某，以操舟捕魚爲業。一日，過常熟某村，覩其溪徑若嘗到者，貿貿焉入。已遂記其村舍委折，已遂記其前身，爲此村中人，姓某名某。嘗籍諸生，以某歲死，妻某氏、子某名也，遂登其堂告之。其家主人兄弟，皆邑文學，負氣岸，見此舟子咄咄無狀，以爲狂誕，大怒詈。彭乃數其親戚男女名字、家庭夙昔，細瑣之事甚晰，且曰：『爾母體中某處，故有痕點，此非人所知。』其母亦出，詰以往事，皆協，則相向掩面泣。彭又言：『吾有舊讀書若干卷，在某笥中，文稿若干篇，别藏某處。』其子如言，出之。則遂能一一闇誦無失，乃共錯愕，以爲真吾父後身也。流連悲喜，百端交集，而彭前此，都只懵然，至是覺悟，亦綣戀不能去。遂與其家約，將還，徙室就之。彭既歸蕩口，遽覺神魂惝漾而病。詰朝，常熟問者至，而彭已死矣。

夫既其先世矣，前此操舟捕魚之時，何以竟頑無知，逮知之而遂不復壽也，豈非數乎？又豈幽渺之故，天亦不欲多洩也乎？當其闇誦故書時，前後俄頃竟若兩人，所謂夙慧者非與？

祁兒商婦

近同里僧見日爲予言，紹興某山庵一行者，持戒精肅，晨夕禮佛不輟。或問之曰：『爾何求，而勤若是？』曰：『願爲祁家兒，商家壻。』蓋兩姓皆郡世家云，後祁孝廉豸佳之幼弟生日，見此僧入卧内。既長，果娶商家女爲婦。見日嘗赴孝廉齋，於座中晤之。時方年少，姿儀甚偉。逢人嘗呼『居士』，其夙習也。噫，出家何爲？乃祁兒、商壻是求，僧之志畢矣。然苦爲福基，於兹可見釋氏前因之説，不可誣，則後因之說，亦可懼也。

陳孝廉夙因小記

歸安陳孝廉巖城，撫州太守陳公肇英長子也，性至孝。癸酉，母死。孝廉哀毁過當，自後居家恒白晝見母，號之則隱。丁丑隨太守之南工部任，夜卧齋中，母忽就榻，携手而哭，孝廉惘惘從梦中起，推扉送出，步撞書案而倒，乃忽醒，則子夜也。

己卯孝廉舉浙江鄉試歸，夢獨坐孤舟，四面皆海。一頭陀漾小艇至，詢之，曰：『認得否？』答曰：『未也。』頭陀連呼曰：『奈何忘之？』出手中銅板如磬，連擊數聲，則諸人周繞而至。復曰：『認得否？』孝廉念曰：『此當是輪廻矣。』頭陀稱『可惜』者三，遂不見。孝廉瞪目，惟見頂上有氣如虹，而起忽悟前身亦頭陀也，常與所親言之。

庚辰冬，有事金陵，過丹陽。夜有盜，探囊入舟，孝廉驚起墮水。次日出之波中，則以手板肩，笑容溢頰，雙足踡合，若跏趺焉。抵家再殮，越八日，而顔如生，蓋與大海孤舟之梦協矣。太守爲識夙因一紀。予頃過虞山，太守亦至，因得聞。

或曰孝廉思其母，而母至，誠爲之也。予曰然，蓋死者之念其子孫，大抵如此，但地上方樂，無肯念死者之子孫如孝廉者耳，齋頭握手之哭，凡爲人子者，聞之，當雪涕矣。孝廉以頭陀來，鄉薦往，宜若可羡，而以爲可惜，何也？曰惟不認此，所以可惜也。不認頭陀，且不復認孝廉，而茫茫大海淪汨，將不知所極矣。孝廉期其母於先，復自悟其頭陀於後，棄此塵軀當如敝屣，此入水之所以含笑也。夫茫茫大海，自認者幾人，其不惘而墮者，又幾人，而况其以汨爲嬉耶？噫！

再生梦紀

傅生前星，鯉湖人。辛未同爲蔡雲怡先生所録士，生平好學端謹，爲鄉黨所重。兩年前病卒，閲數月，予友傅方賓梦其衣冠如素，遵渚徐來，似欲濟者。相見勞問良久，且囑曰：『予生無大過，殁亦自適，近乃奉牒，當生南豐侯府姚氏，從此行矣。君見兒輩，幸慰語之。』傍一童子年方總角，促去殊急。生顧謂曰：『家人相見，且復斯須。』方賓曰：『此何爲者？抑子之從僕乎？』生曰：『非，人間所謂「引魂童子」者也。』

又問方賓曰：『君之内人將無誕乎？』曰：『然，已彌月矣。』生曰：『可喜，此有一人同予奉牒來，當爲君家令子。』童子又促曰：『行矣，奚饒舌爲？』生乃舉手，凌波東渡，中流廻盼，若不勝情。方賓寤而識之。未幾，果舉一子，貌甚秀特，與人揖必合掌而不乂手。偶因出見，方賓爲笑述之。侯府，南豐望族，去鯉湖四十里。

愚山子曰：以予所聞生因緣最多，其人皆鑿鑿可質。傳生猶見之梦者耳，然受生有地，同來有人，彌月之男徵於未誕，可謂之謬幻耶？夫先王立教福善禍淫，而生寡愆尤，死亦免於淪墮，未有凶邪悖亂之人，得列此數者。傅生生而自好，能以再世所生入梦告，報亦猶在日爲善之利也。夫錫山有歸生者，以姑布術遊江南，嘗官總戎，自言在孩稚時，聞鐘聲，輒合掌膜拜，長乃學乂手揖，與方賓小兒同。或曰前身自僧伽來想當然。戊申正月紀於芙蓉江上。

西山僧前身記

予辛巳謁選寓京師承恩寺，有西山僧修如者，與主僧善，嘗言其知過去世事。蓋畿南某村一女子也，年十四五，父爲聘某家。其姑性卞，待子婦夙苛急。母意不可，而父固許之，是後，以此常相詬誶。亡何，母死，女痛母甚，又心畏其姑家，伺父外出，亦自縊。父歸，慟哭，殮而葬之。當是時，女子魂堅坐身傍，睹其父之哭已，一如生人，但不能言耳。

將葬，女子出，惘惘行數十里，頗覺足痛。偶有群驢負煤過，女即騰上驢尾，附以行，甚適。或偶饑，見道傍人飯食，從傍拾數粒穀，吞之即飽矣。如是竟日，終無覺者。薄暮，驢行過小溪，女忽自驢背撲下，則已生今父母家爲男子。自襁褓中，即歷歷憶其前事，嘗以語人，但每一話及，即頭痛彌日，故不肯多言。既僧矣，其面目猶婦人，於織紝組繡之屬，不經師授，自然嫻習工致，其一驗也。是時僧年纔二十許，大抵魂載魄則人，魂離魄則鬼。人之生以魂，則魄雖死，魂不死矣，故曰精氣爲物，遊魂爲變，是故知鬼神之情狀。女子死，而哭且殯，坐視之，父不知也。然則今有人焉，乘人之死，而欺其孤，虐其寡，奪其所有，簡薄其後事，冥冥中之怒目而視，當何如耶？

西山僧夙怨記

金王舉兵南昌，譚將軍師圍之，且陷矣。有鄉人某者，居城中。梦其亡父告曰：『爾明日死矣，爾於過去世黄巢部中爲巢卒，曾殺一劉七者。久未報，今其人在彼軍中，當殺爾。明日城破，掠爾家者，劉七也。』某哭曰：『是可逃乎！』曰：『不可，但明日相遇以此告之，冀其或心動耳。』某記之。次日，城果陷，某扃户以俟。有頃，外兵攻門急，某啟納之，而迎呼曰：『劉七爺，吾今償爾矣。』其人叱曰：『爾何知我名也？』某曰：『昨亡父見梦，故不走，而坐以待。』因具以告。劉七擲刃，嘆曰：『嗟乎！冥報不爽如此哉？雖然，我殺爾，爾他日復殺我，是我爾相殺無已也。吾救爾，可隨我出。』某隨劉七出，遂免於難。事定後，劉七脱戎籍，祝髮西山。

嗚呼！唐李至今垂千年矣，人不知幾生死，國不知幾興廢矣。而殺人之愆必償，受殺者之怨必不肯忘如此，世之嗜殺人者，可以戒矣。如曰誕耳，西山僧具在，盍從而問之。雖然，西山僧則可謂善反者也。

夙因記一

流寇陷荊州，客有名王二者，奔逸無地，入一人家神堂下，蹲伏密禱。梦神告之曰：『明旦賊至當傷爾，爾但口呼：「季七，我前世斫爾一，今何斫我二？」庶幾或免。』無何，果有賊破户入，搜得二，曳出，連斫之。二如神指大叫，賊叱曰：『爾何人？乃習我名。』二具言神告如是，季七擲刃嘆曰：『有是哉？予固疑有夙因。』遂釋二，待之加厚，與共起處。尋密謀脱夥，偕竄去。

往予親友中有汪德所者，常爲賊虜，目所到十數輩，而獨捨汪且俾侍左右。汪間謝不殺恩。賊曰：『此夙業，彼應死者，吾見即瞋恨，若刺在目，必抉去之。如爾者，殺亦奚難，顧吾意已解，肘間若有人掣之耳。』此等事往記甚多，今於季七益信。

悲夫，殺運之烈，於今已極，人皆以爲天數然耳，孰知固由人之積乎？然則欲彌未來之殺，即於今日慎之。其道安在？曰：『在體仁。』『仁之要安在？』曰：『戒殺好生，無爲忍心慘刻之事，以種其毒於將來，則幾矣。』

夙因紀二

甲戌乙亥間，洛陽人姓鄭者，聞流寇至，有一井，旁穴空曠，挈家匿此。梦神告曰：『仇敵至矣，爾前世殺某一家七人。今其人生爲寇，當報爾，爾家七人亦將不免。』因言此人名孫二，面貌服色何若。鄭醒，自念夙因至是，無求免之策，不若挺身赴之。逮旦，寇纍纍井邊過，鄭睨其面貌服色不合，匿不出。有頃，一賊至，窺井知有人，意色甚惡。鄭亦微瞰，是梦中所云者，遽自出曰：『孫二哥，今償爾債耳。』遂縋而上。賊曰：『何自知我名？』鄭曰：『神告我。』具言所梦，且曰：『舉家七人皆在此，惟所命。』賊懼然曰：『嗟乎！此事無則已耳。如有，爾殺我，我復殺爾，是復怨也。怨不可復，今捨爾。』遂指其應避之方而去。是家七人皆獲免。陽城張雲程，時亦避寇豫中，因悉之。

予嘗有《西山僧記》紀劉七事與此最類。蓋盜賊中亦有慈仁豁達，善處怨讐之間者如此，今或睚眦下石刀俎，媢人弱之肉而强之食，乃半出於讀書明理之士，豈冤債幻渺之説，固不足動其胸乎？夫豈利在目前，即來世之害，亦奚恤也，而使人遇之者，謂殆不如遇賊，是可歎也。

馬秦二生夙因紀

錫山馬文忠夫子次公壬玉，字彦豐，有才名。甲午以壽吴幼洪給諫，過虎丘，忽悟其前身爲虎丘僧也，遂心動嘔血不止，而終於僧舍。又同邑秦生某，幼時夜行，人見其頂間，輒有圓光，大如箕。至婚冠後漸隱，今以諸生舉明經矣。生自知其前身，乃某山中一苦行僧，數爲人言。予聞之鄒子公遠。天下文人才士之自苦行中來者，不少矣，其静極宜慧，其淡極宜福，其斂極宜舒，非徒佛力輪轉之數固然也。即以梁谿一邑，而所聞者，已如此矣，顧同一夙世，秦生知之無恙，彦豐知之則不能以終日，何與？彦豐將無脱桶底，於是而撒手也乎？

卷　五

任乞兒死義

揚州安豐場有任乞兒，生平乞酒不乞錢。丙戌場中有以聲義起者，實皆賣菜傭敵至散走立盡。乞兒獨前迎大帥馬首，舞而行乞，若癲狂者。帥令剃髮，乞毅然不可，因抵掌大罵，遂見殺。此與乙酉五月題詩沉秦淮河者，爲大江南北兩大乞人。

安豐大箭

安豐場舉事之始，群聚議於某招提中。忽前殿佛頂天花板震聲而墜，有箭無數墮地，笴簇鏃修整，其製異常。蓋火箭之可以彎弓發者，衆喜，以爲神助，其謀乃決，遂有後日之禍。蓋殺運所致，佛不能救人而反若弄人者如此。

雷震三異

丁未四月，南豐東邊墟有童年十七八，爲雷震死，背有大書『前生謀死親夫』數字。衆共睹之，此童子浮樸，無他過堪摘，真夙孽也。

夏五月，郡東芙蓉山有一物，人軀修幹，自腰以下鱗甲燦然金色，斃於雷斧。近山争往看之，終不知爲何怪。

同時城北五星庄，有無主古柩，忽被雷震，木碎而斷其首，棄之道周。其貌森然，鬢眉觀頰一如生人，頂上束小道冠，衣亦完好如新製。鄰子章公淳隨衆往視，問之村老，曰自幼已見此柩，頹垣蔓棘，誰過問之。歸爲予述。夫古櫘尸妖，深山木魅，皆能興妖結祟，以害於物，其殛之，宜獨殺。夫舊辜追論後世，非六字爰書，鮮不疑其濫矣！使於前身逆謀之時，轟然斧之以昭婦誡，不逾快乎？當日之寬網，何耶？

蔽天鳥

庚寅冬月一日，有鳥陣自北而南，瀰天蔽日，白晝爲晦。其聲震耳，如風雨怒過，江濤崩湧，所落之處，山谷皆滿，終不知其何從徙止。

塞河魚

丁未十月，吾郡東南兩河，有魚泝流而上，充滿水中，其行霍霍有聲。漁翁投網，重，不克举，常闞其半泄之。予家面小溪之傍，民魚皆充庖。無網罟者，或操竹罩籬以代，或掣梃向水摶之，亦皆饜腥食。其魚小大一色，絶似池中畜者，凡三日而後止。詢之臨汝、西昌皆然，亦絶奇事。

三歲白鬚

安福有傖姓李，二三歲即生鬚，其色皓白，及長，髯極修美。縣人每歲春劇裝東方朔，必騁致之，至相競得厚值，今其人尚在。郭孟麟《述稗紀》載，顔子未三十而髮白。予所見金陵賈客王汝章，年四十而髭鬓盈如雪，如七八十人。詢之，十年前已然，始信古今異事時有。胡尚書濙生而髮白，何論老少。

雷洗殿

金雞峰在邑東南鄉之竺由，層巒峭崿，上祀三仙，禮謁如雲，居然真宅。辛未夏，有雷白晝自天而降，洗濯其殿，良久始自廚中出。途遇挑水道人，即紆道破壁去。一塑像工見雷至，急跪而伏，但見火光絢爛，波潤飛灑，磚間浸痕可深數寸。既退，棟宇瑩潔加舊，亦不見水。自後，頻年時有是異。

詈神鞭死

金雞峰仙宇重新，寔吾友夏義叔暨同族數公之力。後禮謁日，衆香火之資不無贏潤。鄰境村姓李者，族衆盛妒而争之，乘間擁衆盡奪櫃金。而訟之官，干戈沸起，夏氏大困。

有夏長春者，性躁慢，故嘗任山中事。憤李之暴而神譴不加，謂無靈爽，遂於仙前大肆責詈。是夕抵家，猛見金甲神持鞭三撻之。次日，請義叔至家，以後事屬。義叔問所苦。答曰：『無之，但今舉目即見神鞭挺而相向，汗淫淫出，不得止。自知獲罪，雖悔何及？』義叔婉慰而退。是夜，竟死，背上鞭痕隱起歷歷。此庚午年事，義叔時時道之。孔子大聖猶敬鬼神，長春自顧何人，而敢肆詈！鞭背之譴，其能免乎？慢神者監諸。

蟲書

崇禎末年，予鄉鯉湖少年傅鬆，於西迎仙峰後之上天嵊採薪歸。夜燔以炊，火光中見葉皆爲蟲食成字。有曰『長命』者，有曰『富貴』者，有一葉中全四字者，有一二字而零亂者。家人問鬟，鬟視其葉曰：『此山有大木，纔斧其枝之十二三，餘尚在。』旦往視之，其樹之葉，蟲書皆遍，因伐携歸。街鄰皆來索視，斯須而盡。今鬟尚在。

漢宣之興，有蟲食葉作『公孫病已立』五字，然亦五耳，此樹之蟲，何妧書如是而竟遍也？蟲何能識字書，孰使之以爲瑞應，而其家亦無他祥？此所以爲不可解也。或曰：『此山極深峻，而時亦將變，蟲若曰「天下且亂，吾輩識字人，皆當歸於高峰峭壁，深林古樹之間矣」。』

蘇空頭

近吴門有紳姓王者，與太守交厚。守酒中譃之曰：『人言蘇空頭，蘇人之頭果皆空乎？』紳曰：『然，昔猶半空，今全空矣。』守曰：『何故？』紳拍其頂曰：『此中都被官長吸盡。』舉坐噱然。

愚山子曰：有是哉？此紳可謂善言德行。

今之民賊

同郡平西有劉生良臣者，生子不慧，幼從受章句。師教之曰：『父名字諱，尊公名良臣，以後遇此二字皆宜諱之。』其子唯唯。他日，受書至《孟子·告子篇》有『良臣』二字，忽憶師訓，又無他字代之，因高誦曰：『今之所謂阿爺，古之所謂民賊也。』蓋吾郡俗稱父曰『爺』云，由兹傳播，劉生所過，人輒目笑之曰『民賊至矣』。櫟堂生曰：嘻！是何傷哉？良臣爲諸生終則已耳，使進而宦而紳，則今之阿爺正古之民賊也，可曰謬乎？聞者又皆大笑。

呑聲

崇禎中有某御史出按山西，性戾甚，所至凜慄，公署近地雞犬盡皆屏去。一日，巡方至澤州，有署旁民繫驢舍中，而忘其禁。中夜驢鳴，御史怒。旦捕繫其民至，杖之三十。民受杖不號啼，亦寂然不哀乞。御史呼前叱曰：『若恨我乎？』民匍匐叩首曰：『小民安敢恨公，但驢以畜生無知，偶一開口尚觸盛怒，民有知者而更重犯清禁，罪當死矣，是以吞聲。』御史窘，無以應。陽城張雲程述。

愚山子曰：御史尊哉，此民亦善對。李林甫嘗言之矣，立仗之馬，一鳴輒斥；代巡所至，猶天子也。驢無馬之親近，而不知嘿以取容，失教之答，民能免乎？雖然網稍密矣，夫御史之前，誰敢不吞聲者乎？

四月兩産

丁未二月初七日，揚州鹽賈衛某婦，於是日生一子。亡何，腹結滯若再孕者。至五月十七日，又生一子。淮友吴華玉與賈交好，爲予述。古有孕十四月而生，至二十月以上，時有之矣。萬曆庚戌，中翰馬呈德内人孕至八年而生，髪長尺許，然皆過期。若數月以來，重妊兩育，此則古今第一怪事，不可解也。

一産四子

戊申夏，徽郡南鄉地名後村，有婦忘其氏，一産四子，皆男，并活。里老報縣，縣令王遣人以鐶金尺彩至其家賞之。予適看山入徽，得聞。按前代婦人一産四子絶少，惟漢安帝永寧元年，南昌婦有此異。元世祖至元二十年，高州張丑妻亦然，然止三男一女。若此之四子皆男，則數百年未有矣。載稽《宋史》自天聖迄治平、元豐迄元符，婦人生四男者各二。自熙寧元年迄元符、元符三年迄靖康，婦人生四男者各一，當時産異又何多乎？爲災爲祥，一一者果安居焉，并書以備參考。

爆頭泉竭

南旺山中舊有泉數十道，自地湧出，仰天噴射，高至數十丈，名『爆頭泉』，漕河南北分閘取濟。甲申春，忽然枯竭，河運胥涸，閱數月方復，遂有燕京之變。

羊角風

風皆横吹，無自下上者。數年前，鄰村一家曬稻數箕於地，每箕各容數斗。忽有風自地出，扶箕衝舉，直至屋瓦之上而墮。粟至數斗甚重，而風翼之以升，羊角扶摇殆是此類。

清濁泉一

休寧縣鄉中有顏公嶺，高十餘里，到頂忽平坦，有小仙殿。殿旁有泉并竇岐出，不踰尺許，一清一濁，下注池中。池水亦清濁平分，不相溷合。每春深，則泉水湧溢没及柱礎，一年一度，俗傳『仙洗殿』云。夫泉勺水耳，猶不能無清濁之分，況於人乎？或曰：是展禽、盜跖之所以兄弟也，應名『惠跖泉』。

清濁泉二

金陵東北三十里，有龍泉庵，在極深山中。庵旁有泉，一清一濁，相去僅數尺許，迥然有涇渭江河之别，亦極異。又析，山頂坦處有泉比竅分出，亦一清一濁。

胡太僕夙因

新安胡侍御文學之父素佞佛，其家常供養一老僧，歷十年所，後别去他遊。踰年，抱疾歸，以先辭翁，因别寓養病。翁聞趋往，迎之復返故庵，起居藥餌殷勤乃倍於昔。僧深德翁，語人曰：『予無以報胡君，當來别圖所以償耳。』僧回首數月，而胡翁妻孕，瀕産。翁坐堂中見此翁趋入内室，追之，蹤跡杳然，而侍御生。翁知僧再來也，名之曰『和尚』。長，讀書甚慧，登壬辰進士，由御史歷太僕卿，徙居錢塘。歙人皆能言之。夫僧之感翁而爲之子，兩世姻緣胎於一念，奇矣。翁不以病棄僧，而護持有終，其行良厚，遂生太僕之子。天之爲善人報，不已晰哉？

陳黃門夙因

同郡平西先輩陳給諫所志之父，曰誠庵先生，嘗官郡丞。一日早起，見南門外大觀堂老僧入其家，疑之，遍索，無有也。而夫人忽產，極艱難且亟，誠庵悟，急遣人往庵所視之。至，則老僧已死，而曲抑床下。視者爲力伸之，歸問，夫人亦既產矣。吾友何印茲其同邑人也，爲予述，又言大觀堂老僧道行極高，而給諫當日亦卓然有聲，非其根器之夙，殊能如是與？

萬孝廉夙因

萬孝廉受祺，徐州人也，有文名江淮間，兼工書畫。其初生時，於浴盆中輒怪嘆，自言『我青州舉人也，奚爲至此？』父母大駭，欲棄之。有僧教父嚙其一小指，遂噤不語。至十七八歲，有所憶，即策蹇如青，視其妻子。甫見，即能言其家世委曲，及諸隱秘事，又索所嘗讀書某函某册藏於某所，有何批注，册墨宛然，真前身手跡也。

自是兩家通好，來往不絕。孝廉舉崇禎庚午鄉試，江州文用昭以貢入南雍，與同舉且相善，爲予述其大略。

往萬曆丁未，楊進士覲光者，前身蓋大中丞，以暴卒。生招遠庠生家，墮地時了了記識，恐父母怪而棄之，噤不敢語。長四歲，於案上得庠生所爲文，輒塗抹。生歸，詰問。兒輒前曰：『非他人，我也。』具道前身履歷，且曰：『以若所爲文，老諸生耳，如我固雲霄姿。且向讀書頗多，今亦不須温故。待稍長，一寓目坊刻時義，辦場屋事易耳。』果弱冠聯第，與孝廉事極類。然則，慧固夙生也，福固夙植也，即所讀之書，亦夙讀也，其可强乎？孝廉墮地即言，幾蹈不測，楊進士噤而不言，乃露奇於文章，改竄老成持重。大中丞之舉動，固已加青州舉人一等矣。

陳文學夙因

光澤十二都，有諸生陳範者，字惟洪。其家一老傭，名太青，樸實勤幹，執役已十數年，人皆稱之。一日，陳生之祖見太青奔趨而來，直入内室。阻之，不得。方疑訝問，而惟洪生。家人報太青無端仆地死矣，祖乃爲家人述所見，而仍名生曰『太青』。同邑鄧角公夙知生，爲予言。問生之年，今尚少也。夫傭而產主家，於族類遷矣，又能讀書列名庠序，以居光澤之僻鄉，高視闊步，夜郎之崇豈過是乎？傭何修而獲此報也？抑傭無他表見，樸而敏，斯其所以爲賢也與？

神護刑訊

衛澹足御史之劾江南臬使盧慎言也，當赴部訊，其列名款訌，而并逮者數百人。舊例，部審必用刑鞫，有廬州司李某，生平奉《金剛經》謹，每旦持誦一卷，以爲常課。夜梦神告之曰：『來日當拷夾矣，爾禮誦金剛日久。吾爲護持，無苦，勿恐。』司李醒與同事諸人言之。次日，果就訊，拷掠甚酷。而司李脛間適然一無所着，隨衆謬爲呼號而已。訊罷，即趋而出，步履如常時。同時同訊吴生某，歙之莘墟人也，亦以被害牽入，臨拷，脛骨幾折悶絶者，再醫經歲，而創始獲愈。身見司李之異如此，歸爲人言之。此己亥年事，予得之汪扶升。

又

戊子年己丑間，三吴大獄屢起，多風影羅織，及小人希時利賞、仇怨陷害者。姚孝廉宗典，前宫坊現聞先生之長子也，通禪理，生平虔於奉佛，不茹葷酒，尤好持誦《準提咒》，吴人欽其世德。

無何，有以逆謀誣首者，紳士纍纍就縶，孝廉亦掛入，督府某重其事，臨訊備諸刑毒，文弱之士莫不誣伏抵法。孝廉受拷即昏然而瞑，有若梦寐。自念必死，惟嘿誦佛號及《準提咒》而已。顧其兩足脛間無甚痛楚不堪處，即偃僵，聽之拷。經踰時，夾棒三折换，而孝廉瞑如故。督府見孝廉狀類垂絶，更無一語，以爲真枉，乃釋出之。是舉同輩知名之士死者十數人，而孝廉獨免。瞜城侯記源述。

此事與廬州司李同，而所縶尤重，司李不勝訊，痛楚而已，赃罪而已。孝廉一語謬亂，即膏首斧鉞，爲家族之憂，非神力護之，現聞先生之鬼不且餒哉？佛之保全善類若此，或誕而不信，或必以胡神異端闢之，是亦不可已乎？當孝廉雉罹之時，儒者胡不出一奇，以出其險耶？

道場免焚

吾友新安洪敷皇有同祖姑，生數歲，即得廢疾，遂不復婚嫁。長齋學佛，斗室下楗，每日誦《金剛經》一部，不令間輟。年六十，一日梦兩長官排闥而入，若公會者，其衣一緋一青。衣緋人語曰：『此屋當焚。』衣青者進而請曰：『此金剛道場也，宜免之。指前一棟宇曰：「焚此以代，可也。」』緋衣頷首而出。婦既覺，趋告其家俾加防慎。踰數日，所指之居竟火，而此室獲免。敷皇述。

漢郭憲、欒巴成、武丁皆嘗潄水噀酒救成都、臨武之火，火亦竟滅。雨中皆作酒氣，然則火固自天，而寔有神以司也。經室之焚移於前舍，無噀酒之勞，而緋青兩公協贊梦寐，豈不異乎？彼固蕭然一老媪居，安知神之護持，以爲金剛道場也耶？

王干豕記

潛川汪三護者，扶升族人也，家開牙，以屠豕爲業。一日五更起，往接豕，販至佛子嶺小歇。天尚昏黑，有十數人自後至，三護以爲盜也，伏林間避之。至則繞亭步坐，凡十三人，有兩青衣領之，若奉差管押遠行者。中有二叟，唧唧長歎曰：『若果報，不昧吾輩寧應至此？』兩青衣詰之，答曰：『此亭椽瓦，吾兩人嘗捐貲修助，各費若干。』青衣愕曰：『果爾？法當貰子。』遽捨之，而督十一人以行。至王干村，入一人家而没。

三護候旦，款門問焉。曰：『汝家昧爽，客何多也？』其家曰：『無之。』三護以所見告，主人駭曰：『早起惟老彘生小豚十三胎，傷者二，今存十一耳，豈即是耶？』三護計其生死之數皆合。悚然而返，垂首喪魄，自是斷棄屠殺，從僧受酒肉戒，以懺前業。今其人尚在。佛子嶺去潛川五里，嘗同扶升過之。

十一人之生，即爲十一豕，則殺一豕，不異殺一人也，以此思業，業可知矣。三護從兹悟入，擲屠刀而就蒲饌，所謂惡人齋沐，上帝可事，不亦信乎？兩人以助亭小因，豕報因之中脱，苟爲善生順死，安安往而不自適也乎？

豕爲厲

新安年家子洪敷皇，齋佛人也。爲予言，有堂叔，字相予者，客居無爲州，開小賈肆，日市一豬，殺之以博微利。敷皇嘗假寓肆中，每旦聞叫號慘裂聲，不能忍，爲陳説感應之理，勸止勿殺。相予從之。未數月，家中婦女輩利屠豕之得食，以敷皇爲迂，而日訾相予，謂坐廢生業。相予以爲然。他日，敷皇又再劝之，水石不能入也。相予無子，以姪爲後。生一孫，甫數歲，病痘疹甚亟。蚤起肆中屠一豕甫畢，兒於簀間大叫曰：『户外奈何殺人流血滿地？今且來繫我，索我償矣。』遂張皇號救不已。舉室大駭，焚香拜祝，盡取屠宰之具毁之，誓改業以贖，此兒乃止不語。是後兒病無恙，而其家不敢復殺。

噫！人與物形體不同，性命則一也。兒欲生，奈何豕獨當死乎？化厲俄頃之間，夫固居然人也，且屠兒之後從未有昌者。予所見數輩零落隕絶，或癆瘵坎坷，以血疾死者相屬矣。豈非鋒刃循環，而屠殺之不可爲耶？於敷皇所云，再書以示儆。

義鱔小紀

新安洪孝廉天開，字陜梦者，喜放生。一日，自蕪關拏舟，訪友豫章。解維之際，有鬻鱔者過焉，即贖放之，約千餘頭。既行，遇順風，飽帆疾駛。中途，舟忽漏，水注射而入。斯須没足，江闊不能得泊，舉舟土色。又不知漏穴所在，張皇莫策，以爲必死。良久始就岸，而舟中之漏亦竟止焉。索視底板，大竅盈寸，有數鱔魚窒塞其中，水因不入。長年拔鱔出之，死矣。見者咨嗟駭異，爲孝廉慶再生焉。孝廉召匠補苴以行，後數年擢令某邑，今猶在任，年亦尚壯。

夫破浪漏舟，理無不溺，孝廉於此，殆數之當厄也。而鱔窒之以免，則其身之不委爲魚鱉食，而復有今日者，皆鱔之賜也。又不獨孝廉也，舉舟之人咸賴濟焉。好生之報，孰有顯於是乎？孝廉生鱔，而鱔亦生之，至不惜身之死，既靈且烈，與楊寶之雀、毛寶之龜，并傳千古，不亦休與？

牛求救

予友汪扶升族子某，落髮維揚樂勝庵，有所募化，立關於通衢。有屠驅牛過焉，牛見僧在關中，長跪流涕，鞭撻不起。問屠，蓋將就盆簝者。僧乃破關而出，白衆，醵金若干，贖之。牛即隨僧以歸，不待牽引，若庵之所畜者，今尚在焉。夫長衢來往，何止萬衆，牛無所顧。而獨乞命於立關之僧，以僧之慈，必能憫己而活之也，終以免焉。則其知人之明，而籌之最晰也。然今屠兒滿天下，而牛之以贖全者，千不獲一，則其無罪而就死地者，亦已衆矣。悲夫，刀山之獄，亦安可少也！

異僧

同年王公憲，嘗於會城某寺逢兩西僧，相貌奇古。一方静息閉目，以兩拇指拄地，兩足反掛肩上，全身盡在虚處，自然安穩不疲不動。一僧趺坐，裸而導引，但見腰脇漸漸束小，已乃盡縮，大僅如捥。徐徐復故，莫測其際。

金色世界

公憲又嘗於淮江間逢老僧，西域人也，自言其國去此不知幾萬里，窮極險阻，數年始得達。在彼國時，遥見中國止是一片金光，以爲菩薩世界，因結侶遊訪。既到此土，望四大名山，又皆一片金光。因匍匐遍謁，歡喜無量。今住此已久，漸不見矣。又言其國人壽皆七八百歲，渠已生二百餘歲，同行九人得達此者，僅三人云。佛言中國難生，信矣。僧數萬里外，梯航皈嚮亦何虔乎？吾儕日坐卧金色界中，奈何其自負也！

卷　六

退福篇

壬寅五月，蕪湖有舟渡江，所載甚衆，每人索渡資三分。一人携錢偶少，遂不得載。一人已登舟，忽頭上帽爲飄風吹去，墮岸上，其人跳而拾之。有鴉啄其帽而舞，朔踔彌遠，其人逐鴉，至數百步外乃得帽。同載者不耐譟，發去，中流狂濤毁起，舉舟覆没，惟少錢及落帽者免。當江干解維之時，此兩人者未嘗不羡多錢之捷駛，而疲足之羈頓也。至濤起楫摧，乃信進未必非禍，而退未必非福。人生行止，亦奚事躁疾乎？

愚山子曰：此帽視龍山之落，而益奇也。

紳化牛紀

今日浙中某紳，以甲科歷官津要，子弟貴顯，聲名籍甚。亡何，病死，産同邑某家爲牛。毛色隱然，姓名可辨，其家醜之，謀厚值贖歸。而紳前數月許，嘗以非禮勒此家金三百，主人心懷恚恨，因秘匿弗與。牛既壯，長則日驅役而鞭楚之，以泄其怨。同邑喧傳，其家亦不甚諱。江州文用昭吏部述。此紳有舊爲予私述，而感歎之。

噫！冠紳之餘蹄角已甚，而又墮入怨家之阱中，苦可知，辱亦可知矣。人生幾何，百歲彈指，即無黑業輪轉之報，而桑梓之誼，不宜輕肆凌轢。況以有盡之年，而結無窮之怨乎？毛革姓名孰爲填署紳哉？紳哉而勢與金，竟安在哉？或者曰：『子亦紳也，而數暴紳之短，無乃傷其類，以招物忌？』予曰：『不然，天下之負大力，而能爲衆之利害者，莫如紳，故明廷黜陟而外，天意糾督亦加嚴焉。其責之者，誠重也，且史册所載，不諱者多矣，予即欲自護，又安可以違天乎哉？』或者曰：『然。』并識之。

壽昌僧化牛記

壽昌寺有飯頭僧某，性貪鄙，當晨炊時，每減竊常住米自潤。一日，群起早課，主僧瞥見此僧走入牛房中，久不出，心怪之，而沙彌報欄中牛生犢。主僧益詫，遣視飯頭僧，死矣。是牛既長，力壯甚，日所耕田，視他牛倍。每聞大衆功課，昂首努目，奔衝入殿，不可制。主僧爲婉轉開示，至於數四，乃不復入。聞十數年前尚在。

夫物無大小，竊之即盜，盜即畜生種子矣。僧何所需？身外而沾沾餘粒，陷此律也。雖然，常住米，其細者也。今天下之竊，固有子罔其父，臣欺其君，官吏侵剥其民，貴家豪室凌奪其鄉黨宗族者矣。或冥漠中之所糾者止僧耳，如不止於僧，而以例督之，恐牛馬胎中無迴避法也。昔惠帝大安中，張騁所乘母牛作人言曰：『天下亂乘我，何之？』騁懼而返，犬又曰：『歸何早也？』夫牛犬中之有人，自昔然矣，則安知今日畜類之所以繁，非竊而墮者之衆使之然乎？可獨笑壽昌僧乎？

紀鄧某化牛事

乙酉丙戌，大竺人鄧某者，嘯聚爲暴於瀘谿鄉中，日掠良民繫拷索贖，否即殺之。事定，奞緣漏網，至辛卯歲死。死之日，嶺村民家生一犢，背上毛色有『大竺鄧某』數字，此家與鄧之子夙有來往，因走報之。其子踉蹌往驗，此犢産後伏地不能行立。其子至，乃蹶然起，因携歸飼養，今尚在。竺由有饒南塘者，嘗目擊生爲暴亂，死而化爲異類，宜矣。而即産於其鄉，又書以白之，果誰使然哉？鄧某之嘯聚殺掠，雖無間之獄，猶未足蔽厥辜，而僅牛焉，亦倖矣。

紀某給諫爲羊事

愚山子曰：人生科名富貴可恃乎哉？嘗總其大數，多者不過二三十年至四五十年止矣，如煙雲過眼，轉眴而盡耳。其夭死罪譴不及此與弗克終者，又十之六七也。即令克終，而苟一善無稱，或所行多戾，身殞未幾，而僇辱隨之者，往往皆是。是其所得，固不若世之長貧賤者，况幽理好還協於天道，其没而淪墮者，踪影時時著人耳目間，不以其富貴之人而稍恕之。然則富貴固世之極可懼者也，而敢恃乎？以予所聞，富貴人之淪墮者，不少矣。

而近新安巴友雯白，爲言數十年前同邑某紳（諱其名），嘗官給諫，負大力，一時氣焰至顯赫矣。卒後數歲，見梦家人曰：『已於某村某家作羊，旦將殺以饗客，事在急切，亟爲營救。』家人詰旦試蹤跡之某村某家，果有是羊將饗客者，以金贖之而歸。僮娣竊竊耳語：『此吾家主人翁也。』久之，羊小有躑躅，傷毁器物。一黠僕私詈之曰：『生爲何等人，墮落至此，有何顔面跳梁如是？』羊聞若愧若怒，疾趋崖塹間，奮身自觸而死。家人諱而瘗之。

噫嘻！此給諫之梦幻耶？真耶？幻則何以竟有是羊而贖之？而惡聲入耳，憤恚自絶，若其故性居然在者。謂之幻不可也，如真也，以給諫之威棱雄駿，而轉瞬之間不能保其面目之不爲異類。天下之富貴，庸可恃乎？則修身砥行，以求庶幾於寡過者，黽勉宜何如？而吾之所謂可生可死者，誠不在得志，而在於聞道也。雖然，羊聞詈自絶，比之於人，亦庶幾乎知恥者哉。予獨悲其烈而晚矣。語有之『以銅爲鑑可正衣冠，以人爲鑑可知得失』，世之威棱雄駿者，於給諫之事，其亦可以少鑑也已。

紀方氏婦事

歙友汪扶升之内姨方氏，初適吴生某，伉儷情篤，有同穴之誓。亡何，吴生死。有鄰生某新喪婦，慕其色而通竘焉。方氏歸生家，遇當中元，欲爲前婦作佛事，氏尼止之。踰兩月，氏忽病，昏憒中作前婦語曰：『中元資度，自人間恒事，何與於若而輒見沮？』以掌自批其頰不止。已，又作前夫語曰：『泉臺之盟，言猶在耳，今竟何如？』則又自批其頰，遂顛倒失性，而竟以不起。扶升述。

愚山子曰：以一弱女子，而夫之前婦、己之前夫交侵并祟，其不延，必矣。夫資度沮止，閨閣嫉忌之常態，其爲負輕，易情毁節、逐新知而擲故侶，九原下見，氏無以爲辭矣。惜也！使知其生之歡不踰數月，何如守同穴之約以死也？然古今婦女如方氏者尚多，賴其故夫之鬼不皆神耳，使神，則臨卭之奔，罪兼蕩佚，安得以妖治之軀夭長卿，而又以後死也。

紀汝州婦事

數年前，河南汝州婦某氏，嫁爲人繼室，生子。其前婦亦有子，方十餘歲，婦欲害之。一日，炙面作餅，匀毒其中，置廚間几上。前婦子外歸，號飢。婦曰：『廚有餅，可自取之。』拈餅入手，欻見赤頰人呼曰：『隣家媼具饌待爾，宜疾往，餅不可食。』其子趨赴鄰家。媼方會客，見子至，招入命坐。徐問所以，曰：『赤頰人速我。』媼訝無有，索赤頰人不見。斯須，隔扉哭聲殷耳。媼走問，則某氏所生子誤食廚間餅，死矣。鄰人怪詰，知毒由婦，憤甚，共訟之。婦具吐本謀，乃加責焉。

夫毒前婦之子，乃竟毒其子，即微人誅，神已酷其報矣。赤頰人從何來？一生一殺，轉移竟呼吸也。東海生曰：豈直婦哉？衛鞅咸陽之車、周興食案之甕，毒莫不自及也，是亦兩君之餅也。

天火紀

辛卯某月，陽城東鄉小城村，有物自天而墜，正如火毬旋輥村屋之上。飛動迅捷，隨升一張姓者前庭之樹杪，洞然而赤。居民登樹以竿杵撞之，火欻然下，入其舍中。煙焰驟起，斯須而熾，此舍火勢方裂。中宅一老人拜禱曰：『生平無大罪惡，幸别涇渭，庶免殃及。』既而飈定煙收，比户皆免。此舍主人善營利，收典起家，不無峻刻，一炬之加，咸以爲當。

語云『人滿則天概之』，夫利非刻不集也，而没世所營，或不足供星炎之所蕩刻，顧終可以爲利乎？自昔火無不自人致者，而今忽墜於天，屋瓦盤飛、樹巔登掛，若翔而後集也，斯祝融氏之教也乎？

剪徑自殺記

南源嶺，吾邑東南孔道也。天啟中，有村人子慣剪徑。一日，雨中有客過嶺，子持梃出擊，偶不中。客亦善鬭，奪其梃還擊之，破腦死。客走逸至村中，入一人家小憩，就竈前坐而燎衣，言被賊狀。其父以子久出不返，密往視，死矣。歸聞客在己家，憤甚，覓巨梃入室，將殺之。客適先起，其媳抱一孫炊火爨下，父朦朧不辨，驟搏之。媳腦裂，與孫俱斃，客竟去。此人後遂絶。予友陳子全述。

殺人而人殺之，恒也。今且自殺，翁殪其婦，祖殪其孫，一日之中，殲者三人，殄者再世，非神奪其魄哉！

雷震不孝紀

金谿余孝廉藴隆族叔某翁，生二子。長性戾，娶再醮婦某氏，益悖悍，數無禮於翁。翁茹忍，每對人訴其狀，輒曰：『雷擊之，雷擊之。』幼婦獨恭謹，家雖貧，力養弗缺。

乙未五月朔五日，長婦烹角黍甚多，皆以遺所親及自食，不一饋翁。幼婦乃於鄰家乞得數枚以進。鄰人見翁問曰：『長者奉乎？』翁瞋語曰：『渠雷擊者，肯奉我乎？幼者。』翌日，長子偕婦前夫子耘於田，欻見田中焰起相逼，疾走歸。其妻及幼子於家見，如之，視其項間各有紙灰少許，頗詫異，然不以爲意。

至初九日大雨，雹雷破瓦入，震長子婦并婦所生二子，皆死。時方酉刻，鄰家多晚食，聞雷聲莫不瞶悶顛蹶，隕失匕箸。卧床簀者，率簌越着地。翁方抱幼孫與長子同几坐，雷就其懷中斧之。翁竟無恙，但見風閃燈滅，耳邊有聲若裂瓦盎。而幼婦子，驟雨時忽若有人以兩豆塞其耳，正疑訝間，火光中有物突撞而過，冉冉若朱幟。長婦已死，一無所聽。

或謂子婦之逆，固矣，誅其身宜矣，胡并其子殲之？予曰：『此天所以重絶不孝也，且子婦逆孫亦未有能順者也。』或曰：『此婦前適某氏，有佚行，其夫之死，人頗疑之。今之震，疑亦坐是。』予曰：『一不孝，其罪足以死也，不必援他例也。且并一室，而一震死，一寂然無聞，至若有物之塞其耳，而惟恐傷之者，其於護惜孝婦，亦云至矣。雷豈一意搏擊者哉？』

雷震逆子紀

金陵安德門外，有不孝子與母異居，相去數里。子壽日，母步走往賀。婦欲留飯之，子怒詈婦，至誶而加毆。母憤恨歸，中途過一池，遽自投入。次子至晚迓母不得，尋跡至兄家。忽雷自空下震其兄死，斷身爲三，而失其首。次子歸，至中途池邊見母遺鞋，於池覓得。則其兄之首在母胸間，口正銜乳。此壬寅六月朔日事。以母賀子，匐走數里，而竟靳一飯，且怒其妻，逆甚矣。母安得不憤死，雷安得不碎其體、殊其身首哉？獨口銜母乳，則怪甚。雷若曰：『爾之初生，誰哺爾活，爾以有此身而致今日耶？』

雷震劣生紀

同時徐州一生員家，男女數人皆震死，并火其舍，獨存一少婦。此生素横鷔無行，舉家皆習惡，獨是婦願持準提，素謹，竟獨免。周伯衡觀察過徐目擊，語康小范，轉爲予述。今世學政，優劣懲獎皆虚套，真劣生，當事非畏之，即愛之矣。卧碑所窮，以雷斧補之，越俎可也。

震殛陰賊紀

牛首鄉有村氓李某，夫婦嘗爲子議聘一婦。子年已長，需儀費五金，始得完娶。而貧無從措，因自質爲人傭，媪爲人爨，取直五金成禮。婦登門旬日，怪舅姑他出不返，詢之，夫以實應。婦怛然自傷，其家稍温，不俟彌月，急歸告其父母，得五金，持返夫家，將以贖其舅姑。是日，夫適遠出，有鄰無賴子偵知，昏夜叩門，假其夫歸。婦不疑而納之，相與寢息。因索其金，未明輒持去。次日其夫自外還，婦迎問：『贖事妥乎？』夫愕然，問金亦不知。婦恚甚，心知夜來所納之詐，而又失金，遂自經死。女家聞而閧至，詰責致死之故。子困迫無以自解，亦欲畢命。是日，天甚霽，忽片雲墨起，雷聲轟然，攝其鄰子，跪於是家之門，手握原金。捫之，已僵死矣。於是群知禍由鄰子，而夫之枉得白。此五六年間事。西昌周生教授其鄉，目擊爲友吴贊之述。

噫吁嘻！悲夫婦之以孝傷其生也，且五金之受於父母，人皆知之。今失之於不知誰何之人，不成贖責，小黜身辱，大無以復父母，且何以對其夫？婦之死烈也，義也，亦勢也。然昏夜冥冥，賊無從得，非雷代司捕之手，而攝之誅之。婦既已喪其軀，夫且更罹於構，禍且滋甚，而有不忍言矣。從來人窮呼天，而窮之至極，即天亦必應之。白晝之雷，抒幽憤，雪橫枉，鋤陰賊，一舉而三善備。天下之鬼蜮殺人，而戈矛攫利者，其亦鑒於斯乎！

雷震剜神臟盜紀

今世塑佛菩薩及神像者，必以金製爲五臟之屬，入胸腹中。其施金者，則鏤鐫其名姓年命於上，以祈福祐，謂缺此，則神不靈，蓋通例云。

金陵有馬回子者，善盜。每伺間，入寺廟，剜取神佛腹臟幾遍，人望而畏之、備之。辛丑夏，復潛入南城五顯廟，將竊其臟，爲地方所執。鳴於織造府周，繫按察獄，其黨斂賄營救，將出。壬寅六月朔日，雷從獄中震倒一牆，壓死囚犯七人，獨提此回子斃之斧下，以一椽木貫其心，洞出於背，餘七囚亦皆重罪極惡，營脱垂就者。前夕各梦所犯先已結案，且共歡語，謂有援赦之望，不知皆死於震。嗚呼！吞舟漏網，錢神何所不通？不通者，雷神耳。此等結案，殊直截痛快也！洞神佛心，死亦自洞其心，雷於此真金口而木舌哉！

雷震盜鴨人紀

壬寅五月，廬江村婦某氏，將殺一鴨飼客，鴨逸出田間，婦逐弗及。適一鄰人過，托爲捕之。此鴨奔入一池中，鄰人狡，因以鍤筑鴨入泥，而還報婦曰：『無鴨。』婦自往，置兒池邊，遍覓，兒忽翻跌入池。婦還救，已絶矣。婦痛甚，返袂裹兒歸，自經户内。夫從外還，見兒與婦俱僵，亦自經。到晚，鄰人始與其兄掙泥取鴨，將烹之。雷大震，鄰人兄弟以手相向糾結而死，鴨在其抱。村中人聞是婦以失鴨故溺兒，而夫婦俱死，方共怪之。及見雷震是人，乃識其故。

夫鄰人匿鴨，利在鴨耳，豈意禍至殺人？而是婦之子母、夫妻乃俱殉焉。語云：

『勿以惡小而爲之。』信夫！竊鴨，罪不至死，而致殞三人，則與殺三人無異。霆誅捷應，天道固不遠矣！

雷白婦冤紀

二十年前，南豐某村，有一人暑行，浴於池，置衣岸側，爲路人竊去，窘不能起。村婦某氏聞，取夫一衣畀之，得蔽體去。夫自田間歸，索衣。婦言其故，夫疑婦與是人私，怒且捶之。婦慚憤不能自白，投繯死。浴者不知也。越二日，至婦家言謝，則婦已死。夫乘怒與是人誶曰：『爾亂吾婦，致婦死！』其人憤激，趨至婦塚所，哭而自矢。斯須，雷大震，提向盜衣之人跪於塚前，雙手擎原衣如故，婦與浴者之冤乃白。靈濟庵老僧葦航曾目擊，然不記其村里名姓。

夫盜衣罪未至死，而婦命由之以喪，且使其夫抱疑不解，地下之目亦豈瞑乎？擎衣而跪，所謂有天道也。世之貪取非有者，可以誡矣！

雷警惡紀

孝陵衛周仁甫之弟某，性兇悖，常罵母及其兄嫂，人莫能制之。一日，同友三人携手出户，時方陰晦欲雨。忽雷自空中攝某去，跪大街中，不得起，往來觀者如堵。某人色盡喪，戰慄欲死。或教其自陳悔過，伏地叩頭流血。良久息定，始能起，衆爲扶掖以歸。自是改行爲善，始放蕩艱食，今勤力市販，室小潤矣。吴贊之述。

以母兄嫂之尊親，而皆敢於肆詈，即擊之，可矣。然姑攝而跪之，爲其無知也。既攝而能恐懼以遷於善，則是其人尚可教也。《易》曰『小懲而大誡』，某之謂乎？而其所以跪之中衢者，意不獨在某也。夫威莫雷也，而慈愛與恕，亦寧有以加此者哉？

雷震不孝一

乙酉三月某夜，雷震異常，予意必有所擊。次日，傳聞果斃一逆子。其人去予家十餘里，姓黄，客外數歲不返。妻悍甚，有一老姑，竟擯不養。姑不得已，乞食於外。黄某歸，不責其婦，反怒母辱己，逐之，弗禮。母日碎首呼天聲罪。不旬日，遂有此報。

雷震不孝二

近歲閩中，一少年客蕪湖，昵一妓，不能捨。一日耦坐樓頭，語妓曰：『吾力能娶爾，奈爲母所制，倘旦夕死，吾事就矣。』時正驟雨，雷忽破牖而入，擊之，立斃。同輩駭問，妓言方與予作如是語云。

夫心昵一妓，而利其母之死，推之，必且以不得妓，而恨其母之生矣，是心可殺也。雷斧之加，亦豈濫乎？

雷震不孝三

臨村饒坊，有婦性悍，嘗無禮於其姑。昨丁酉夏夜，爲雷所擊，舉體焦裂，跪於中庭。次日，鄰人怪其户久不啟，呼之不應，乃撞而入，一幼兒同寢竟無恙。天下之最可惡，無如逆婦，其可殺者亦多矣。雷若曰：『吾姑以一警百云爾。』

雷震馬氏婦紀

壬寅五月念四日，金陵牛市馬回子家，有雷自地中起，欻若火輪，周繞廳事。家方宴客，十數人皆懼伏，無所損。旋飛入室，震馬妾某氏於樓上。黔其首，洞其股成穴，爬其襪履之屬碎裂之。其中皆有字紙，片斷糜析。蓋是婦夙昔恒以字紙苴襯鞋底，坐是遣云。雷去後，婦息猶屬，數日乃絶。諸客中有與予友陸憲臣善者，具述其事。

噫！莫污如履，而以字紙苴之，穢褻已極，雷斧之及，宜矣。然婦固無知不讀書者也，今之抛委狼籍，覆瓿拭几，轉展穢褻，且有甚於履中之藏，足底之辱者。上帝之怒，當何如乎？而爲此者，况皆讀書識字之人乎？憲臣方以帝君惜字之訓鐫木流布，予嘉其功在名教，會適有是異，因爲瑣紀，以附其後。既共誡勉，益以徵帝誡之不欺云。

雙梦奇合 紀污穢字紙

新城孔某者，其家開牙賣冢。一日，梦爲冥府所拘，主者責其罪，縛曳着地，命一獰鬼以杵舂之，中其左額。某哀懇悔罪，主者少霽，諭以算猶未終，亟回改業。方孔就縶時，遥見階下更械一人，似其所識。細視之，則近境塾師王生也，然噤不敢問。孔某寤，後左額果生毒瘡，肉潰骨塌，幾至隕命。私念所械王生必死矣，後數月王生復至。孔大愕，告以梦中所見。王生曰：『然，吾向縶階下，時遥見堂上一人縛而受舂者，爾也。果有之耶？』於是，各質其梦時日月，及所見冥府主者皆合。孔更問王生：『爾以何罪繫，何因得返。』王生曰：『予無他坐，主者以我齋中字紙糊壁，童子溺其下，污液着紙，責在師長。予對以實出不知，懇請良久，方許釋我。且曰：「返，當爲我申警於世。」』此癸巳年事。

夫賣冢於人而屠割之，雖不操刀，其意在殺，杵之宜矣。童子溺紙而坐及塾師，何也？豈冥司之重字紙等於物命，其輕賤之罪比於屠殺，乃如是乎？後之爲塾師者，可以誡矣。雖然，又不止塾師也，則又不止一字之爲聖教重已也。

許太翁考終記

維揚許太翁仲容先生，篤行君子也。生平誠慤端謹，言動不苟，而樂善好施，人皆莊而式之。三子，長念修，太學。仲力臣、季師六皆夙負文章名。而師六舉丙午南省鄉試；力臣以諸生貢，入太學，門第顯盛。翁年八十有五，而善飯不衰，咸以爲德報。

昨歲己酉四月，偶得脇痛病，醫藥小愈。越月五日，諸子進蒲觴飲甚適。詰旦復倦卧，醫入診視，翁起坐款語如常。醫甫出，意色忽異，索衣履欲起下榻，若有所肅者。諸子固止之。翁家有僮陳士選者，時方酣睡，忽有一人促之起，曰：『老爺來問爺爲誰？曰：「城隍神也。」』僮瞿起，隨其人出至大門，見儀衛甚赫，神輿已至。僮跪伏道左，街頭過者譁然，怪僮狂惑。守門人有立門限者，僮又掌而辟之，衆益怪。僮隨神入，登堂設上座，而自倚立柱間，甚肅。適念修送醫出，聞户外譁語，不測所以。入見僮呆立，大駭，呼不應，前拊其背。乃言：『城隍神接主人翁至，坐堂上矣。』念修倉皇跪，伏地痛哭請命。力臣、師六聞堂中喧沸，亦趨出伏地哭。哭且禱，乞以身代父，哭聲震天地。堂下觀者如堵，皆欷歔泣下。

斯須，僮大呼『神駕出』，揮堂中人讓道。僮隨出，至大門外，又跪伏地，若尾而送者。良久乃起，轉入內，乃豁然醒。揚俗多捨身城隍司署者，僮亦其一。而當僮呼『神駕出』時，上座椅忽自小側，尤異云。念修兄弟自堂上哭罷，入侍翁，噤不敢出一語。翁亦危坐如故，尚飲水一杯，少頃息漸微。翁以兩手指相綰，若結印狀，頭益熱氣蒸蒸，自頂間出，而目徐瞑，然後知僮言不謬。而方翁尋索衣履時，殆實有所見云。於是揚之人競傳太翁死而神，益艷羨之。其年家子程君目擊其事，爲作《許仲容先生仙遊記》。

南城徐生曰：予往歲行脚白門，聞江淮間蓋有許太翁云。近讀予友湯惕庵所爲翁傳，行至高，其稱說不無近怪，頗疑之。及遊廣陵得交念修、力臣、師六三君，皆恂恂古處，以學道濟物爲務，不類世之所稱名下士者，而三君間爲予述翁生平與所以訓於後者。其原本道德與先君子大略相類，然後信翁之能以身教若此。今流俗益靡，時輩中安得復有是人？又嘆翁之賢，而予之至晚，不得一睹其儀範也。

或疑城隍之迎，事涉怪幻，然古名卿大儒之沒而示異者，蓋亦多矣。楊相國一清之終，友人昧爽遇於道，前騶甚盛，疑其出早。旦過其邸，則家已哭矣。孔都御史鏞之没於舟，有氣上騰如火，漸遠結爲小星，久而不滅。其怪與幻更有進於翁者。翁之顯雖不若兩公，然其純懿之積，至於八十五年，而其爲上帝之鑒觀者，亦已熟矣。神所重，德耳，固不在於高官厚禄也。先君子之病，芳晝侍，隱約聞謝客語。問之，曰：『有青衣數十輩，持牒接我往踐某任，銜署甚大。予以不聞户外謝之，指廡間户曰「方從此中去」。』芳惕然憂之，越三日，遂棄世。此事與翁又適相類。

子曰：『朝聞道，夕死可矣。』《書》稱『五福』，曰『攸好德、考終命』。夫古聖賢之孜孜於道者，非徒不愧於生，亦固爲其可以死也。善惡之積散者在數十年，而其和祥兇戾之氣，乃畢聚於易簀之一日。善之感而爲考，終爲吉神。不善之感而爲兇，終爲厲鬼，亦各以其類然也。如以神之迎爲怪也，彼伯有之殺駟帶、杜伯之射宣王、竇嬰之守田蚡、如意之祟吕氏，史傳所載鬼之厲者，又不少矣。昔人懲勸之旨，可盡以誣而置之與？緋衣之召，長吉文人且然，神之爲善人至恒耳，亦奚足異也？予既感太翁之人之有似先君，又喜其後之賢，而身之考終。其事足以勸也，爲志而廣之，以信惕庵之説。

卷七

肉團公子

河南歸德李紳某，生一子，無手足，自臂以上截然團肉而已。紳故大吏，嘗巡撫某省，以軍法斷一千户手至死，而非其罪。當兒生時，紳見千户闖入室中，心知其爲怨報，然苦無他子，因勉畜之。

長亦知讀書，然僅能據席危坐，一切飲食動履、溲溺櫛沐暨諸所欲，皆需他人，亦有妻妾，解人道。或有忤其意，懼不能得，輒誘至前，口嚙之極楚不釋。下雖弄之，而亦以是見畏。喜遊獵，每出則以重帛拴繫馬上，諸僕夾而馳之，以爲笑樂。中歲連舉數子，紳之後又賴以不絶云。此豈罪在濫殺，天故以是懲之，而紳别有他德，天又假是以延之耶？吾鄉商於豫者多見其人，稱之曰『李公子』，彼中人呼之直曰『肉團子』云。嗚呼！此截其手，而彼乃去其身之半，其於報數亦已倍矣。世之司刑殺之柄者，其可以無慎與？

記李侍御前因事

中州李侍御嵩陽者，二三歲時，嬉戲户外道。有數老生過，輒字呼之，若朋輩者。諸老生大恚：『何等小兒，無狀乃爾？』已，又訝其甚小，未嘗識長者，何自知長者字，稍稍疑之。已，更有過者，兒見輒呼，又輒不爽。里中人愈益怪，私相餂詰。兒笑曰：『此皆故友，奈何不識？』因屢舉其居里氏族。問『爾何人？』曰：『去此里許，已故某村某生即我也。』

有誕之者，他日携過某村試之。兒即認其家途，徐門户語家人曰：『某室厨中貯書若干卷，中有某册經予手批閲。』家人如言索得，兒即一一能誦其書及所評句，其他符合甚多，不具記。於是兩家之人皆知其前身爲某生，互相憐惜眷愛，來往不絶。

侍御又言，方前身易簀時，其魂飛越，踞屋而坐，下視其家，哭聲沸然，知其已死，俯視前後世界，虚寥莫知所適。忽前有招之者，身即不隨之去。至此里巷中，轉入曲室，見有婦欲産，身留其間，而導者已去，遂懵然不識所以。久之欲言不得，放聲而哭皆成兒啼，而身已受生矣。然於往事固歷歷也。後舉進士，以御史督江南學政，試士新安，暇日爲紳士述之，歙友許玄范云。

愚山子曰：以予所聞生死因緣若此者多矣，即侍御此案可以不複，然終不敢遺者，以其事近而確。又官督學，爲人所共知也。且人同一生，而昏慧善惡判然懸絶，非夙生根器有大不侔者，當不至是。所謂上智下愚，不移者也。往陽城故友張伯珩中丞，數歲就塾師。每授一書，輒詫爲誦過，略一繙閱，即能闇記，與侍御厨中之册略無以異。夫前身後身，人情見兩。以至人觀之，猶過客之出入逆旅而已。侍御以老生終，而久鬱腹笥，尚得伸於再世，人安可以不讀書乎？

紀王給諫失元事

閩給諫王君命岳，辛卯公車至畿南道上，遇雨不能進，投村舍避歇。其主人前晚梦神語曰：『來日王狀元至，善待之。』醒而大詫，告其家人，汛室以俟。日中無他客，垂暮而給諫至，僕馬瘏瘁。問之，曰：『閩中孝廉也。』叩其姓，曰：『王。』主人大喜，延入，禮以上賓。詰朝雨益甚，不可發，主人愈益固留。給諫故年少，姿表頎秀。主人有女及笄，未擇配。以梦故，欲歸孝廉而意未洩。女窺給諫少雋，遂爾目成，私諧繾綣，留連數日。主人覺，屬鄰子通伐，請以爲次室，且告以梦。給諫訂登第日即迎致，而給諫家中行時亦有奇兆，至是益自喜必鼎元也。

亡何，禮部榜發，給諫在魁列，此殿試閣中呈卷擬第一。偶中官送閲，從半中析爲二，所拈取適得史君大成卷，遂置第一，而給諫落二甲。當中式後，給諫亦感梦，以是女故，若有所謫語不傳。尋選入爲翰林庶常，與同館沁水王泊園紀，話及此事，且曰：『爲一女子失吾大魁，甚恨之。』欲渝約。泊園力勸成之，陽城門人曹子居京師，聞於泊園甚詳。

往萬曆中，有陸巡撫子，年少居京師，謀私一鄰女。恐事不成，卜筊城隍神。梦神怒，簡其籍當中後二十二年會元，奏削黜之，後竟偃蹇至二十二年。其春榜元爲陶公望齡，齒最少，已被譴後一年始生也。

金陵朱公之蕃，大魁歲梦神告以：『是科狀頭本鎮江顧某，以過失謫二甲第三，遴次代者當屬公。但以好食牛肉，尚有疑義。』朱公矍然，焚香矢戒，臚唱果第一，而鎮江之顧竟在二甲第三，如其梦。然則科名之黜陟進退，冥漠中時有人焉核而議之。而吾輩讀書負才器，稍爲帝所屬意之人，鬼神之鑒觀，視尋常輩爲尤密也。夫以會狀兩元之重，而一行虧損，便至黜落，命之不常於兹，益信世言：『富貴吾所自有，而不務修德以凝之，可謂不知天命而不畏也。』給諫主人之女既已心許於先，人復議聘於後，止多一私偶，遂來峻罰，觀閣擬中更之，故益灼然矣。豈不嚴乎？豈不嚴乎？

紀金陵焦公子事

金陵焦漪園先生之子某，年少負才，而行多戾。舉鄉薦之秋，梦爲冥司所攝。王者震怒，數其罪，縛而剜之，刀甫著股，隳其塊肉。忽急報至，曰：『此子秋榜有名，姑暫釋之。』負痛而醒，其股之被刀處，劃然破爛，使人負以入闈。榜出，果中式，然潰益甚，終不可治。明年，又見前攝者至，竟死。

愚山子曰：冥司之糾人，若是嚴乎？鄉書一雋，或其先世暨漪園先生之植與？

卒以夭死，安知其後之爵壽不有進是，因其重戾而削之耶？世之極刑至磔誅止矣，而竟加焉，夫獨不念其當世之貴公子乎？又剚刃而返之，使知公子雖貴，而乃有情不可入，勢不可挽之冥王，其於垂誡，又何切也？夫縉紳公子之力，可以無所不爲，即有執法者，終不能竟其獄，以至於磔，獨賴冥王耳。冥王者，縉紳公子之勢必不得撓，情不得入者也。故天壤間之必不可少者，冥王也。而世儒之論乃曰無冥王，是長奸佐慝，而噓之焰者也。吾無取也。戴五瞻口述。

燈煙進士

予庚辰北上，遇一徽友，言其鄉近科某進士，家貧，讀書僧寺。夜不能供膏火，則手一卷，於佛前長明燈下光所漏處，擎而讀之，中夜弗輟，如是積兩載許。一日，沙彌添注燈油，忽見燈上梁間，煙所熏處，輕絲綰合，結成『進士』二字甚大，點畫燦然。合寺譁視，以爲異瑞。是秋，某竟領鄉薦，明年遂聯第。古人揮戈返日，鑽石逢丹，精誠所至，無求而弗獲者。燈煙結字，蓋純一之有成，不止一科名矣。

三子二壻

徐子虚世丈嘗言，吴鹿友先生少時，梦神人告之曰：『將來三子二壻，位至三品。』後子女各如梦數。子虚即壻之一也，先生官山西巡撫，乞歸甚堅，私語人曰：『吾爵已三品矣，復何求焉。』後數年，復强起少司馬，尋晉正卿，入内閣，三品之應獨爽。先生仕宦所至，多善政，而其賑秦中荒，全活不下數萬人。豈以是故，更增其爵以報之乎？袁了凡先生云大善之人，數拘不得，亦一效也。

兩太宰早困紀

陽城東十五里，有村曰三莊，一谷委迤，四山清聳，深入可二三里。居人環綴山麓，錦堂甲第，夾道相望。莊分中上下三，而王太宰國光則居上莊。太宰幼不讀書，年十八九，猶胼胝稼穡。有族叔某，以孝廉守州歸，邑令臨村報訪。太宰適道遇前，呵辟令迴避。太宰惶急，蔽籬落間窺之。騶從赫奕，賢冠繡裳，擁高輿而過者，令也。太宰出，問里老曰：『彼何人哉，而尊若斯？』里老曰：『官人，分固宜爾。』問：『何以便得作官人？』答曰：『不過讀書。』太宰趯然起曰：『果哉？我奈何不讀書？』馳歸，委擲耰鋤，從塾師授章句，早夜咿語，人皆笑之。亡何，奇穎秀發，凡所誦習，過目了徹。不數年，而業成，籍諸生，遂登兩榜，纍官冢卿。萬曆中，在吏部，凡十數年，最被寵眷，以壽考終。子亦登進士，至方伯云。

吾郡成弘間，何太宰文淵，家貧。年且冠，徙業治生。嘗有所肩荷，小憩道側，枕擔仰卧，手足箕展。有相者過而奇之曰：『此大夫字也。』呼之起，益加賞嘆，曰：『他日大貴人，幸自勉。』太宰感而卒業，竟躋膴仕，科第接踵，今爲其邑世家。使王公不遇令，且農圃老矣，何知書？何先生雖讀書，非日者顧而策之，志氣頽鬱，或終於負擔，安可知也？片語激衷，千里立致，如良驥警鞭，蟄鱗起震，豈不異乎？人烏可以不自奮乎？

淘金人知足

貴陽戴五瞻簽憲爲予言，彼中某所溪産金，土人日荷畚鍤，走溪中劚沙泥淘漉之。

每所得細碎，多不踰二三分，少亦不至斷缺，適足供其一日之需而已。亦有遇金塊如穀粟，或豆許大者，重或七八分以上，則是人必休鍤，家居優閒二三日，乃復往。問之，曰：『此有分限，或過取之，則家中往往有他災，以至病困，反益其累。故惟口食是計而已，不敢過也。』

徐子曰：此可謂之知足也矣，彼惟見夫貪而過者之不能有，而反以益災，故寧少焉。然力日餘，心日休矣，今天下之貪而災者時有之矣，不惟見之口，且以身歷之，而僥倖之圖，不能已焉。是其智蓋淘沙人之不若也。

五百錢命

陽城劉墠村有一人，糊口治場，工資所入，自衣食外有餘錢隨數積貯。至滿五百，輒病，不能任役，臥食所積而已。逮錢盡，病輒起，還就治所食力。已有餘，又復積之至幾五百，又輒病，臥食如故。盡而後愈，如是十數度，終其身所積，錢不能餘五百也。後遂不復積，隨所入而費之，亦不復病。鄉人謂之『五百錢命』。噫！五百錢幾何，僅供富貴人一飯耳，而貧苦之儲尚不能勝，豈非天乎？世之擁倉箱而連阡陌者，可以止矣。營營不休者，何也？

李生削算記

興化李生經者，年少有才名。一夕，梦至官舍，榜曰『修文殿』。殿上人冠服類王者，呼生入，責曰：『何久不葬母？』生對曰：『家貧，未暇及此。』殿上人恚曰：『古有鬻身以營窆者，何貧之可辭？爾命應貴，以是故削禄，及算盡矣。』隨叱使出。生覺大懼，因以片紙録記，藏所讀書册中。而亟出，商於兄，爲卜地計。未及，竟病死。其兄於書册中得所記帖，乃知其異。生從叔天生，篤寔人也，因遊山次，爲予述。

今之淹親柩而不葬者，多矣，何獨重督於生，豈姑假以警乎？抑其母之靈怒之，而冥訴之乎？夫没之於土，猶生之於宅也。身非宅不安，魂非土不妥。今居有高堂廣厦之奉，妻妾子女晨昏晏衎之適，至於死親，則捐棄暴露，求一掊土之藏，若忘之，亦何貴於有是子乎？不孝之罪，上通於天，削且夭，宜矣。李生已矣，如罪如李生，而削未及之者，盍亦早爲計乎？夫親，吾之親，何俟殿上之人恚而督也，而悔也！

三日進士記

近科北直孫進士中麟者，當赴禮部試，梦被攝至閻羅所，數其生平闕失，詰責之。且曰：『爾當中本年進士，今削斥不得返矣。』孫慄慄伏檐下，伺稍霽，輒前哀乞，以讀書良苦，得一第死且不恨。主者良久乃曰：『去，許爾進士三日。』既覺，自知必中而且必死，作書遺家人，喋喋作身後語。未幾，榜發，孫名在列，益震恖。日置酒會親朋之在京師者，屬以後事。衆亦閔然慰解之。

亡何，踰三日不死，因笑曰：『吾心餒，自擾惑耳，安所謂冥司者？』復以書報家中，言今健甚，且梦誕不足據，語皆得意。尋赴殿試，傳臚出，觀榜長安門，新貴馬上揚揚如也。越三日，早起忽大困，形神不屬，若有所見。索箋紙書空字百許，手僵墮筆而息隨絶。長安競傳其事，陽城東谷白公時官京師，以告吾友曹生惟允。舊制會試榜出，雖中式，尚稱舉人，至臚傳後始得名進士。冥中意如此，孫不察也。

嗚呼！行有失而不自知也，至梦而後畏焉，逮幾幾不死，而意又侈然矣。人情之蕩而難持，大抵然矣。豈獨孫君乎？雖然，孫即不三日進士矣，能保其終無死乎？即無冥司，士之行，果遂可以侈然自放者耶？

紀劉生自訴得儁事

甲午秋，澤州南鄉士劉某赴省試。梦至一處，巍峨若公府，從吏趾錯，手卷籍出入。中有主者冠紳舄奕，云是文昌君，方較勘山右新榜籍。至生名，顧左右曰：『是子雖在列，然嘗小過，逼一妾死，宜駁黜。』生聞，趋前訴曰：『有之，兒女子短見輕生，某甚悼焉，非逼也。』主者閣筆，召一二青衣質詰委曲，乃曰：『子言良然，姑如籍。』既寤，甚自負，同輩或駭笑之。生輒曰：『神不欺我。』榜發，竟中式。雲程張翁云。

噫！生於此亦危矣，且夫科名之重於天下久矣，學士專工文章，而帝心偏眷德行，是明與幽恒左也。使劉生之梦弗驗，予固以爲行重於文，况乎其不爽也？

鍾郎中記

同邑曾孫田孝廉逢年，負才名而棘試屢困。十年前嘗寓宿會城神祠，梦有告者曰：『君欲中乎？』指傍一丈夫，曰：『待此公總裁，則其時矣。』孫田注視，蓋所識部院承舍，邑中人姓鍾字元吉者，覺而廢然曰：『安有此人而作主司者乎？』或謂出鍾姓門即是，何必其人。於是每赴試，必首詢兩京考及諸分校名諱，絶無鍾姓者，如是者再至。

昨丙午秋，入省泊舟。登岸過一知友，迎笑曰：『今歲鍾元吉作總裁，子知之乎？』孫田大駭，叩之。蓋江省主試，例用詞林爲正，省員副之。是科悉改部曹正考，鍾琇則某部郎中，而吾鄉俗例稱院舍曰『郎中』。時鍾元吉正給事撫院，人呼『鍾郎中』，故一時譁傳『鍾元吉作主考』。蓋諧謔云。孫田大喜曰：『我中矣。』揭曉之旦，延頸以需，果遂入彀。又孫田甫竣二場試，夜梦父殿玉文學，兄子奇孝廉懽踴而至，曰：『子雋矣，名在第十一。』既寤頗疑闈中閲卷未終次，安得定？已而竟合。皆孫田口述。

名第先後決於旬日之間，或不難前知矣。而主司之遺易館垣，而部曹朝制之更，事在率爾，何數科前而神預告之。又不直指名諱，而隱其義於無端之元吉。然則院舍之稱郎中，郎中之有鍾元吉，天上亦知之也。今當塗左右之顯重而爲人奔走也，宜抑鬼神之嗜，滑稽更甚人間耶？鍾郎中之隱雖起郭舍人、東方生，未之能過也。入彀不已，而主司名姓不已，而官秩蓋莫不有司者存，然則醉吟先生之樂天，洵宜樂也。而憔悴左徒之問天，亦安可無問乎？

帖榜前定

天啟中，汾州某生赴鄉試，梦神告曰：『爾名已登龍虎榜矣。』生寤而喜，矜於人。而省中有一家，每科停寓舉子，冀有雋者，得少利。是年，主翁亦梦神告曰：『汾陽某生，龍虎榜中人也。』於是凡卜寓者皆却去，生至，詢姓名合，乃舍之，而執禮恭。生怪之，翁曰：『君名已列龍虎榜矣。』述所梦。生益喜，以爲與己合也。無何，初場纔竣，有告者曰：『子以雜犯摘矣。』生大笑。已，僮自外至，告如之。生猶不信，趿履走視，則名已榜貼。前一生名龍，後生名虎而已，居中，此其所謂『龍虎榜』者也。

噫！一榜貼而前後生之名，皆已豫定，豈非數哉？生之梦、主人之喜，兩巧弄焉，則何也？隱其大不利之實，而愚以最可喜之名，此鬼神之尖酸者也。

卷　八

樵城箕仙紀

樵川諸生吴君，善箕仙之術。予嘗以三事密叩，各得一詩，次第井然不亂。惟予心知之，他人不辨也。時請仙者，本危君允臧兄弟，而予溷其中。仙下壇詩即曰：『新年夏至八千前，半雨半晴花盡然。傍有高人徐稚裔，曾吃紅綾到木天。』蓋指予也。然不解『八千前』何説。則書曰：『夏至八日前耳。』索歷日驗之，信然。予笑：『仙人亦看人間歷日耶？』

危子曰：『是未奇也。昨歲丁酉，督學歲試臨吾樵，予與數友問場中首何題。則書曰「尹字帶兒孫，心一旦，題或近此」。衆不測，復問：「二題何題，倘經乎？」則又書曰：「否否否。」衆皆喜，謂非經。比入試，首題是「得見君子者，斯可矣」。搭至「得見有恒者，斯可矣」，乃知「尹帶兒孫」，寓「君子」字，「心一旦」寓「恒」字也。

二題是「樂正子强乎」，曰「否」三段，乃知「否否否」者，寓三段中三否也。又同時武學某生，亦請問試題。仙書四語曰「二人并肩，不缺半邊。立見其可，十字撇添」。生茫然，再問，不應。入試論題是「天下奇才」四字，乃悟「二人并肩」，「天」也，「不缺半邊」，「下」也，「立見其可」，「奇」也，「十字撇添」，「才」也。』

不獨前知之神，而折字奇巧，雖與『黄絹幼婦』『三横兩縱』之語，并存千古，可也。然天下之事皆有成數，司之於天，試題則拈取於卒然之頃，存乎主司之心與手，即主司不能前定，而神已豫知之，異哉！

戊午解元

嘉興張巽爲諸生，落魄不第，往天竺祈梦。神告之曰：『成不成，平不平，十里灘頭問老僧。』翌日遊湖，至十里灘頭，果有老僧在焉。張揖而請之，僧賀曰：『戊午解元也。』至是秋，果鄉試第一，『成不成』，當爲『戊』矣，『平不平』，當爲『午』矣。『解元』則何？僧與頭其圓首之義乎？此之謂懸解。

梦『無』字

興化九鯉湖亦祈梦之最神者也。有一生以功名禱，夜梦神於生掌書『無』字示之。生大驚駭，再懇請。神曰：『勿多言，來日山下某所，遇樵夫仍書此字，俾解之。』生悵然返，路經某所，果有樵夫釋擔地坐。生求爲解梦。樵曰：『我不識字。』生於地大畫一『無』字。樵目良久曰：『君當貴，此字縱横者四頂杠皆具，非轎夫乎？四足齒齒非轎夫乎？坐四人轎，非官人乎？』生喜過望，後果登甲第。

危哉生乎，使令一識字人解之，必無此等絶妙議論矣。黠哉樵乎！雖不識字，然相字之工，謝石諸人所未及。淵哉！神乎有而示之無，無而示之有也，使人顛倒而憂喜焉。斯所以爲不測也。

一夜髮白

戊子夏，杜兵破建寧縣，大掠。有廖某者，家頗富，爲兵所執，閉之空室，將以旦日出而拷之。廖當被縶時，髮甚黑，至是舉頭皓白如雪，兵不能認，以爲僞代者，不遽加楚，轉展究詰，廖得逸去。古有登絶閣書題，榜成而鬢爲絲者，李青蓮送陳郎將歸衡岳，云『朝心不開，暮髮盡白』，可謂善於言愁。廖鬱慄幽囚改顔一宿，不信然與？今天下皆愁人，使盡如廖，白頭翁遍滿世間矣。

揭夫子靈見

同郡平西揭孝廉昶之父某，在庠序有聲，行誼最篤，蓋學道人也，時稱『揭夫子』。中歲而卒，時時靈見歸其家。久之，覺有聲影可接，殆不異生人也。孝廉母恒向家人言之。學道人之没，而不没若是，豈不異乎？印兹述。

婦生髭一

印兹又爲予言，揭孝廉之母頗有微髭，人皆知之，已不諱也。李光弼之母有鬚二十四莖，甚長，光弼兄弟皆節鉞。然則生髭之婦，子多賢貴，更爲瑞矣。

婦生髭二

近年，同邑北鄉十四都，吴氏有婦孀居，頰間漸有髭鬚長出，所親見而傳之。趙玉衡述。

竈神

傅瀛賓爲言，其母孺人壯時，常深夜入廚中，見有老婦白髮玄衽，端坐竈前。久之，漸漸騰起，衝屋瓦出，絶無聲響痕跡。家後吉康，蓋竈神形見。

梦『十』字『不』字

道子又言，其鄉一親友，以秋試事祈梦遥神。神亦於掌中書『不』字示之，曰：

『旦使人解之。』醒而大惑，求解於其友。友曰：『子定雋矣，不字拆之，當爲「一个」。』亡何，果入彀。又一友與之同祈，神示之以『十』字，問人不能着解。榜發，名在前列。歸家，見粉牌上亞魁『亞』字，乃大悟。蓋『亞』字中空白處合之，固『十』字云。夫『不』之爲『一个』，就字拆取，可知也。『亞』之爲『十』，捨點畫而取中空，不可知也。甚哉，神之好奇也，而巧愈出。

御史

吾邑先輩鄧純吾先生錬，己卯同籍止仲祖也。筮仕司李，將之任，選吉出行。遇殯者於途，歸而不樂。夫人叩之，賀曰：『此行遷擢，必御史矣。』先生大喜，秩滿，果入臺中，歷官至冏卿焉。以『遇死』兆『御史』，夫人可謂慧心巧譯。

换轎

予己卯赴省試，艤舟十里外，而自家肩輿往，先君送至近村一古廟返。予纔陞輿，兩杠截然而斷。先君聞響聲還視，喜曰：『勉之，此行必當換轎。』是秋入彀，明年遂倖第。折杠之徵，果更爲吉，非先君無此敏捷。

攀龍

予既已竣庚辰禮部試，梦入祖居，歷階而上，有龍自廳樓之檐端涌下垂首，去地可數尺許，頭角杈枒鱗甲燦目。予時殊不畏，以手撫其鼻而摩之。斯須，全身皆下，自前門飞掉去。既醒，惝怳形影尚在心目。念龍騰自吉兆，又手摩焉，得非所謂『攀龍者』耶？數日榜發，果中式。因信得取，誠有定數。

聯登

同籍嘉興高寓公承埏，應己卯浙江鄉試。梦其家若迎燈者，寓公舉一燈起，隨有一燈連綴其下，喜甚。斯須，與人争道，鬨然相鬭，而火忽滅。既醒，怏甚，有一老人善圓梦，往問之。老人曰：『君即聯第，不止鄉書得意。』寓公曰：『奈火滅何？』老人曰：『燈去火爲登，此君之所以聯登也。』是秋中式，明年庚辰，果聯捷成進士，滅火成登，此解直入非非想也。

燈花

高寓公己卯初試場日，其家於近村萬利橋神廟，燃燭祈祐，兩燭各生巨花。一花結蕊，作蓋下官人之像，一花結蓮花座，座上隱隱一人跏趺，遠近闐橋聚觀，至不得行。長公念祖述。燈花人影，此亦古今絶奇之事，而蓮座奚爲？吁嗟，寓公殆終隱矣。

化虎記

年來予鄉多虎，嚙人甚衆，及行脚所歷，閩楚晉豫皆然。或曰是帝所役，以襄戈鏑所不及，或曰所在猛鬼厲魄激鬱而化是，二者疑皆有之，而無如危子允臧所述黄翁事尤異。

黄翁者，密溪人，去樵城十餘里，生三子，俱壯矣。乙未春，使耕田山中，晨出西返，如是數日。一夕鄰子謂翁曰：『田蕪弗治，倘無意乎？』翁曰：『兒曹日躬耒耜，奚蕪也？』鄰子曰：『未也。』翁心怪。詰旦，三子出，翁密尾偵其所逞，則見入山林中，祛衣掛樹，隨變爲虎，哮躍四出。翁大恐，奔歸，竊告鄰子，拒户匿處。迨夜三子歸，呼門良久，不應。鄰子諭之曰：『若翁不爾子矣。』問其故，以所見告。三子曰：『有之，帝命所驅，不自由也。』因嗚咽呼翁曰：『罔極之恩，寧不思報？無如父名早在劫中，兒輩數日遠出，正求其人可以代者。既爾逗露，不可復止，然某所衣領中有小册，幸爲簡付，不然父固不利，兒皆坐是死矣。』翁因取燭覓衣領中，果得小册，皆是樵郡應傷虎者，而翁名在第二。翁曰：『奈何？』三子曰：『第開門，當自有策。』翁勉聽。三子受册泣拜，因告翁曰：『此俱帝命，父當蒙厚衣數重，勿結帶，加黄紙其上，匍伏虔禱。兒自有救父法。』翁如言。三子次第從後躍過，各銜一衣，虎吼而出，遂不復返。翁至今猶在。

自昔以人化虎，多有之矣，如封卲、李徽輩，即皆易皮換面而去，未有溷處人中若三子者。且帝既以傷人役之，而又列其父册中，尤極難處之事，而三子求代不得，又曲畫以全之，可謂形易而心不易者矣。天下固有五官四體居然皆人，而君父當前，竟不相識者？豈既已虎矣，而猶有恩之不可負哉？雖然，三子既虎矣，奈何列翁名册中，豈司此者偶忘之乎？又豈年來氣數之變，雖負恩之大，至於戕賊其父，帝亦恣其所爲，而不甚問也耶？則非予之所敢知也。

化虎記二

樵川丘孝廉者，長厚人也。居於鄉，年餘七十矣。一日梦神告曰：『明午有數僧到門化齋，可厚待之。齋罷，或索酒肉，亦須恣與，勿靳。爾家當厄，以君行端故相告。』

次日，孝廉起，呼家人治具。亭午，果有五僧至索齋，則遂延入齋之。齋竟，猶未足，則遂出酒肉使恣食。五僧曰：『吾試君耳，人言君家厚德，良然。否者，今厄我矣。』徐出懷中一籍示孝廉曰：『公等名皆在此。』因謝去。孝廉驚愕，潛遣人尾之，至林薄間，五僧皆化爲虎，銜斥而去。時丙申夏，孝廉具爲人言其事，樵友危君允臧告予如此。

或曰：孝廉誠厚德矣，即不當罹籍中。既籍矣，即當厄，不當以一齋免，而竟免也。則是生殺之權在虎，不在天也，且微神告，奈何？予曰：厄者，數也，所以免於厄者，德也。惟德足以移數，故神告之，而僧應之，皆天也。不然，虎噬人恒耳，豈其一一試之，而又告之？故曰天也。或曰：虎試人矣，何必僧？豈今之酒肉僧皆虎乎？予曰：是其所以試也，施酒肉不靳，則何施而靳？僧之爲虎，非虎也。雖然，僧而酒肉，又安知其不皆虎也？

神化虎記

乙未春，三灘人寧某鋤田次，有虎從後搏之。田後倚山崖，岸高，虎勢猛躍出其前。寧急舉鋤，薄而杵之，中其頰。虎負痛不能退，轉委去。寧疾歸，號其鄉人，視虎踪所在，躡之，乃入一古廟。其座上塑像頰間鋤痕宛然，泥污猶濕。因碎，視其腹，得人腕趾骨節極多。始知前虎，神所化也，遂焚其廟，而虎亦絶。以土木偶而能噬人，事近於誕，非頰間泥痕偶一破綻，其吞啖不知所底矣。

或曰：亂後民散祠荒，神不勝餒，以至於斯。愚山子曰：不然，餒猶不失，神之窮也至蒙毛握爪，假面毒獸，以行其搏噬，則濫甚矣，神可獸乎？其敗焉，宜也。焚且碎，又孰與其荒而餒也。

鬼化虎記

予甲辰春，自綏安買舟趨延津，舟人吴敬爲言，其鄰子某，工於醫。一夕，聞户外勃踤聲，叩門甚急。問之，曰：『某村人病，迎往藥。』醫素知地多虎怪，堅卧不起。户外人怒而銜斥，若有所齮嚙，戛戛不已。久之，乃寂。次早開門，虎跡徧門外，户柱齒齕皆碎，深蝕寸許。因向鄰人道之。試問某村，固無病人也，此兩年前事。

聞虎噬人，必有倀鬼爲之驅引，凡人畜所在，具知委曲。此叩門者，殆其類也。然知人之能醫，而遂以醫餌，則譎甚矣。夫以虎之凶饞頑虣，殺人有餘力矣。又翼之鬼，以行其譎，可勝言乎？夫處多虎之地，而當方永之夜，非閉户，其能免哉？

三足虎記

興化人何三仔者，農氓也。有山田數畝，常爲里豪侵越塍界，阻遏灌道，甚且以他事嫁禍，爲虐無已，三仔憤甚。鄉有土神祠，日暮輒往呪曰：『願我化爲虎，嚙此輩肉。』如是良久，漸覺意色迷惘，其母怪之。

一日，薄暮出。母躡其後，見入廟拜祝，聲琅琅。然纔起，身即爲虎，毛革爪牙，銛利斑駁，獨餘一手，尚未盡變。顧見母在後，懈躍而去。母悵怖疾反，喪失魂魄。自是境内有三足虎，跳梁搏噬，平時所怨，吞啖都盡。而前一足尚是人掌，衆知爲何三仔。每逼近村舍，即令其母呼名詈之，則沮喪去。久之，竟以妄傷人畜，共獵殺之，其害始絶。此十數年前事。同邑丹青余君，談之歷歷。

論曰：昔李伯時善畫馬，秀老謂曰：『子死後，且入馬腹。』伯時懼然求教。曰：『但學畫觀音像，此念既專，彼念自薄。』夫心之所希無微弗肖，三仔念念在虎，形亦從之，無足異也。獨其憤恚積中，不能恬忍，甘墮異類，至宿怨已報，而饞吻弗戒，卒至殺身，愚亦甚哉！夫豕屠人劊，病在手滑，既已化爲猛毒之獸，而復責以强制饞吻，分别善類，則又過也。

神醫記

周文宇，撫州崇仁人，制行端慤，鄉黨稱善士。少時嘗有所知，給役邑中，奉公遣他出，十數日始得返。妻素蕩佚，心憂之，因以家事屬周攝理，曰：『此妻子之托也。』周日稽出入，夜設榻堂中，與役妻隔扉而寢。妻中宵瞰視，見其舉止肅然，不敢復萌非禮。役返，始謝去。其妻感而悔之，自是閨操更名『貞潔』。其生平正氣類此。

崇禎戊寅己卯間，地方多盜，邑令徐公佩弦下令各鄉搜捕。周偶獨出，有怨家某伺於途縛之，寸寸捶楚肢骨碎折。又以鐵針三，刺入其腹。而揉之，令其深没不可復出，然後舁送邑中，以獲盜報。令疑之，呼前詰問。周綫息僅續，自陳讐怨冤楚之狀，且曰：『某死矣，公雖憐我，我萬不能生，幸雪污名耳。』因以納針腹中之事告。令驗視腹痕，大怒，扑怨家而繫之獄，遣周就醫療治。

周抵寓已悶絶，醫者數輩過視，皆摇首謝去。一邑閧然，謂周善人受怨家毒害如此，咸切齒嗟悼，莫可爲計。俄有老媪手盂粥至，曰：『食此可延旦夕。』扶其首而灌之粥。甫下咽，便有蘇意，覓媪，不見。旁舍俱言無是人也。薄暮，又一道者翩翩然來，儀貌特異，撫周於床曰：『勿憂，吾爲子取腹針出。』囊中寸草漬水，濕其腹，以小石向針孔逼引。良久，針躍然自孔中躍出墮地，凡三引，而三針皆出。賀曰：『子生矣，來日當再過子。』復翩然去。次日再至，煮藥盈盞，自進之曰：『服此便愈，不必更藥。』衆問道者姓名，不答。與之金，亦不受，曰：『以君素行可嘉，故相援拯，豈爲利乎？』又飄然去。邑中驚異，尋常亦未見此人也。是夜，周起遺腹中淤血數升，自是胸膈寬豁，痛苦漸輕。不三日，便可起坐。令初以周重傷，又腹針不可出，數日且死，遣隸偵之，及聞道人救藥之異，亦詫神助。於是以謀殺律怨家而戍之，舉邑快焉。

亂後周遊金陵，從事制院門下，以謹愿見任，郡邑當事待之有加禮，人以爲善報。而前怨家亦乘脱戍歸，昨歲周以公幹還里，其人懼而走匿。周遣人招至，慰之曰：『往事久不介胸中矣，子奚避哉？必讎子者，避將安往？』與款曲而去，人又以此服其量。繡谷何君仞千，信人也。知周事詳，與予同寓冶城，爲具述。

嘻！誣人以盜而手賊之，且置之必死，納針之毒，去斷脰一間耳。雖秦越人復起，不能爲之策也。而乃有突入其來，飄然以去之道人，回一生於萬死。神奇極，怪幻亦極矣。謂世間無神仙，吾不信也。讎殺人之罪，非一戍可蔽，即直報固不傷刻。而竟釋之，而且慰之，視韓淮陰之遇辱己少年，又加一等矣。人可傳不必多，周君之正足閑邪，而恕能容物，有學士大夫所不及者。予故樂爲表之，且以徵天道焉。

紀飛鰲峰書石事

同邑先賢羅近溪先生，家去從姑山二三里。少時嘗讀書焉，後即其地爲講堂。山之幽勝，搜剔題榜略遍，獨山頂大石，壁立數十仞，中有一片横衍如削，以其懸峻，從前摩崖之所不及。先生以此石遠望軒舉若鰲，欲於其端書『飛鰲峰』三字，蓄而未發。會分廵薛公訪先生至，指點空壁，先生因述己意。分廵喜，集工輦木，縛爲層架，使高與石等，平崖布棧，俾便運腕。架既成，先生命僮登石滌之，斑蘚既去，鑿痕隱躍可摸而認，固『飛鰲峰』三大字也，題尾別書『唐僧惟德』四小字。先生如寐忽寤，遂沿其舊體小變之，加鐫墨焉。蓋先生本字『惟德』，以所居四石溪，故又號『近溪先生』。

《往勝概録》中載周文安洪謨，公車日，泊舟邘江。見一異人，語曰：『予，子之前身也。』蓋丁山人友鶴者，後官詞林。南京三原王公守維揚，公以詩訊之。三原徵諸耆舊羅文節，曰：『友鶴山人，吾友丁宗啟父也。以能詩隱元末，後爲蜀王所愛重，没於成都。』王以此報，文安頷之。文安，固蜀之長寧人也。世常傳羊祜、房琯之事，以爲幻誕，以二公徵之，奚惑哉？然丁猶洪武中人，去周未遠，而近溪先生之惟德，乃懸合於千數百年之唐，心之所營，石先得之，嗚呼異哉！先生闢土山中，得古磁碗，底多有『惟德』字，是山殆其故栖，而于先生之身，乃重振之。夫日月跳丸，人世之千數百年，至人於兹，固旦暮耳。予聞之陶公西之。

紀秦生岳廟失明事

鄖城有岳武穆廟，甚壯麗。崇禎中金陵秦生某，故檜裔，流寓近鄉，教授已十餘載矣。一日，入城過廟，感而肅拜。俯首至地，其目雙睛忽自墮出，若爲人所割者，不勝痛楚而返，遂以瞽廢。邑城張生目擊其異，爲予述之。

往羅汝楫之子嘗入廟拜王，伏地即昏眩，不能起而死。今秦生目睛之墮，譴亦如之，王之不釋憾於諸奸如此。然汝楫身以附檜得罪於王，其子去王死時未遠，忠憤方鬱，殛之也宜。秦生後王已數百年，又其餘支遠裔，而意外之譴，乃至於不可測。權奸之餘禍，尚流及於數百年後之子孫，是可畏也。嗚呼，王之功在中土，思在千秋。鄖城之人父老子弟，以迄馬醫、臧獲、輿隸、走卒之賤，無不瞻望奔走，旅進而旅退者，獨檜之子孫，不敢輕入。入且身試，其怒至不可測，然則昔何利而爲檜，今何不幸而爲檜之子若孫也。噫！

太原關廟自焚記

甲申春，闖賊圍太原，勢猖甚。巡撫蔡雲怡先生率司道官，禱於關帝廟，卜籤弗吉，再卜如之。先生意迫，仰立而告曰：『朝廷二百七十年來，所以崇祠神甚盛，神受此土民趨走虔奉，亦非一日。惟是災患緩急之拯庇是賴，當兹巨寇壓境，豈惟城内生靈數十萬，社稷安危，實視此舉。而神不能肅，將天鈇掃殄殘逆，奠我封疆，綏我黎庶，其若輿望何？亦奚以祠爲？今且與神約：當再卜，必能却寇全城者，與我最上籤。否，且焚此廟。』

語未竟，忽有一縷青煙自爐中起，上裊椽際。火自屋樑驟熾，烈焰盤掣，厲風隨之而舞。廟貌甚壯，斯須立燼。先生大哭，諸同祀及城中士民聚觀者數千百人亦皆哭。不二日，城陷，先生自縊三立書院死。語曰『大厦將崩，一木不支』，豈惟人力哉？勢之既去，神亦無如之何也矣。爐火自焚，帝固愴心自罰乎？而先生之血誠精忠，直通帝座者，於此亦千古矣。

化火自焚

崇禎辛巳，興化吴鹿友相公家有厨子，執役已久。一日，沐浴别同輩，趺坐，口中出火，自化立盡。又同時臨清有行脚僧，愛某紳竹園，募求趺坐。一日，即於其間吐火自焚，市民競往瞻礼，收其靈骨塔焉。衲子中有異人，此不足怪，乃得之厨子，何也？

卷　九

禍福倚伏篇

東昌某進士之父某翁者，多失德，生平好用鼎銀，以是致厚産。鼎銀者，銀之低假難辨者也。是後，生進士公，能讀書且登第。翁心悔曰：『吾家富而子名成，於事足矣，此銀不可用，更用其精美者。』無幾，時進士公忽病目，屢藥不效，几盲廢，家亦漸落。如是有年，於是翁心恚曰：『安所謂天道哉？吾向用鼎銀，子顯雋也，且日富。今易之，子盲病也，且日貧。安所謂天道？』遂復用鼎銀如初。踰年，進士目漸愈，尋復如故，乃謁選，得秦中某縣。翁大喜，挈家隨焉。未几，秦寇大熾，賊首老回回以數万衆猝臨。縣城破，進士父子舉家數十人皆死，竟無噍類。

愚山子曰：異哉，夫科名富貴，天之所以報善人也，今反以報人之不善。疾病放廢，天之所以報不善人也，今或反以報人之善。蓋帝意深微，非尋常格例所得淺窺而謬測也。且夫塞翁之失得，寧有定乎？蝗蟬蚌鷸之互伺，寧可知乎？亂世之科名富貴，可盡恃乎？使翁之子不進士，不足殲其家。然使進士之目病終不愈，即未必能仕，而寇之禍且幾免也。天方與其改過，而以病廢全之，乃復以其怙終者，冥行而重怒之，而天亦遂愈其病，以縱之仕，而及於难。當大聚族爲戮時，雖欲如田夫野老之貧賤自適，安可得乎？豈不悲哉！蘇子瞻曰『論天者，必俟其定』。夫人知進士之爲福，而不知其爲禍；知進士之目之病廢焉爲禍，而不知其爲福；知進士之目之愈而仕，爲由禍之福，而不知其由福之禍，倚伏之數，何常乎？又安可謂無天道耶？張聖佐述。

闈中奇梦記

臨汝先輩李公芬，赴省闈試，寓一宗室家。其家多姬侍，而不甚肅，李遂以間與一姬私。其妻在家，梦李公之亡父蹌而至，搥胸太息曰：『不肖子，吾爲此事，每歲與人角，費爾許力，幸得之矣。又復作如此事，已矣。』因呼曰：『某嫂來，自往視之。』蓋汝俗以次第呼媳曰『某嫂』。其妻貿貿隨往，至一大宅，由廳事再折，花闌曲徑達於密室，有男子摟一美婦人卧，熟視則夫也。其父復頓足嘆曰：『不肖子，作何等事，今已矣。』妻憤睇良久，凡其室中所有衣桁粧盒、帷箔几案之屬，皆悉記識，遵舊徑出，豁然而寤。

未幾，李公下第歸，頗不懌。其妻詢場屋事，輒盛氣應之。妻微嘲曰：『君其有遺行乎？何刖之屢也？』李益怒，謂妻訕己。妻曰：『君此番居停，非朱門乎？』曰：『然。』曰：『其門何若，庭何若，巷之委而徑之曲又何若。』李心疑曰：『然，子何以知之。』妻又曰：『他姑置。某月某夜，繡帷朱榻擁少婦而卧者，非子也耶？婦貌何若，室中所有又何若也。』李大駭曰：『誠有之，然誰報爾？』妻曰：『非他人，子亡父也。』以梦告，李大愧恨，焚香告天，誓力行善事以贖。又三試，乃中式登第。同邑羅摶上先生常言其事。

愚山子曰：《書》有之『天難諶，命靡常』，夫天之禍福予奪，未有不視其德不德也。今之讀書業進士者，當其得志，自以爲文章之力矣，安知祖考之靈，寔冥翼之。不幸失意，則懟恚訕激，以爲主司之不我知，鬼神之不我助矣，又安知己之不德，有以致之乎？如李公事可鑑也，一晌歡娛，而三年之勤，付之流水，既予復奪，天之察何密、法何嚴、處分又何速乎？非亡父見梦，李公之懟恚訕激，怨鬼神而罪主司者，將不知何所極。安肯以下第之故，自歸於行之不簡耶？雖然，士人失德，無若亂人之室。而李公雖譴，猶不至以黜終，豈是姬素無潔白，非良家婦匹歟？抑悔過遷善之積，孳孳不怠者，足以蓋初愆而集後祉與？獨怪汝水之距章門二百餘里，幽閨邃閣之私挑密約，而纖情曲態，一一入家人梦中，如明鏡之照白黑，而無所匿。然則今之冥冥墮行，以爲人之耳目不及者，鬼神目之，皆無以異於李夫人之目其夫者也，豈不嚴哉？

天上十科記

沁水孫中丞之姪孫六者，才器偉邁，挾其貴勢，多肆虓於鄉里。其長兄某，嘗爲房縣令，心不然之。一日，病中晝寢，覺其魂離體，汎汎而遊。至一處，光景黯慘，不類人世，欲返而不得徑。瞥見同里一木工，迎而訝曰：『此非公宜遊，何至此？可疾反。』某請爲導，令貿貿隨發。經一官廨，有榜懸廡下，觀者填壅。令問奚爲，工曰：『天榜也，欲一覽乎？』遂攙擠入，至榜下。令細視，皆本年新貴名籍，列爲十科，科數人。首曰『孝弟』，次曰『正直』，再次曰『陰德』，自此而九，皆世所稱爲善行者，以『文學』殿焉，然亦數人而已。榜尾連續一紙，大書『不德謫斥，永不中式者』若干人，首曰『暴戾恣睢孫六』，餘尚多。

令不欲再閲，與工自儔人中出，瞿然而寤。時孫六録科前列，將赴省。有所嬖女伎次梅者，令密呼，語之曰：『此行可不必，渠名在永不中式中矣。』次梅亦秘之，不敢告也，間以語其鄉人。是年，果下第，終厄不得意。甲申變後，以他事坐累，誅死。

昔宋司馬公欲以十科取士，首行義純固、節操方正者，而文章典麗，特處其一。夫士之重於世，誠不在文章也。此法不講已數百年，不意冥中竟陰用之。觀其標目，大抵皆先德行。夫文學何負於世，惟文學而不德行，則朝廷之科目，適爲獎浮薄、滋蝨莠之具而已，於蒼生奚賴乎？其殿之也宜。且以孫六之才，既入彀而復謫黜，遂終於厄。天之爲恣睢暴戾誡，蓋亦赫矣，而世莫之察，何與？未論處不愧誦讀，出不負朝廷，即以科目言，上帝之權衡進退，將有所在，毋曰文學先人而已。夫帝之所重，固不在文學也。

王孝廉奇報記

萬曆丙午，漳州王孝廉某，應鄉試。入闈之前夕，所寓比舍有婦女哀哭，詢之。乃一生試居劣等，循例謄録，已點入，而父猝死，家貧無以爲殮。孝廉心惻，出囊金若干贈之，俾營所需。孝廉治《詩經》，闈中構義至七題，忽忘其解，漏盡才竭，僅終六義以出。自意旦日必榜貼矣，已而無恙。孝廉不測所以，輒復逐隊赴二三場試。而前謄録生於闈中得一卷，心賞之，視其末義竟缺，遂私爲構補謄入。既榜發，生名入彀，益駭異。領閲墨卷，居然七篇也。

亡何，謄録生抵家，知父喪，問後事何從辦。婦以孝廉贈恤告，生感激詣孝廉謝，且治杯酒賀。孝廉酒酣，因言初場文寔止六篇，不知何以倖售。及閲卷始知有補之者，又不知誰爲屬筆。生心喻，因誦己所補文訊之。孝廉詫曰：『皆是，君何從得？』生乃詳述闈中代構之故，孝廉避席拜曰：『君恩我，我何以報？』生亦拜曰：『感君恩，方恨莫報。闈卷本不識君，乃值君，竊以此報。』自是兩家通好，往來不絶。而是生以謄録勞還故物，後數載亦登鄉薦，閩友李能白述。

夫聞人之喪而憫之，哀其貧而捐橐以濟倉卒，比鄰等於親識，孝廉德厚矣。然自行其意耳，非以納交於生，俾代襄其所不及也。而孝廉之闈卷竟落生手，因以補其末義之缺，而遂以售。事機巧湊，皆天也。夫使孝廉自成七義，即售亦恒無足奇。孝廉缺，而生不補，且不免榜貼，又何論售。孝廉缺而生補，而補之生，即孝廉不知而恤其喪之生。貼既倖免，而彀亦竟倖入也。天之所以報孝廉者，不逾厚哉？

紀何閣老失元事

吾鄉何相君宗彦，初中會試榜，後梦入朝，凡數百人而已領袖。既寤，其第二三人猶仿佛記識，連日梦如之。自以爲必鼎元矣。傳臚之前夕，又梦入朝，正徐步次，旁一披髮者出而曳之曰：『君安得去？』公力掙不能脱，第二人駐立良久，越而去。已，第三人又至，立而固遜，公終不得脱，則又越去。凡過三人，乃釋之。醒而大惑，孰思無他事，惟赴公車時，以怒繫一人獄，未釋而行，得無坐此？馳書家中出之。及臚唱，三及第皆梦中所見後已越去者，而公得二甲第一，次止居四。後家人還報，所繫人已卒獄中矣，乃知其爲厲，梗之也。

夫繫人於獄，原無怨之之心，然竟以此失三及第，所喪多矣。豈獨厲能曳人？天於此亦遷次焉。若故屈抑以誠之也，無心之罰如此。今貴家巨室，以公禁爲張威快怒之地，與居官而苛獄濫繫，漫無矜恤者，視此當何如？可曰：『權勢在我，而惟吾之所爲也乎？』

一第奇報記

萬曆間，沙縣令程子鐸者，徽人也。其初就公車時，泊舟河干，適河上民居火一處，女踉蹌裸體奔入舟。蓋是鄉禁甚厲，凡失火者，必索其人，納之火中。是夕火由女起，懼而逸也。子鐸闇中遇女，既不可却，亟解衣衣之，使卧舟中，而自出呼友聚坐舟尾，豪語達旦，其友亦不測。詰旦詳詢是女，知其曾聘近鄉某氏，因呼其夫歸之。夫至見女在舟，疑，不欲取。子鐸指天自矢，并捐囊金資而遣之，以是窘，不入京師。

是後，女歸夫家，匝歲即生子，教之讀書，甚慧。女念子鐸德不置，於其家繡帛爲子鐸名，懸而祀之，常與其子頌述其事。未幾，女之子登賢書，甫弱冠入試禮部，構藝方就，出如厠。偶見比舍生潦倒枯坐，絶不事事。問之，曰：『予偃蹇公車二十載矣，此番復爲窮鬼所祟，文氣結塞已矣。姑待旦出，强試吏部，得半職，了生平事耳。』生憫之，閲卷名則『程子鐸』也。因大駭，曰：『廿年前，有救孤女於河干而遣之者，非公也耶？』程亦詫曰：『誠有之，公何人也？』其子乃下拜，具述前事，且出七稿與程，强使書之。程辭弗得，受焉。是歲，程竟登第，筮仕得沙縣令，而與其子爲通家友，往來不絶。程後分校闈試，門下謁見，首舉此相勗。有黄見泰者，程所得士，歸爲人述如此。

愚山子曰：《書》有之『惠迪吉，從逆凶，惟影响』，言其肖之速也。人惟無形，則已形則必影。無叩，則已叩則必响。其肖之速者，天也。其所以形而聲之者，人也。子鐸救孤女於嫌疑窘急之中，既脱其危而復克全其節，謀慮周詳，心跡表白，可云易人所難矣。呼其夫而歸之，竟以捐財而輟其試，志在成人之美，而不憚落己之事。推是心也，非古大賢，仁至義盡者，不能也。蘇子瞻有言：『今之君子，增減半年磨勘，雖殺人亦爲之。』奈何爲他人事，而自廢若此？宜女之感及終身，而天即以是女之子報之。七藝相酬，一第坐獲，子鐸於此，亦不薄矣。

甚矣，天道之速於肖也，不然，令子鐸不善全是女，其歸必不感。雖有是子，其名無由知遇之。場屋之間不過斯須邂逅之比舍生耳，縱潦倒枯坐，誰見而憐之？即憐之，終不肯出己稿相授，而子鐸亦竟以孝廉老矣。惟子鐸輟己試，以德之於先，故其子亦捐己稿，以贊之於後。事與會投，入合左契，則是子鐸之第，非天授命賦、主司拔擢之力，而二十年前，河干夜泊之一念一事，自種而自穫之也。女之歸而生子，子遂讀書而又早雋，以及子鐸之同試而爲比舍生，而因相遇，而遂報之。彼蒼於此，寔有無限委曲寓於其間。子鐸不知，其女與子亦不之知，迨機諧緣白而後知此數人者，皆日在天心綣戀中，未嘗一日而忘之也。此事組織絶奇，而天意微茫，非徵則不信，予故爲備述焉。

放生得第記

安福康味澹先生，諱元穗，己卯同籍康小范尊人也。萬曆戊午北上，有友饋兩團魚，絶大。先生却他物受之，取巨甕實砂，畜而貯之舟中。衆以先生所嗜在此，無不饋團魚者。先生即皆受，比開舟，得團魚數甕，約百數十枚，皆投之江流深處。比入試，神思不暢，印几假寐。見青衣百輩，圍繞而促之起。瞿然而醒，成一義竟，已倦再寐，再梦如前，心異焉。謂此紛紛，得非向來甕中物耶？

已，主司閲先生卷不甚當，塗數字罷之，襍置巨簏。中夜聞爪甲爬搔之聲甚沸，如閉蟲鼠百數，攢嚙欲出者。主司起而燭之，無他物，惟一卷子開展簏面襍卷之上，不知誰所爲也。重閲之，復不甚當，重罷之，益錯置於簏底。已，就寐，梦有青衣無數前跪曰：『請公閲卷。』主司醒，而簏中爬搔聲益加沸，發視前卷開展簏面復如故。主司嘆曰：『此天意也』，竟讀七義，更爲擊節，滌其塗而評藻焉。進於總裁，總裁亦稱賞，歎息曰：『卷來何遲？』榜既填矣，主司以簏中異告總裁，遍得榜目，得先生同族已入彀康元和者，經書籍貫了無差異，因改『和』作『穗』，而先生遂得第。已，放榜，先生入謁，主司具述闈中事，先生亦駭。念彼梦中之樊然，而此簏中之沸然者，非向來甕中物，誰耶？因更以公車活鱉事，爲主司道之。長安一時喧傳，先生子孫至今能言其事。

愚山子曰：先生此際亦危矣，蓋有已塗之卷而録者，必無已填之榜而更者，使篦中之爬搔不再沸，卷必置。使榜中無籍貫名姓巧合之元和，即欲更，又安可得耶？其所以然，皆天也。惟福善之天與感恩之物合，而爲啟翼左右之。奇怪梦中之人，篦中之鬼，不爪而爬，不指而展。和耶、穗耶、一得一失，豈人力所能與耶？或曰，鱉水族之一耳，具何神而能報人？予曰：『銜環之雀、矦印左顧之龜，昔有之矣。彼龜與雀，又具何神，而能報人乎？』

鬼助中式一

己卯同籍劉出子日杲，卷出秦令公鏞房。初閱不甚喜，置之，覺燈影間隱然有鬼作啾唧声，已而前後左右皆鬼也。心大昏怖，取卷讀之，即覺妥然。已，又嗛未滿意，復置之。鬼又隨至，迭前惱亂，如是數四，遂勉取置末卷，闈中哄然傳之。蕭問玄先生語予云：『場屋中真有鬼，秦太音最怕鬼，其房中鬼偏多。』蓋指此也。出子襟期清曠，行誼不愧古人，年三十悼亡，遂不復娶，即此一事，堅貞已不可及，鬼之相之宜矣。

鬼助中式二

江寧黃孝廉某，中戊子鄉試，年尚少，主司初閲卷，書義三篇，不甚喜，置之旁几。忽若有人從傍告曰：『後文頗佳，盍收之。』諦視左右，寂無人。主司心駭，再閲再棄。從傍告者則再如故，因終覽其經義四首，大加賞嘆，取入彀。蓋孝廉之父，生平最稱盛德，以好施毁家。又訓孝廉最勤，手録經文二百首，俾其熟誦。此四義皆題，適湊而書之也。場中鬼語，殆天所以報其德云。孝廉之婿王錦雯，頃約予相其先冢，私言如此，孝廉亦端人。

鬼助中式三

天啟丁卯，泉州詹生某自郡赴省闈試。道遇楓亭，見有殍於道者，意憐之。生故貧，乃解其所卧紅毡裹束，募土人瘞之，停宿乃行。比入試，主司閲其卷，未甚當意。燭影中瞥見一人，朱衣前立，若有懇者。已，忽不見。主司疑其神，收之。揭曉相見，問生平何修，場中特有神助。生謝無之，主司固問。生良久曰：『惟近赴舉時，以紅毡裹葬一道殣。』主司曰：『是矣，向燭影中見有朱衣立吾前者，必是人也，吾以爲神也。』生亦竦然。

嘗聞棘闈中皆有天部吏兵管領繞護，諸邪魅無敢近，惟感恩報怨兩種精魂，得直入無禁意者，其然與？孰爲朱衣取諸一毡足矣，雖然見道殣而憐之，輒爲停宿營瘞，其生平可知矣。草木之花，開榮一日，其滋長而苞孕者非一日也。朱衣之助，人以爲一毡，吾終以爲生平也。

鬼馬記

甲午秋，漳州某生將赴省試。是歲教授某大紳家，偶以小故開罪紳，因固留齋中不許出，欲誤其試。生窘無策，至初六日薄暮，始出之，生憤悶不可勝。偶聞户外有人馬聲，生出問，馬頭人曰：『事急矣，胡不速往？』生告以途遠，不能及。其人曰：『馬在，但行，勿慮。』生惘惘携數金，登其馬去，如梦如醉。天明瞪視，已造福州城下矣。生憊甚，伏地少息。斯須，人馬俱失，乃大驚詫，知爲神助，疾往藩司投卷。榜發，生名在前列，報至漳州，某紳猶大笑。次年春，遂聯第。同輩私詢，乃爲具述如是。

夫以七百餘里之漳州，初六尚在，其不能以初八抵福州也，明矣。紳之策，不謂不巧，而乃有不知所從之鬼馬，以爲之助也，紳之巧猶然拙也。此事奇幻尤甚，古所未有也，今竟有之。大抵人之情澆險無復餘地也，鬼神之情狀逗洩亦無復餘蘊哉。

藍衫鬼拜主司

壬午應天鄉試，某房考夜閲一卷，燈影中有人伏地叩首，若相懇之狀。視之，身裹藍衫，而面貌絶非男子。主司以卷不甚稱，擬置之。則拜不已。主司心疑是人必有隱德，遂録之。放榜後，本生進謁，主司問曰：『子以何德，致鬼神冥助？』生謝無有。主司具述其狀。生掩泣曰：『此非他人，殆先母也。母終時，家貧，無以殮。不得已，用所衣藍衫裹之。』主司點首曰：『然，向視其貌固一老媪也。』

夫闈中鬼神多矣，而生之售，獨以母之助，豈其貧而孝，而淒苦之極，天實憐之，俾入爲之相與？不然，人孰不欲售其子孫，而死者有知，皆入闈以干其主司如是，每夕燈影中，環而拜者當不知幾何人，而主司之去取，安所從乎？生之母奇矣，而竟售焉，生又幸矣。

卷十

卯闈紀事

予己卯鄉試，出吾郡司李蕭問玄先生門，先生頗爲人言得予卷最奇。及謁見，先生輒曰：『子行聯蜚矣。』因亟言場中有鬼神。予請其故，先生微笑而已。及詢從役，乃得其詳。云先生於八月廿一日彙所閲卷，心賞者得二十，曰：『正副榜，取諸此足矣。』時酷暑，命役盡收遺卷，納簏中鎖之，中頗有一二未經目者。至夜以所得卷，束置几上，將以次日呈入。已，就寢，轉展不寐，夜半呼燭起坐，取卷開叠，則多其一，簡之，有一圈點未着者，詫曰：『此安從來？』視簏鎖如故。問從者，不知也。先生取閲輒稱善，竟七義，則嘆爲前卷中未有，愈疑愈閲。甫辨色，走獻北舍，進賢令陳公士瓚門。陳梦中躍起，訝問：『何早？』先生告以異，出卷使視。陳大擊節曰：『此某房中未有。』先生即就陳案，濡毫飽墨，細加評藻。而陳公時從旁佐一二語，且曰：『少選即以此呈，呈而當，則天也。』飯罷，先生入，馬素修先生得卷大喜曰：『豫章領袖，非此不称。』遂取第一。至廿七日，信州司李吴以劉巨溟卷進，乃改第二。先是，素修師以時習競趋漢魏，因摘其佳句遍粘棘舍曰：『犯此，必斥。』又限字五百爲率。以是慄慄瞻顧，步窘氣索，黽勉終卷，即入彀已出意外，何况首列？則此番掄擢，師之恩，寔僥天之倖，中心慚忸，不能一刻釋也。况得卷之奇則又如此，小子何知，邀此非分？或者先世之遺，先君子生平之積，有足當天心承神盼者，小子何敢忘哉？

夫天下才無窮，操觚家以三年之揣摩，發抒一日，馳騁獻戛，亦孰不色煙雲而声金石？其懷奇茹苦，嘔長吉之心，而傾陵陽之淚者，不知其幾何人也？即以豫章論，十三郡七十二邑，籍諸生者何止數萬，三年所録纔及百人而已。迨三十年，而少壯者則已皆老。此十棘試中，合計得售纔滿千人，則其抑鬱而淪落者，固已多矣。况一日之文，夙昔之學，此千人者固未必皆勝於此十數萬人者乎？豈不難哉？豈不難哉？

夫謀篇者，有一日之短長；持衡者，更有一刻之好惡。故奇者不必遇，遇者不必奇。大約偶然得，則得之；偶然失，竟失之矣。得者其倖，失者其恒也。而今得志於世，輒曰：『吾才所自致。』不惟不肯歸功時數，并天地鬼神不復介其意中，以此驕人而肆其志，亦何悖乎？予小子不敢出也。予自知才不勝人，且萬不及人，而謬以一日掇拾之篇，濫列十數萬人中百人之數，非天地鬼神之力，不至此。且吾親吾師之所以期我責我，與朝廷所以進造我者，豈謂是歌鹿苹、贄羔雁，充賢書之數乎？抑別有所在耶？予小子何敢忘哉？用是追述其略，既以自惕，亦使後之人知予不才，倖獲如是，而凡有事於科名者，未得當，慎厥修來，不爲天所擯。既得當，益砥厥德以報之，毋曰『富貴吾所自有』，以欺天欺人，而自入於無忌憚也。

是秋，副馬師總裁者爲尹宇修師，馬師以家艱，撤棘即解纜。予抵章門不及見，獨見宇修先生。拜趨即大笑，問年幾何？予對：『二十有一。』復大笑曰：『闈中元子六日矣。』以吴司李争馬公取卷熟較，語予曰：『子卷純純者，之年恐不若踈者少，因更首劉子，今劉子年乃倍子矣。』復大笑。夫予之文遠不及巨溟，然闈中之易，巨溟又不盡以文，先後間又自有主之者，皆天也。因附識，以信問玄師場中鬼神之説。

入闈神燈記

往吾友徐爾虚，爲予述任先林公神燈事，甚異。公與吾師蓼莪先生同譜，交厚，而爾虚爲先生次，公故聞其詳。公丁卯秋赴鄉試，入闈之夕，見二高燈前導，上各書數字，一曰『不淫之報』，一曰『不殺之報』。公問從僕二燈奚爲，僕曰：『無所謂燈。』公熟視見燈冉冉行而不見人，知其爲神，獨心喜曰：『此中式兆矣。』蓋公少時嘗禮雲棲大師，從受淫殺戒最謹也。二三場所見如之，已榜發，果中式。

戊辰赴禮部試入闈之夕，前燈復導，一如鄉試。公又心喜曰：『此聯第兆矣。』榜發，果第。比廷對宵起，前灯導如故。公又心喜曰：『將無大魁乎？』既臚唱，名在三甲，當得縣，公頗悒悒。是夜梦神告曰：『勿憂，還爾詞林。』公益怪曰：『安有令矣而復詞林者乎？』公後作令數歲，召入，適當甲戌春榜後，有旨罷庶常選，而於知推中拔其尤者充館職，著爲令。公遂得翰林簡討，竟符所梦。

天下之惡，無踰淫殺，則人生之善，亦無大於不淫不殺者矣，公非假持戒以媒科第，而科第應之，德之動天，奚弗獲也？彼既陰錫之矣，又書之於燈，既導之鄉試矣，又導之於南宮廷對。神臺鬼隸奔走僕僕，若曰：『此科也第也，非爾文字之力，爾之迪德，吾以爲報云爾。』天於不淫不殺之人，何纏綿而多情？於不淫不殺之報，何傾懷暴白而無所秘也。蓋既令公知，又欲使永念之，不惟使公永念之，又欲使天下之凡讀書有事科第者，咸敬勉之。夫人即不讀書終不可淫殺，况林公之報亦既爾乎？公晚年位華要躋政府，經歷變亂，身名并泰，豈獨詞林？天之相公，蓋直永終之矣。

紀唐狀元悔過事

唐狀元皋，歙之岩鎮人也，負才而貧，教授里中。路出土神祠，神見梦廟祝曰：『唐狀元僕僕過我，使我不安，爲我屏而門焉。』祝如神教，因私以語人，於是鄉里竊竊指目唐秀才『貴人也』。而皋每歸自館間當昏夜，十數步外，輒有雙燈前導，問人無見，益以是自許。一夕，里人將嫁其妻難書券，倩皋起草。是夜歸，雙燈黯然滅矣，心怪之，以語夫人。夫人問日間作何事。皋曰：『無他，爲人書離婚一券耳。』夫人愕曰：『此非盛德事，必悔之。』詰旦，皋詣夫家，謬語曰：『昨數字失簡，請出易之。』券出，皋遽碎之曰：『離不若合，此事吾不敢與。』因加勸勉，遂復爲夫婦如初。是夜再歸，雙燈冉冉如故也。而當書券之夜，祝梦神告曰：『唐君作事乖謬，將不得元，可撤我屏。』祝以質語皋，皋曰：『有之，然既已悔之矣。』祝止屏不撤，亦不復梦。此事新安人能言之。近看山岩鎮，與佘君元昭行，過是祠，因爲細述。

愚山子曰：一紙書之誤耳，彼自棄其妻，非我之間而拆之，或逼其譴之，甚幾乃至於黜元，况其他刻薄之行，自身爲之者乎？幸及其事之未遂，猶得悔而改之。否則，昏夜之雙燈竟從此逝，而神祠之屏一撤不復設矣。然以其誤而斥之，其悔之速，而又恕之，降鑒轉旋如環不滯。帝之不以舊惡錮人又如此，改過之功大矣乎。士有不幸失之於初，而欲蓋其愆於終者，其亦泮然知所勉也。

胡生削守記

嘉禾胡生某，同年湯惕庵從子吉甫舅也，家邑之溪東。少時讀書，出入恒由一嶺，嶺下有神祠當路。廟祝梦神告曰：『胡生貴人，位當至太守，日過吾門，使我僕僕引避，盍屏而蔽之。』廟祝大駭，爲樹小屏門首，且竊語生，生狂喜。又二十二年，生齒且暮，終偃蹇無所就，謂神謾己。一夕被酒入廟，以前事向神詰責。是夜，廟祝又梦神曰：『渠以吾昔言謾乎？渠自揣生平作何等事，今名壽籍中奪削已盡，不惟太守不可得，諸生且不保矣。而詰我乎？』廟祝寤，竊語他人，不敢告生也。踰年，督學至歲試，生竟黜落，遂憤恚得疾卒。予與湯惕庵行過是嶺，因得聞焉。《書》有之『惟上帝不常，作善，降之百祥，作不善，降之百殃』，言禍福在人，而數不可諉，天尤不可恃也。生自以爲太守矣，豈知冥冥中有譴而奪之者，不善之積并諸生失之，孽自己作，將誰咎哉？而曰『神謾我』，抑何悖也？嗚呼！天下之失德，而譴於天者不少矣，特未有神如胡生者一一告之耳，至已爲天所棄，而悔之晚矣。然使神必一一告之，則不勝勞，而亦終不能遍。胡生之事，乃其所以鐸也。予故不諱而備述之。

悔過復科記

近歲巢進士震林者，武進人。壬辰登第後，梦至一官司，主者摘其所行戾某事，當黜。巢大懼，伏而懇請，不可得，遂出。未幾，禮部磨勘，以詿誤被革。自是慄然悔前事之非，而思有以補之也。又歲許，復梦至前府，主者霽色曰：『子能改過，止罰一科。』既覺而喜。乙未再試，禮部榜發，復中式，所列一百六十二名，與前榜名次恰相符合，略無先後，人大奇之。巢以兩梦爲所知告，因共傳焉。所惡於怙終者，爲其迷復也，眚則在所略矣，帝之持平，亦猶是也。夫因其疵而摘之，既悟而徐復之，迪逆之應，入叩桴鼓，可謂小懲之加，非仁愛乎？伯玉稱賢大夫，唯曰『知非』。《易》卦亦云『遷善過，非聖人所諱也』，遷而改焉，日月之更，天人所交與也。

金塚得魁記

予友臨川郄陸奕云，數十年前，其鄉呂橋楊孝廉之父某翁，葬其親後山，形勢甚吉。啟土得古壙，翁亟掩之而移穴他所。未幾，梦一衣冠人謝曰：『感君厚德，不奪吾尺寸土。今歲闈中七題某某，君謹識之。某且得以冥力贊助。』翁醒，拈七題授孝廉，使構佳篇，凡數易稿，不言所以。比入試，闈中七題皆合，遂直書之。孝廉名竟列亞魁云。大抵死之有壙，猶生之有宅，奪壙以穴，猶奪宅以居，憾可知矣。掌大之土，何處不得，而必置吾親於殘體敗櫬之間，與舊鬼争窟，亦何愚也。楊公自全不忍，未嘗希報，而報隨之，又且獨厚七題懸驗，巍科坐掇，地下人之有心有力如此也。

女鬼入闈

丙子闈中鄉試，點名畢。東場秋字三十一號，有一女子坐守其上。額血隱陷，狀貌愁慘，衆皆望見。時舍中生方倦寐，號軍即呼之起，告以狀。生不信，使出望之，乃大恐怖，密請於監臨，得更他舍。久之，始不見。或問生豈嘗有所憾乎。生曰：『無之。但數歲前，以小過怒一婢，偶持鐵器擊之，破額而死。今所見女子形狀，仿佛殆即是也。』一婢之誤殺，而其魂能入闈爲厲，非旁觀早見，生之受祟，不知何似矣。甚矣！人命之重，而怒不可逞也。

忮誡

辛卯闈省鄉試，有某生者，於兩月前梦中是榜四十一名，覺語其師。生固年少，文不甚工而又家富，師疑之。屆期，梦如初。又復以告，師益心忮，謂生於主司中有所關通，謾己。比入試，師七藝就，即碎題，低少許作小帖書『今科四十一名有關節』數字。於投卷時，溷置監臨案下。監臨得書大駭，姑秘之。二三場投帖，皆然。監臨遂深信，以爲此番四十一名真關節也。迨拆卷，臨監入視至四十一名，曰：『止。』出三小帖，示主司。主司轉詰本房房考李，令指天自矢，聚訟良久。監臨曰：『雖然，必易之。』李爭不得，倉猝無他卷。監臨命於本房落卷中，掣一未塗抹者換之。明日榜發，所掣得落卷即某生卷，正中四十一名。而其所疑而擯去者，則師卷也。令既出，呼其師示以闈卷，且言從中更易之故，爲之惋惜。師自知孽由己作，不敢置喙。微與所知言之，後竟憤恨以死。

夫弟子之於師，誼不薄矣。即有他故，不宜從師發之。況一梦微疑，遂致相妒如此？即此可知其師爲匪人矣。而豈知闈中之四十一名，師固儼然當之，其因監臨之疑而駁黜者，師又居然受之耶？則是其三碎紙，以致巇於監臨之前者，皆其所以自伐自誣，而其切切然心忮其弟子，而陰撓之不置者，乃所以重翼其弟子，使之巧售而捷獲也。或曰天也，鬼神之弄人也，彼師與監臨皆在所弄之中，梦固已先之。予曰不然，苟坦衷者，處此不碎紙以行其謗，則雖有鬼神，何從出其已擯之卷而搀奪之，謀之不臧，人也，非天也。此事湊合最奇，而足以爲世之褊衷多忮者戒，予故爲備論之。

兩城隍先譴記

直隸保安州城隍神最顯，萬曆中，有隸洪七者猝死復甦，云爲鬼卒攝，見神展牘怪詫曰：『是馮七，非洪七，攝者何也？』杖其卒，而遣之還。過廊下，見其鄰人尤三坦腹，脹滿若鼓，婦劉氏益甚，各有大釘深釘臍上。因令家人竊覘之，固無恙也。越三月，尤夫婦忽皆病，腹脹，醫療百方，竟不能起而死。見王行父筆記。

閩省城隍廟在藩司東，亦最顯。頃林孔碩吏部爲予言，郡孝廉陳某與太翁交厚。一日，太翁梦入廟肅拜，神起答之。顧見簷隅隱處，以鐵絙貫一人脊懸之，逼視，固孝廉也。悸而寤，疑孝廉不死且病。方走僮往訊，而孝廉儼然見過，談笑竟日無異，因秘不敢語。後月餘，孝廉忽疽發背創甚，亦竟不起。崇禎末年事，孔碩口述。

愚山子曰：世儒多憎聞幽冥神鬼之説，以爲幻妄不經，儒者所不道也。即予亦非不欲斥而去之，顧其事跡往往彰著在人耳目，吾雖欲斥之，而其炳炳天壤間者，已如雷電風雨之來去閃忽，莫可端倪。又其道有足以佐吾儒政刑禮法勸懲告誡之所不逮者，雖使孔孟復生，知不能盡廢。其説以治理今日之天下，况我輩漫無挾持，而欲守其拘曲之見。舉天地川嶽陟降，鑒觀幽明，生死殃祥罪福之劃然不爽者，而盡妄之、斥之，亦足見其僻謬不通，至於無忌憚之甚也。

觀尤三暨某孝廉之事，豈不信乎？一背兩腹，病在數月之後，而神譴已加於先，非兩梦前徵，又烏測其所以然耶？予又嘗叩孔碩孝廉生平，賢乎？否乎？神之譴當乎？誤乎？孔碩目不語，若有所甚諱者。嗚呼！如絙之鐵其不貫於善人之脊，明矣。不貫於善人之脊，則善者可以無憂，而不善者益可以懼，懼而喻其不善無憂，而益奮其善。吾儒之勸懲告誡，有如神之勸懲告誡之嚴且赫者乎？而又可妄之斥之乎？予病世儒之迂曲無當也，爲廣孔碩意放言之。

紀施生發秦檜塚事

曹操塚附

杭城有陸生者，卜葬地於邑之江上某山，審度既定，且將啟土，而營穸焉。生夜梦一丈夫狀類貴人，顏色慘悴，進而請曰：『某，宋之秦相國檜也。生無善狀，死有餘惡，然尚賴此尺圩之土，得以安其枯朽之骨。今子之所卜，予塚在焉。幸稍讓數尺，全其殘骸，感且不朽。』生梦中竦然，以意許之，其人破愁爲喜，声謝而去。

至前途，若有所遇，踉蹌悲咽而返曰：『子雖許我，施先生不釋我矣。』遂掩面大哭。生驚寤。次早，生與堪輿施生偕至山中，以梦告，欲稍易其處。施生曰：『幻耳，此大事，豈容尺寸差繆，且安有檜之鬼而尚在者？即果在，吾必穴之。』呼衆啟土數尺許，得古壙，果檜墓也。是時，施生忽昏惑若發狂，疾揮鉏擊其壙，碎之，不可禁制。又下劈其棺，斷其骸爲三，提其顱出，奔向江頭擲之，而身亦奮躍下，遂與俱滅，竟不測其故。或曰：『小吏施全嘗謀刺檜，不中，被誅死。今施先生適同姓，殆施全再生，以泄其憤云。』檜梦中之哭已知之，破塚慱刃之無端激烈，又驗之矣，想當然，金壇虞彦公述。

予既紀施先生事，而吕錫馨儀部復語予，崇禎十六年漳河水決，有古墓爲暴流衝嚙而出，制皆王者，驗其碑碣，蓋曹操墓也。而護惜無人，殘磚剩甓悉歸波蕩，無復存矣。按操之死於臨漳近地，作疑塚七十。有惡之者欲盡破此七十餘塚，必當一遇。予謂不然，操之奸能爲七十塚，獨不慮後人中有盡破七十塚之棘手存乎，所謂疑者則皆疑也。然操能秘於人，而不能遯於天，能遠其禍於一時赤眉、温韜之流，而不能弭其災於千年後之河伯。杭之土特爲檜墓開，漳之水安知不專爲操墓決耶？夫以操、檜千古兩大奸凶，皆獲全其首頂以死，此誠人情之所共憤，而其没或近或遠，塚墓之禍乃同見於今日，若有期會然者。其析骸漂骨之慘，亦終不能免也。豈不異乎？夫發塚決竁，皆人間悲惻之事，至於操、檜獨無爲之惜者，或更稱引以爲快舉。天下不幸而處權勢之地，有類於操與檜之所遇者，其亦可以知所鑒乎？

震雷續記

予庚戌三月過章門，遇樂安楊文升，言其鄰人梁仁聖爲雷所震事甚異。仁聖少孤，與弟仁騰皆寡母撫之以長。仁聖家視仁騰小阜，兄弟分饋各五日。仁騰貧而孝，常蓄五日之力，以供甘旨。仁聖鄙戾，尋常自食，頗致豐腆，及饋食之日，反匿所有，作蕭索狀，飯惟脱粟而已。母心恨之，呼天吐憤，蓋亦有日。

一日正食次，驟雨，雷轟入其户。仁聖駭曰：『此爲我也？』自褫衣跪，若受人掣抑者。母至是復生憐愛，脱中衣裹仁聖首，抱而祝曰：『赦此子，赦此子。』雷旋繞出，入仁聖卧室數匝，又盤旋其首而舞，若將加殛。母全身遮擁不得隙，雷震撼良久，於母左肱小擊而去，雨遂止。文升怪雷迅甚，必有他故，出呼偵訊，則梁媪之門，觀者如堵。仁聖披髮吐舌，面目黧黑，僅存微息，所貯脂膏魚肉、果核之屬，罌缶纍纍，環列於前。蓋雷自其室中運而致之，其出入卧內數匝，殆爲此也。仁聖得救不死，母肱擊輕，小楚亦旋愈。自是悚慄改悔，更爲恭順，其時仁聖年四十，今又十年，尚存無恙。雷亦不復至云。

愚山子曰：以予所聞，震雷之異如仁聖者多矣。或以爲事近於瑣，夫人生之罪莫重不孝，而父母之情常隱忍護惜，不肯盡發其狀。非弑逆大故，其庭列而罹於法者，十且不一二矣。夫人刑所闕，宜有天以補之，雷之介介焉所索，若專於不孝者，意在此也，然他日之所擊快在於死，此舉之妙更在不死。夫雷之所以必索不孝而殛之者，以其得罪於父母也。今既已憐而爲之請矣，奈何必傷其母之心，以斃之乎？其盡搜所藏而出之者，以明其豐於己，而薄於母之罪也。其全仁聖而小摧母之肱者，又若怪其不能割愛而終護之。

夫一老媪之力，其不能與雷争，明矣，使雷必擊仁聖，奚難？掣其母去之，置之擁翼不及之地，而加之斧哉，而竟捨之以去，明其爲母全是子也。若曰：『吾之加誅於子，以不孝也，母既不終恨之，則我亦固可以捨之矣。』於是恩威生殺，不操於天，而還操於其母，凡是者，天之所以教也。夫誅不孝，常也。將誅而復赦之，則異甚，吾故於所聞，爲之備紀，以梁媪事終焉。

異 梦 記

庚辰同籍沁水王瞻岵之侄紀，字泊園，少時得噎疾，經歲飲食少進。太翁憂之，爲舁置別業休養，息奄然矣。一日晝寢，見里中已死一醫人捉刀直入。以刃劃其項裂，探手入胸間，掬得敗物若紫血者，數掌出，揮洒之，解摯而去。駭而寤，汗涔涔下。索鏡照項，一痕横赭若裂之乍合者，集集焉。痛益危懼，良久，腹次漸覺飢虚。適太翁至，泊園以告，遂進水飯，一啜立盡，數盂毫無隔滯。太翁去，泊園又寐，梦大雷雨，有物轟然下，擊其頂。既覺，神氣益，王病竟失。是年隨瞻岵讀書京師，閲歲聯第，由庶吉士擢列刑科給事中。泊園自述。

夫梦真耶、幻耶？以爲真，此欻然者無有也；以爲幻，則胸間之瘀何以出？項下之劃，何以赤裂？何以痛？而數盂之飯，何以驟進？而噎亦竟爲之失耶？此理之必無，而事之不可解者，非泊園自言，予亦安能信之？往聞新安汪進士剖心一事，以爲曠古未聞，今又見泊園如此，何哉？奇若怪也，而當吾世數見之也。則以爲幻者，幻可耳，又豈當吾世而欻然者，乃皆真耶？

兵荒册記

崇禎壬申，陝西延安李生某，被攝爲冥司造册二。一曰兵籍，一曰荒籍。每當往，即有青衣數輩迎至官舍，胥出名姓稿目，俾生登注。生熟視皆郡中人，自紳士以及市井氓庶，多半識面及屬戚者，以私塗抹一二。及再往，視籍則仍如故，所塗抹之跡，皆泯不見，乃不敢易。凡兩月而事畢，生記荒籍首名即郡城尚書王公，其家甚富，心惑之，以爲必無死飢之理。亡何，尚書病，喉間瘡毒楚甚，勺水不能咽，數日竟困餓死。是後郡中大祲，白骨盈野，流寇蠭起，蹂躪殘殺，郡人爲之一空。乃嘆災孽流行，蓋確有天意云。汝州丞王君令，膚施人也，聞之李生，予又聞之王君。

嗚呼！上帝好生，而於兵荒之籍，汲汲羅致，若具湯沐以沃蟣虱，漠然略無所憫惜者，豈亦有時好殺也耶？即曰定數，夫生殺固帝之所司，豈又有一人焉製之以爲數也，而奉之乎？帝如憐此一郡生靈，何難綏邦屢豐，銷搀搶之氣爲和風甘雨，而必兵焉荒焉，籍而死之。況天下之大如延安者，又不勝道也耶。吾殆不能得其解也。尚書巨卿大室，而竟以絶食終伍於餓殍，富貴之不可恃，又如此也。

卷十一

寒空僧記

予幼時，叔父毓貞公嘗爲予談寒空僧事甚異，至今未敢忘。寒空者，浙某庵苦行僧也。所居近古渡口，春時山漲泛溢，飛流峭岸，多致覆溺，意惻之，爲募石橋以濟。成已八九矣，尚餘一二工力未訖，而資竭無應者。居久之，寒空自念年老力困，而前功之墮，可惜也。獨庵中有齋僧田若干，差足了此，遂鬻之，以其價佐費。

無何，橋成，寒空死，見梦其徒，曰：『予生平操履不愧，冥司無他指摘，獨以鬻齋僧田故，當墮入豕胎，且行矣。明日山後某家，母彘生子，最初色班然者，即我也。子爲贖歸，免末後一着苦，幸甚。』徒曰：『鬻田成橋，非私費也，謫何甚？』寒空曰：『不然。彼施田者爲僧，非爲橋也；我鬻之，錯因果矣。且人間功過，尚可通融；冥曹較覈精嚴，絲髮皆無所遁。』曰：『何策可免？』曰：『但鬻贖田歸，即免矣。』徒驚寤。次日，過某家偵之，果有母彘夜産數豕，中有色班然者。徒乞之以歸，設小榻垂帷蔽之，飼以糜粥。

豕漸長，所居蠲潔，與人無異，溲溺皆能自往他處，居嘗噥噥作念佛聲不輟。有見訊者，但呼『寒空師』，即蹶然起。其徒教以隨喜兩手，則伸兩前足，十指剪剪，骨節皆人，縮之還復爲蹄。於是遠近傳播，凡求見者，感其夙行，隨意各施銀錢助費，閱歲貲集。徒乃贖其田歸。券成之日，此豕溘然坐化榻上。蓋毓貞叔曾過其地，目擊之云。

夫橋之濟人，視田之供僧孰急？以世法言，寒空於此，宜旌其功；即不然，亦可無罪，而竟不免於謫，甚矣陰律之嚴也。且以生平之精修密履，而終不能爲一眚貰譴。假令行不如寒空，而愆戾過之，豈復有幸乎？山谷詩云：『莫教閻老斷，自判且何如？』先君子常言：以橋易田，尚墮豕腹，今之鯨吞虎噬，攫奪而不知饜者，《磨勘法》中，當置何等？恐人間體面斡旋，到此都無着處也。吾儕未能萬歲千秋，夜半生平，盍亦反而自判之乎？

溪南兩進士紀報

天下利人之事，己所能爲爲之，己所不能，以勸於人，猶己之爲之也。故或以力，或以心，或以財，或以言，虚寔小大輕重之數殊，爲功則一焉。至於己不能爲，見人之能爲者，又復忌且沮之，則不仁之甚，人之怨與天之怒，必有所歸矣。

新安溪南吴文若爲予言，其族兄吴進士一新，嘗偕封翁謁選京師。中道泊舟遊衍，有少年男女相抱持哭，其声甚哀。問之，則少年負勢家債，迫無以應，擬鬻妻償。妻不肯，將自投於水。夫亦不忍獨生，追躡而至，相隨畢命，故爾悲切。時進士舟中有同年生憫之，問少年所需幾何，開篋取金，欲爲代償。封翁在旁笑曰：『此地多棍猾，見我輩舟至，詐爲此狀算我。』同年生廢然，漾舟他去。移時再返，則兩尸已横於岸。蓋二人俱溺，土人爲出之波中矣。同年生頓足太息。進士抵京，授某縣令，踰年，卒於任，弟一人亦夭，封翁之後遂斬。此以一人而殺二人者也，絶嗣之報，即不盡由河干之夫婦而充其類，則封翁之鬼固可餒也。

又言萬曆中，族叔應明者同友公車北上，舟次閘河。友登岸遊眺，良久乃返，恰然曰：『適行一善事矣。』問之，曰：『村中有寠子，爲債家所逼，拒户自經。予過而救之，已傾囊代負其逋矣。』應明矍然起曰：『果哉？古人恥獨爲君子，請分其半。』出金襄事如數。是春，禮部榜發，兩孝廉皆入彀，而名次相連，若有意排列。此又樂人之善，而力贊之者也。夫樂人之善而贊之，與忌人之善而沮之，厚薄慈忍之相去遠矣，而天人之際彰彰如此。後之君子，慎無沮人之善，成人之惡哉。夫使人殺與身自殺之，一間耳，後之君子慎無曰：『我不殺人，而人殺之也哉。』

神鉞記

庚辰夏，徽某鄉有不孝子王某，父早喪，僅一老母，婢畜之。每晨擁妻酣卧，而役母使炊，俟熟乃起，旦旦如是。小不如意，即恣口誶駡。生一子，甫數月，母抱之視釜沸候，兒忽騰跳墮釜中。母知不救，即潛竄。不孝子聞兒叫，起視，已死，乃大恨曰：『媪殺我子！』捫厨得刀遂出。

離家百武有關帝廟，母見不孝子至，閃入廟，伏神座下。不孝子撚刀入，忽帝旁周將軍像從座躍下，提刀砍不孝子，倒正中其頂。廟祝聞刀聲錚然，趋出，則不孝子流血滿地，而周將軍一足尚在門限外未入。呼問老母，具述其事。蓋幾不免，而神救之也。自是，遠近喧傳某廟周將軍靈爽，競以金重裝其像，足仍門外如故。信州居民近是鄉者，日裹糧走謁。予過玉山，居停，葉七十爲道其異。

夫帝廟，非西市也，神之刀，非鈇鉞也，木偶之將軍，非有血氣知覺，指臂運動也。然異變所激，則金可使飛，土可使躍，塊然之手足，可使踰閾而搏。假令神不馘是子，其母且不免。神視子之剚刃其母，而不之救，無爲貴神矣。然必無是也，即使更入他廟，神之鈇亦皆能跳而馘之也。蘇子瞻云：掘地得泉，水非專在於是。而世不察，或疑爲誕，或以爲像之靈爽。若是而奔走之，皆窺管刻劍，而不達於感應之義者也。

數十年前，吾郡有祖母抱孫墮池中死者，畏其子之怒，避去。子藏錐僻徑石罅中，誘其母歸，過之索椎，手既入，石輒合，不可出。雷火下，焚其面，乃自聲罪，宛轉石間，數日死。以理言，石豈開闔齧人之物哉？罪逆之至，凡其所觸，皆爲難矣。

神杖記

平陽宗室某，素無行，負一皮匠工資多而久不償。偶過肆，匠迫索之。宗室怒，毆匠無數。匠負痛無所告，旁有城隍廟，即搶入伏地声冤而出。是夕，宗室即梦爲城隍所攝入見，大怒命繫獄。宗室叩頭流血，乞自新。主者少霽曰：『姑釋爾，雖然，必匠服，乃可。』宗室寤，亟袖金，走匠肆還之。而市香楮，拉匠與俱詣廟致禱。匠不得已，從之。夜梦攝者再至，既見，自陳還匠值。主者曰：『已知，然不可無創，曳下重杖三十。』宗室醒，便覺兩股奇痛，捫之，皮肉坌起數寸，其色青紫，呻吟床第，凡兩月始能起坐。鄰里多往慰問，咸目擊之。予刺澤時，廣文王君識此宗室，爲予述。

夫受人之毆而訴之神，宜若可笑，乃即有聽之者，而竟攝之直之，是吾輩一言動，無不與神呼吸通也。观其兩度處分，情法雙盡，即有良折獄不是過矣。人誰不畏宗室，而乃有不畏宗室之城隍，勢其可盡恃乎？而人豈獨宗室也與？

紀陳狀元不淫報

先輩陳狀元謹，閩縣人。嘗讀書城中大家花園樓上，夜有美姝抱衾相挑，公固拒之。因書『美色人人愛，皇天不可欺』二語於案自勉，次早遂移館洪塘江去。未幾，公夜出閒步江岸，聞有鬼相賀曰：『明午有戴鐵帽人至，當代矣。』公異之。次日停候江干，果有一人以頂荷鐵釜，至江滌濯，失手飄去，其人欲下取。公忽悟此殆所謂『鐵帽者』，遽牽止之，且告以故。是夜，公復出，聞鬼相吊曰：『何不得代？』答曰：『爲陳狀元救却。』當公北上時，父梦天上迎新狀元，不辨其人，但前導有『美色人人愛，皇天不可欺』二彩聯，覺以語公。公獨心喜，蓋昔拒某婦樓上時，曾書此語也。是科果及第第一。

夫孤館可私之婦，則嚴以絶之，江干不相知之人，則伺而救之。公之生平仁且正，大概可見矣。不獨此二事然也，即此二事，而其心之仁，守之正，受天之祐，夫豈誣哉？

紀楊孝廉前定事

曲沃楊孝廉某，自少時即能爲人請仙傳箕，決禍福奇中。嘗自問終身事，仙示以詩，末二句云『但逢七七日，灑淚各西東』，不知所指。後中崇禎某科鄉試，乙酉丙戌間官州守，罷歸。己丑姜瓖變大同，全晉蜂起，曲沃陷。令走，家口爲兵所掠。事定，孝廉族人某與孝廉有怨，誣報令掠爾家者，某也。令大怒，自將騎數百至。孝廉自恃無他，出見令，不復與論。傳詣某大帥，大帥繫置營中，索重賄。孝廉不能辦，相隨至郡，潛具揭監司訴枉，頗及令。監司憐而下之。令恐孝廉脱走，誑大帥曰：『楊某訐公於監司矣。』帥既不得賄，聞謗益憤，立召監司詬責。監司不敢直，遂縛孝廉，戮之。時正七月七日，乃悟『灑淚西東』之語，蓋爲此也。孝廉歿未旬日，族人晝見孝廉爲厲，跪而悔罪，彼此互相諉。不一月，父子兄弟三人皆死。予己亥過上黨，孝廉内弟進士馬君光啟爲予言如是。

夫禍福在數十年之後，而神已隱其語於數十年之前，孝廉無妄之災，豈非命乎？又豈惟孝廉，大同曲沃之舉，皆前定也。族人假令手殺孝廉，自謂得計，父子兄弟胥繼其後，人誅鬼僇，一間耳。陰賊之報宜矣，孝廉亦烈丈夫也哉！

張進士再生記

大梁張樵明進士將生時，其太翁暨太君皆梦某巷王氏子來爲己仲子。已誕，進士夜啼不止，百法禳之，愈甚。太翁思前梦，使人往某巷詗之，果有王某翁媪僅一子，七日前病殤。而王媪亦先期梦其子云將適某所，即今所生太翁家也。王媪悼念子，亦欲一往觀。而張故大家，次且不敢，會太翁物色至，媪隨入。兒一見，啼止，且視媪笑，輒能言。太翁懼而屏媪，兒言笑亦止，然自是不夜啼。王媪於小時，左耳繫小金墜，偶叢人中爲盜掣取，耳遂小缺，而進士初生，左耳缺痕如之。自是王媪與翁時至，兒見即嬉笑不捨。太翁因使進士以父母事翁媪，常使臧獲負過其家。後數歲，翁媪相繼卒，無子。太翁恤而葬之。

昔僧圓澤與李源善，圓澤寂時，約十三年後於杭州天台寺相見。李如期往，聞牧童扣牛角歌，有『三生石上舊精魂』之句。今進士公於咫尺之地，一飯之頃，出死入生，去彼即此。而神識弗昧，恩愛重聯，相見之語笑嫣然，左耳之缺痕猶在。比之扣角一吟，在十三年之後者，猶奇而速矣。身前身後之説，其可盡廢耶？

予聞崇禎中，楊中丞一鵬者，生時半日不能啼。父母恚以爲啞，有老尼過視曰：『渠從二千里外來，喘息未定耳。』摩其頂去，遂能啼。而近薛行山太史，甫墮地即能言，則生有自來，其炳然者既如此矣。而儒者又以誕詆之，以爲生即突然而生，死即塊然而死。夫人非芝菌，安得其生突然？非草木瓦石，安得塊然剪而枯，摧擊而碎裂，神俱形滅，毫無所餘於天壤之間耶？

負債爲牛

十數年前，沁水侯洎洲之祖雲樓翁，夜卧，梦里人張某跪堂下曰：『負公金，弗能償，今爲公家作一犍牛耳。』翁醒，思其人歷歷，起唤家人執燭視牛圈中，時有牝牛産犢正半，察之，果犍牛也。此牛長甚肥大有力，昨歲方死。壬寅正月廿三日，同洎洲飲王錦雯家，因述其事。予聞雲樓翁厚德，里中負貸貧者，多不責償，然安知冥默中有代責者如此。

負債爲豕

滑洲又言，少時家畜一豕，歲盡將殺之。其祖夜夢此豕奔逸，逐之急，豕忽化人言：『我負爾錢不多，何相逼？即殺我，亦止還爾八十一斤。』視之，蓋里中已死一人也。此人嘗負金未償，甚訝之。次早，欲戒家人全此豕，而起稍遲，已共縛殺。翁往問，正在秤肉，翁曰：『置錘八十一斤。』果恰好無贏欠，群詫翁何豫知。翁舉夜夢以告，咸共感歎。荷山生曰：觀此兩事，知負人之金，再世必報嚴矣。至於爲牛爲豕，以身命償耳，不自主，則又大可悲矣。况竊人之財乎？况於欺詐以網利，淫威以擠人於厄，搏攫之破滅人之身家性命，而不顧者乎？其於議償，當居何等也？夫貧而負債，抑末也。

負債爲驢

沁水竇生如珂，有一驢，付莊户養之。忽夜梦一里人來辭去，曰：『償君已畢，惟欠紅蘿蔔十五斤。』竇醒，思此人固嘗有負者，今死又辭去，何也？次日，莊人至，報驢死矣。竇悟曰：『爲我埋之。』莊人曰：『天熱恐穢壞，鄰人已共領食，議還紅蘿蔔十五斤。』竇益駭然。王綏玉别駕與生居鄰相善，爲予述。嘻！生前未了之逋，以身償之，死後尚餘之欠，更以身之值足之，多寡錙銖一一不爽，孰謂人之財可妄得乎？又可以横取乎？

假銀絶後

天下奸僞，無不報者，而造使假銀尤甚。予鄉曾潭余耀鄉者，其父善造假銀，致産巨萬，然轉盼煙蕩，今竟不嗣而鬼餒矣。又有劉四，益善造銀皮細絲，誤人甚衆，後即罹法論配，中道爲人所殺，妻適他人，亦竟無後。又庚寅春，郡城有卒以假銀至村賈豕，村婦誤受。夫歸，爲所詬詈，自縊死。是日，雷提賈豕之卒震死，跪於婦家。予有《洊雷紀》紀之，此等事時時多有。夫使假銀誠可致富，然天下之不因假銀而富者，固已多矣。富在命，不在假銀也。况其受報之慘如此，奈何空壞此心干天人之怒哉？然低銀亦假銀之漸，今富貴家争用低銀，而奸匠得競售其巧僞，貧人得之，怨憾不少，恐亦非天所福也。或曰：『今天下貧甚，求低銀亦不易得，况精好者。』故其勢益趋於僞，則又非予之所知矣。夫天下向來之金安在，而乃胥成匱竭，一至於此也？

相士遇仙

萬曆中，京師有相士風鑑奇中，士紳傾動，其門如市。一日，儔人中有道者姿骨清迥，出而求相。士諦視久之曰：『公神情絶俗，總非人間所有，殆仙也耶？』其人以手前搦士髯而笑曰：『妄談。』忽不見。士髯故修黑，獨所搦處，寸許皓然變白，乃知洵是真仙，聞闗而降。

神相

湯愘素先生壯年時，嘗於西昌遇一相士，瞽目，專揣骨決人貴賤。至先生，揣摩良久曰：『大好相，定是甲科。』又再揣曰：『不但甲科，且有甲科子。』又再揣曰：『不但甲科子，公郎中甲科还在公前。』後先生登崇禎癸未榜，而惕庵先中庚辰進士，竟奇驗。知甲科異矣，知甲科子尤異；知甲科子異矣，知子之甲科更先於父，則其神妙直曠古未有。瞽者如此，天下相士之兩目皆覺其多生矣。

剜心

杭城于忠肅公廟神最顯。萬曆庚子，有婁生光遠者，齋宿祈梦。見忠肅公呼入，盛怒曰：『惡人，剜其心。』遂有三四獰鬼走集，縶其手足，剖其心出之。驚汗而寤，以爲不詳。榜發，名列亞魁。解之者曰：『惡字去心，正亞字也。』生之疑始釋，凶梦吉徵、驚喜倚伏，失禾之秩、刮目懸木之相同一不測，神亦深於謝石之術者耶？

釋褐

庚辰同門顧公綸其言，場事竣，祈梦於吕公祠。梦身穿褐衣，歷一院宇，火自空中墜，着衣熾然，寸寸焦裂，醒而不懌。有賀之者曰：『君舉進士，必矣。士入官爲釋褐，褐焚必釋，非吉徵乎？』榜發，果中式，梦以解奇，此獨奇，不失正。固宜取爲説梦者師。

黄絹纏頭

萬曆丁丑會試，雲間孝廉朱正色梦已得捷，而以黄絹纏其頭。解者曰：『此首甲之兆，頭上絹，黄繖也。』榜發，朱下第，而所中者嘉興之黄正色。乃知黄絹纏頭之意，若曰『此正色黄也，非朱云耳』，黄登第，而朱之虚喜，波及乃亦彌月。

木傍目

崇仁吴瑞谷相國壯時，祈梦於神。梦有人捉己，刮其一目，懸於樹之右，傍有光炯炯。浹汗而醒，以爲不祥。有老人賀之曰：『大貴兆也。木右配目惟「相」，公當大拜。』其後竟驗此，與失禾加秩之義同神於此，殊費苦思矣。

穀貴

吴瑞穀先生中鄉試之年，近村有大樹，雷刮其皮，書『穀貴』二大字。鄉人喧傳，以爲穀當貴也，多補囷儲糧，閉糶待價，而皆不驗。是秋，先生竟雋，馴至顯仕，乃悟所兆貴者『穀』也，而誤使人群然閉糶，科名果凶物哉？

學中先生

光澤大乾廟，世稱神異，祈梦者往焉。有二士人宿廟中，神告之曰：『欲知若生平乎？旦日有二大紳至，若往問之，有所言，若識之也。』翌日，果有兩鄉達聯轆登焉。一姓鍾，一姓李，鍾者詞林，李爲給諫。於是士人罄折前謁，以神語告，兩公謙孫，士力請。李顧鍾曰：『学鍾先生可矣。』鍾亦顧李曰：『學李先生可矣。』二士狂喜而退，久之不得志。年且老，各以明經授廣文終焉。因悟曰『鍾者，中也。学鍾先生，学中先生也。李者，裡也。李先生，学裡先生也。』神固顯示之矣，而不察焉，此之謂梦梦。

六十年甲科

雲間大宗伯陸文定公樹聲，登嘉靖辛丑科進士，至萬曆辛丑六十年，而文定公尚在。嘉興大司空丁清惠公賓，中隆慶辛未科進士，至崇禎辛未六十年，而清惠公尚在。浙中稱先輩大老，兩奇事。萬曆辛丑狀元張公以誠，即文定公同邑人，既歸投謁文定公書『同年生』刺報之，亦善謔。

解元名姓

孝廉項利賓，浙人也，以才自負。萬曆丁酉秋，梦至一公府，金紫列坐，若有公事勾當者。斯須，一青衣捧巨軸出，項躡而私之，曰：『天榜也。』項問：『解元何人？』青衣咤曰：『此何等事，敢輕泄乎？』項拉不捨曰：『姑彷佛之。』青衣曰：『解元雙名，姓旁有工，名末着蓋，識之。』項大喜，以爲項旁是工名，末之蓋則賓字也。榜發，竟刖，而是科領解乃張應完，乃知『工』之爲『弓』，名上之蓋爲『完』不爲『賓』云。項後至庚子始中式，鬼神之善幻而又善謔乃爾。

遇鬼報題事

汀州某生，丙子秋赴閩省闈試，寓城内。黄昏獨眺，見二童子偶語曰：『今夜中街有戲，盍往觀乎？』生叩其處，童曰：『但往，當自知之。』生尾童子往，俄至貢院門首，見重門洞開，有神戴金幞頭衣朱衣，儀衛甚飭，方秉燭勾當公事。生駭問，曰：『此主者校列鄉榜名目也。』引生入院，遍閲名姓。自榜首以下皆一一記識，問己名與否。童曰：『無之。』生趋出，以意餂童曰：『榜次既知之矣，場中題目可得聞乎？』童曰：『不敢言。』生因固問，童曰：『題是「修己以敬至安百姓」云云，但謹秘之，否且譴君矣。』生曰：『諾。』歸寓惝怳，如在梦寐。翌早遂束裝，鄰舍數生怪而問之，生曰：『夜來已見全榜姓名，今不與矣。』遂告以故，不絶底裡稍露，鄰舍生益詫異，堅訊場題。生初不肯吐，至不得已，乃微語『修己以敬』四字。聲未盡，而生遽仆地，捫之，已絶矣。其後榜發，元魁名次暨題與生言一一皆合，蓋科名之前定而又惡人輕泄如此。樵友危允臧嘗與鄰舍生遊耳，聞其事，因爲述之。

紀梦一

予戊寅秋，讀書愬龍山中，夜梦有馳報者，名在五十，覺而識之。己卯鄉試，謬列第二，因妄意曰『庶進此而券乎？』庚辰禮部榜發，又在六十，因問人曰：『殿試二甲五十，當何官？』曰：『州守。』『三甲五十，何官？』曰：『縣矣。』予笑曰：『不州即縣。』比臚傳出，策馬長安門觀榜，先認二甲五十名，則名已在。乃信山中之梦不謬，名次先後，尚有數存，况得失乎？人生何事可强，妄逐，奚爲也？

紀梦二

予幼時入城試童子，嘗居族兄含章家，經二載許。己卯元日，有夏友蓮生，梦鼓樂導金書扁額至，家含章中堂懸之，熟視乃『聯芳』二字。夏固與家含章善，馳告已豫慶，家含章亦心喜。是秋，竟厄録科，不與試，而予倖雋。又明年，予連雋禮闈，家含章以貢入京師，聞報乃悟曰：『吾家聯者子也。』蓋芳，予名云。夫一第尋常，亦何足道，乃隱其名於梦中之扁。又不梦於家含章，而轉郵於其友之夏蓮生，亦奇矣哉。

卷十二

狐婦記

淮安有鄉農子某，年壯未室，狐化美婦惑之，竟伉儷也。久之，狐謂農曰：『幸執子巾櫛，而胼胝齷齪，作田丁傖態，人將姍我，子盍遷他業乎？』農子曰：『百非所長，何以慰子？』狐曰：『非能獵取分外，今督府方招補舍中健兒，子能自奮，充選得隸籍，佩刀躍馬出入，子食差逸，而予亦與有光澤矣。』農子曰：『善，奈騎射何？』狐曰：『騎可勉習，而射命中，予爲子相。』農子大喜，遂偕入城，詣督府上狀。督府試以騎射，連發皆破的，無一軼失，遂補長随馬箭手，給良騎長弓大羽，揚揚道上。而狐與偕之營次，侍起居，任炊爨縫紉。卒坐無營，而所需畢給，出則獨守舍，門洞不扃，而人無敢輕入，若嚴闥然。有同輩至，酒饌烹飪，咄嗟立辦，亦不知所從出。然惟卒得相周旋，他人聞声而已，不輕見。此數年前事，今卒隸淮撫中營如故。山陰吴華玉，陳天木友也，家淮，又語予於天木酒次。

妖狐伎在惑亂，本非有情於人，及其相與有成，猶不憚殫竭心力以爲之贊。人有天親彝紀之責，而緩急漠不相屬。或乖忤舛逆，以操入室之戈，則何也？農家子無室而有室，环甲代耕、中饋埤贊，得婦如此，視季常哮吼、敬通坎坷，不猶愈乎？

狐老人

隆萬間，東阿有狐兄弟，二人皆雅士，具姓號，而居廛市，與人士過從。衣冠偉麗，飲饌精潔而又好義，意氣豪舉，談鋒甚王。石鴻臚悠久與之交厚，嘗稱之，謂與之遊，勝俗子輩多也。

近江浦高家院，有老人修髯如雪，自稱『胡公』，舉止都雅，能知未來休咎，遠近造請甚多。老人時爲微言指決，無不懸合。其重且大者，則秘不肯洩，人皆知其狐，而居處既久，咸共安之。蓋十數年矣，而今如故。

所惡於怪者，爲其禍也，如相安不相賊，則雖與之遊，可也。今之鄰若友者，其面目人，其心之不機械戈矛，而爲禍者，十不一二也。則又孰與青浦之老人、東阿之雅士乎？語云世間人鬼相半，吾安從避之？吾又安知怪之非人，而人之非怪耶？胡老人無患於人，而身亦安，視彼之猖狂淫蠱以伎賈禍者，知愚何如？吾又欲以老人爲狐師。

西腰狐

江州西腰村有周姓者，盛年獨處，有美婦夜來就之，蓋狐妖也。周亦知其非人，而情蕩不自禁。相隨既久，白晝形見，至中饋細瑣，皆代操之，且井井治辦，周甚倚焉。即宗族鄰伍不怪周之遇妖，而喜其得婦也。歷五載，忽而來別，臨歧嗚咽。周固尼之，則曰：『緣盡此矣。』遂絶，不復至。此亦近年事，予聞之楊東羲。

人與人相匹，月譜鄭重，固其所矣。狐妖亂非禮，而亦有五年之期，緣盡之嘆，不已異乎？知止不殆，此狐其庶幾也。狐窟宅塚墓，故種類繁於西北，而今且徧東南，天下之怪人妖又何盛也？

蛇護漂兒

丁未初夏，吉州久雨，水漲，廬舍漂没，不可數計。衝湍激浪，幾平雉堞。太守旦登城，謀備水，騁望之次，忽有一兒凭坐小闌，自上流拍浮至。群怪其不溺，漸近，細視闌之四足，各有巨蛇纏繞糾結，若捧荷焉。一蛇昂起，引首就闌，兒以手拊之，神色泰然，略無驚懾。太守亟命泅人乘桴援接，闌起蛇解，悠然而逝。因以此兒付民家撫養，兒身形僅可期月，終不知何許人。安福同籍謝仲芳述於酒次。

無知莫嬰兒若，而當其不死，置之稽天巨浸之中，猶安宅焉，四蛇交翊，彼且以毒蟲爲健隸也。夫孰役而致之？或曰天意寔生是兒。聞湖西今歲水所損溺，不知幾千百人，兒可生也，而是數千百人，奚其忍於殺乎？

紀李文節傳箕事

先輩温陵李文節九我先生，清名最著，雖位躋政府，資産無益於舊。没時諸子年少，而家僕衆多，不能不有過舉。一日家中召術士，請仙降箕，公忽至。自書名號，又歷舉家僮數人姓名，俾悉喚至。數其近日某事不法，欺幼主，與杖若干。其子跪而奉命。杖一人畢，又數一人罪，又復杖之。凡決責五六人而去。其子孫問以家事，必不語，且曰：『請仙頻數多，煩褻取戾，後毋然。』此崇禎中事。

予又聞戊戌春，吾鄉孝廉數人於京師請仙，問闈試事。其降者爲故總憲李懋明先生，自稱『难臣李某』。有詢榜元所在者，則以詩寓，意謂是同鄉人，予不記其詩。其後榜發，首名張君貞生，果吉州云。嗚呼！生爲名臣，没登仙籍，宜矣。李青蓮、蘇子瞻去今千百年，猶時時傳箕，賦詩敏妙多驚人句，况近代乎？其生有自來，其逝有所爲，空中筆札，誰使然耶？難臣之稱，没猶餘憾，而九我先生以清節著，其不若於訓者，尚能冥中一一記録，以家法懲譴，豈不嚴哉？

紀蕭忠烈傳箕事

同郡蕭忠烈公雲濤，既死鍾祥流寇之難，自後邑中常有神傳箕，爲人言休咎皆驗。

或時作詩，詩多慷慨淒咽之音。有以出處商者，必委曲沮止，問其姓名不答。凡祈請者，不用果醴褋供，但焚名香、列古書數十卷，立至。如是有年。一日忽作詩，辭其邑人曰：『我將歸。』衆懇留名姓，遍舉諸仙及近代名人叩之，皆曰：『非。』一生揣摩進曰：『觀仙致趣非常，將無前令忠烈公乎？』曰：『是也。』蓋是時，先生同邑鄒君皋司理漢陽，將遣人作扶櫬計矣。

又一日先生正作詩，忽書曰：『冤對至，無所避矣。』衆問爲誰。曰：『邑人鄧某也。』先是寇臨城，先生登埤守御。而鄧某，故邑大豪，有言其通賊者，執至，戮之以狥。然鄧通寇寔無狀，而先生听固誤也。斯須，鄧某至，輒傳箕声冤，且曰：『將與蕭公詣上帝對狀，決不相捨。』諸生百口慰諭，言蕭公仁廉節烈，爲地方死難，一時誤聽，可忍挾怨與爲敵乎？或又請爲誦經禮懺以資度之，久之乃許。鄧某去，而先生復降，謝諸生，且終所賦詩焉。

夫以先生之凜凜大節正氣，自應千古。没而爲神，帝命之矣。鄧某何人，乃敢與爲難乎？然當先生殺鄧某時，某寔不通賊，則曲固在先生。使鄧某不捨先生，先生終無以自解也。不特先生無以自解，即帝亦無以爲先生解也。誤聽如此，彼敢於殺人而草菅民命者，又當何如乎？夫誤人所時有，而人之性命絶者不可復續，死者之冤，雖既死不肯忘，而誤殺之愆，即忠臣廉吏無所避，當官者宜何如慎也？書曰：『與其殺不辜，寧失不經。』又曰：『寧失出，毋失入。』當官者其無以執法爲美名，而務爲峻烈之行，以傷於刻哉！

緑衣郎紀

樵川舊紳米淡庵長公嘗以他事疑其妻，妻亦不能自白，離歸母家。長公意怏怏，尋卒。踰年淡庵偶請仙問事。忽書曰『恨人某到』，則長公名也。問：『所恨何事？』曰：『當時以形影小猜，致令夫婦不卒，心常悔之。故假此因緣特爲暴白。』書訖，遂去，不復言事。淡庵乃迎其媳歸，善待之。

又近年和州有仙附箕，自言爲前死難銓部許公諱直者，且曰『上帝憐我孤忠，命爲緑衣郎，列在散仙。』時旁有豫章生，因問李懋明先生安在。答曰：『李先生階品崇重，常在帝側，某不獲時見。』蓋忠孝之道，通於神仙如此。

箕仙和秋吟詩

三山林之蕃孔碩，高士也，登崇禎癸未進士，歷官吏部考工郎。丙戌以後，隱居鼓山，嘗有《秋吟》十首，慷慨咽切，秘不示人。獨其同社數子，得私讀之。後二三年，汀州某生，於家請仙降箕，忽大書曰：『向見林孔碩《秋吟》大佳，絶無知者，我當和之。』遂立成十律而去。傳至三山，覆其韵，無一不叶。孔碩爲予述。丁水去石鼓几千里，滕笥秘草，人不盡見，仙已熟而賞之，則我輩一吟一詠，或聽覩焉，不可苟也。謂世無知音，孔碩乃得之仙，伯牙之弦忍決一絶，亦闇於計也哉。

箕仙題海棠

幼時聞臨汝某生，因鄰家降箕，見其詞鋒犀利，欲窘之。驟指庭前海棠命題，而限以『突拂不』三韵。仙即題云『婆娑一本枝骨突，輕風惹動羅裙拂。分明一陣暗香來，着意聞時却又不。』乃歎服焉。又予年十五，讀書龍崗僧寺，偶因事請仙，疑其僞，命以館中柱首二字作下壇詩首字，即書曰『雞鳴獨自下天台，萬里雲開日出來。中有仙人騎白鶴，吹簫引鳳舞瑶階。』蓋柱聯首實是『雞鳴』二字，時方昏夜，非人所知也。詩雖平常，而其應甚捷。然則天地間何地不有神，何時不有神，心動而神式臨之矣。古人不欺暗室，誠哉不可欺也。

箕仙用藥

吾友梅律之爲予言，其尊人某翁慎攝生，雖病，未嘗服藥，曰：『吾以不藥爲醫。』一日卒中陰腰暴汗，委頓氣息奄然垂絶，律之惶悸失措。時青綏有鄭生者，善扶乩，言人禍福多奇中。翁素所禮信，因往祈請。仙曰：『嘻！殆矣。雖然，爲子一發，汝翁諱藥，姑外治其以肉桂，細咀敷臍令滿，加附子一片，熱艾灸之。無算，俟腹中熱而止。』律之歸，如言灸之，不踰時，果遂能語。腹中温煖，然憊如故。律之又往問。仙曰：『爾翁不死矣，爲子再發。取乾姜肉桂各十餘觔，煮濃湯汁盈缶，用帕蘸汁，時拍兩掌，又漬雙踵汁中，以瘳爲度。』律之歸，又如言，取汁漬之，纔半日即能起坐，索食，神色開暢。疾去八九，則又往問。仙曰：『瘳矣，不須他物，但以人參少許和龍眼肉煎湯，時少進之。』歸，又如言。凡三日而病盡去，容氣充悦，似勝於舊。夫疾且危而諱言藥，宜不可救，而外治之功乃捷於内，亦奇矣哉。詳其意，劑兩方，皆創穫而當於理，豈歧伯、俞跗之徒，而神猶在人間耶？

木中瑞像記

辛丑夏，金陵造海舟，下令諸郡縣伐木。如皋鄉中有柏樹，大十數圍，亦在伐中，以其堅重難舉，鋸而析之，中有觀音大士像，極其端好。崖石水竹童子鸚鵡之影，纖細備具，儼若圖畫。此面所有，合之彼面，亦無少別。當事聞其異，乃止勿解。今以一面，嵌置縣西門僧寺殿壁中，衆乃共瞻禮，餘一面不知所在。游卜朋近過如皋目擊焉。

嗚呼！大劫所摧，以木中之觀音，尚不免於分身之難，况其他乎？然像在木中，誰爲組繪蛤蜊猪齒臼之奇，不若是過也。夫舉世方怪非怪，不足懾之。一木之中具一大士，以則戕一古木，即戕一大士身，以此隨類應跡，牖迪無窮，豈不赫乎？

雪痕成畫

辛卯正月，臨川李石臺少參家，夜置一几，庭前空寂。是夜大雪，次日掃之，其上有痕遍滿如畫，中作高松三株，枝幹蒼老，下有草石蒙茸之狀。又有蘭萱數本，襍見左右，皆極工肖，其痕類水，稍稍隱起，半日乃滅。是秋，石臺舉鄉薦，明年聯捷，咸以爲瑞兆。雪何意於畫，而松石蘭萱之形成於其中，謂之神工，豈不然哉？

木文成畫

壬寅四月初三日，周櫟園葬兩尊人於金陵鎖石村。其太夫人柩底有紋淡黝，成一幅小畫，中作云林三叠，下有三大石，峭茜隱躍。木之枝幹，工細蒼潤，不類凡筆。是地爲予所卜，因得諦視，予別有記。木既斷矣柩矣，而於其間生理成畫，而又極工，可以常理測哉？

冢宰鶴中丞虎

苗九符邑侯爲予言，趙公南星初見座主祝萬齡。祝梦大鶴來降，其翮翩翩蔽天，因字之曰『儕鶴』，後仕至冢宰，領袖清流，爲一代名臣。山右和順王公雲鳳，嘗晝寢於内。夫人偶入，睨之，虎也，駭而走。比公醒，還視，則人也。夫人以告，王自喜，遂號『虎谷』。仕至大中丞，有勳伐，亦爲一代名臣。鶴清逸絶俗，而冢宰以品尊；虎威儀獰懾遠，而中丞以伐著，氣類符應，豈不信乎？然鶴入梦，而王公之虎乃逗之於身若晝也，尤異。

方伯龍富翁牛

臨川曾銘西方伯，誕前一夕，父梦廳事左楝有物，盤掛蜿蜒，鱗甲爍目，知其龍也。

旦日，方伯公生，因以棟名之，後竟貴顯而壽。同時同里王翁某，家素封，其商於外，惟踞門坐，則貿易輒利，多得財；或偶他往，則是日必不利，少得財。還復門焉，而財又至，人因號爲『財星』。晚年一日晝浴，妻推户入，盆中惟一肥牛拍拍弄水。大駭而出，呼家人往，而浴以畢。未幾，遂病不復起，人又目翁爲『牛精』。謔庵子云方伯之龍、冢宰中丞之鶴虎，其應之佳，固無異也。今素封家享受齒於顯貴，其奔走鄉里兒或顯貴家所不逮，而王翁之身，乃竟爲牛。於戲！彼財星也，而固牛精也乎？

白衣救難

庚子夏，蘇州某鄉一古寺，有商偶過，見觀音大士像左臂漏壞，施金十兩裝之。僧見商金多身孤，延入後齋留宿，夜起掠奪，且欲殺之。商哀乞百方，乃鎖禁秘室，勒其自盡。時偶有巡卒十數人，遥見白衣女子裊入寺門，疑而偵之。女直透秘室去，卒亦躡至，呼僧詰問。僧辭無有，卒毁户索之，則問此商方在煎迫。見卒哭訴所以，乃共傳僧詣縣。而所謂白衣女子杳然無跡，乃知大士化身誘卒之入，以救商於急也。

時予過蘇耳聞其事，及此僧解郡，徽友許某又目見之。商變起倉卒，而大士之身即現於倉卒之頃，使從西方來，當不若是速也。故曰佛無不在。僧利商金殺商，竟以自殺，并十金失之，天下之禍，罔不由貪哉！

白衣救難二

壬辰秋，淮上有僧寺頗僻，一過客投宿其中，挾貲頗多。僧窺見，夜起殺客，客求自死，乃以單被綑擲溪中。沿泊淺岸，近岸有漁罾數處，見其地若有光影，一白衣美婦綽約其間，隱躍可覩。因共走就，至則失婦，但見一物龐然波間，解之得客，息尚未絕。具言僧見賊事，衆憤之，群往破户執僧送官繫獄。其寺中寔供大士像，客亦以金施大士前香燈，爲僧厄云。此與近日蘇郡事絕類，僧之貪毒，不可令見金帛乃爾，然兩客脱險，皆賴大士，而大士現身皆作女子者，何也？衆生所愛金帛之外無踰女子，故亦以女子致之，現少婦身而救難，與現菩薩身而説法無二義也。且僧逐金而金空，救客者逐女子，而女子亦空。當其空時，前之所貪，更復何着？即此可起悟矣，天下財與色之害人，何相續而未已也。

兔救婦難

辛卯秋，山東道中有少婦偕夫策蹇，至深僻處爲數行脚僧所掠，殺其夫，縛其婦樹間，使小沙彌守之，將俟晚挐之他去。偶有戍卒數人過其地，有兔驟起，卒彎弓中之。兔帶箭走，直至縛婦之所，箭落而没。卒解婦縛，詢知其故。時數僧方往一大鎮中盤街惡化，卒驟至，縛之至邑，遂皆伏法。僧行淫殺於法無赦，然非兔起爲導，無由識其處矣。兔隱箭落，兔非兔也，亦果報中一奇也。

大士愈疾

陽城曹子惟允自言，壬辰歲於京師得瘧疾，久病益甚，心甚憂之。一日晝卧，見白衣女子翩然褰户帷入，小鬟尾之，臨於衾簀，微語曰：『疾其間矣。』惟允矍然以爲人也，奮起於床，欲詰質之，而影已没。愈益駭惑，疑其爲鬼。又數日，家人謀他徙避之，得近地白衣庵，入睇大士像暨傍之小鬟，皆昨所見褰帷臨視者也。自念病當愈此，伏地而禱，叩首百數。良久一老僧出，問病狀，取小丸一掬，令服之。斯須，暴下不可禁，逮夜而止，瘧於是絶。惟允又言其平昔持準提齋最虔，亦時誦大士名號，庵中之像乃見於數日前之白晝，至誠感應。神跡之示現，其可誣乎？

嶽神召守

濟南吴太守南岱者，父嘗官山左臬使，衰年未有嗣息，禱於東嶽。踰歲而太守生，因以『岱』名，識所自也。已，太守再官此地，當遷矣。一日坐署中，若有所見，循檻矯首，矚空而拜，其声諾諾曰：『駕望先發，今即至矣。』如是者數，家人瞰之，闃其無人也。所親密叩之，曰：『吾本嶽帝從臣偶爾塵降，今嚴旨見召，殆不可留。』遂神思惘惑，汲汲作遠行狀。臨没屬其子曰：『必奉吾主山中，吾將歸於此。』家人如命，導主入山，乃歸櫬焉。蓋癸卯歲事。《詩》有『嶽降生申』之説，後世如此類亦已多矣，獨太守乎？夫生有所自來，而死無所去是，尼山之禱爲誣，而登堂之金石，絲竹入廟之彝尊几筵，皆幻妄也？故於太守之終，而益徵死生幽明之説。

天風揭榜

文皇帝靖難入南京，城中紛傳建文帝自焚死，鄱陽湖大理卿閏與方公孝孺、高公翔三人同被召，皆衰服入見。觸怒九族，瓜蔓抄戮最慘烈。黨禁解後，外親戍衛者始得赦還。萬曆改元，有詔靖難死節諸臣，皆建祠表墓，厚加卹録。十三年，又以御史屠方叔奏，奉旨表揚忠烈，檄下本郡懸榜於邑之大門。是日，大風忽起，揭榜直上數十丈，盤旋天際，如素鸞翔舞，久久不下。自午迄申始墮邑之墀中。郡人觀者以千萬計，邑令陳朝京紀其事。嗚呼！自成祖迄於神宗二百餘年，而久鬱忠魂始得復伸，其遺烈所感尚能假靈風伯，以大表其英飈浩氣於中衢，萬目天晶日朗之間。一陞一墮，若有人焉上且下之。豈不異哉？豈不異哉？

怪病記一

萬曆中，山東一生食麵次，偶以他故停輟，有小蠍子墮麵中。生竣事還食，倉卒不簡，并蠍吞之。自是得饞疾，肥甘飽飫，旋即枵餒，稍不給，則胸間攪擾，煩悶欲死。於是田舍鬻食皆盡，而肌體羸弱，奄奄欲絶，如是經兩歲許。

有一妻，年少相得，奉侍甚謹。顧粟盡罄，懸炊且斷矣。生一日語妻曰：『吾困極矣，而不即死以重累子。我死，子亦不能自活，盍乘我尚在，早擇所歸，得少貲供一饔死，子之賜也。』妻持不可。生病急，懇益力，自呼媒妁告之。妻勉從命，歸一上舍，得數十金畀生。踰數月，生食金盡，又不死。婦心憐之，間以語上舍。上舍故長者，以婦故，舁生舍一外宅，聽婦晨夕饋食如故。生喜過望。

一日，婦持肉飦飼生，適生寐，上舍呼，婦急置肉枕旁而去。斯須往視，見一蟲，赤色，長數寸，蠕蠕自生口出，鑽嚙盂肉。婦駭嘆曰：『祟吾夫者，此物也。』疾趨而前，以一手擁生口，一手撲蟲。蟲還覓口，不得，無所往。家人聞鬧，皆至，遂斃之。蓋老蠍子，周身血裹甚厚，有赤絲牽貫，繫連貫喉底。生因悟向來得病，由食麵之日，若有鯁而下者，其苦饞善耗，皆此孽也。

自是病漸愈，不復思食，益發憤讀書，未幾聯第。上舍厚裝送婦還，生亦憐婦勤篤，事出己意，非得已。親友又交恖，遂復爲夫婦，後生數子，受貤封焉。予鄉商青齊者，盛傳其事。

論曰：婦人之吉，從一而終，夫未死而更適，悖矣，非禮也。然婦之身固爲夫有，鬻身以順夫之命，給夫之食，亦可悲矣，權也。既出而不忘故夫，又拳拳焉事之如初，卒能殺蠍以救夫於垂斃，與別抱琵琶忍心易面者，遠矣。生之餘年，婦賜也，其合也宜。一食之不簡，而禍幾喪軀，予又以戒夫衛生者。

怪病二

近年，澤州有一鄉民，登樹摘柹，於平柯中得小卵，文潤可愛，不忍擲，含之頰間。有頃忘戒，忽咽下，漸遂成疾。消瘦頹怯，曉夜索食無度。一舉箸，盡肉數秤，不踰時而饞急復作。家故貧，不堪久病，自分必死。

一曰，從親友貸得銀少許，自往鎮肆中恣食，餘市肉攜歸，曰：『以此饜腹，入九原耳。』道甚遠，憊不能急步，中途屢歇，倦甚，伏草而寐，置肉傍側。良久，有行人過，見民口中有蛇出，食肉，駭甚，稍就之，還隱入口。行人私念：『殆此人腹心之患也。』遂聽其寐，移肉漸遠，掣梃伏莽間以俟。有頃，蛇復出覓肉啖，食肉去。口既遠，蛇身迤出幾盡，不能遽縮。行遠舉梃，疾前搏之，蛇斃。民狂叫問故，行者具述所見。民拜謝曰：『禍我數年者，此物也。賴君除之。』民歸家，其疾頓愈。

論曰：蛇蠍，毒蟲也，而潛窟人心腹之間，危可知矣。《易》頤之象有曰：君子以慎言語，節飲食。天下之殺人，言語飲食十七，而他二三，出入之間，其可無戒耶？然是人之蛇，與青齊生之蠍，皆自外入，故人得伺其出斃之。今生而即有二物，胎孕腹心之間，與年俱壯，以豐其毒，恣其饞嚙。其始甘人而終還以自螫，雖有扁鵲、俞跗，亦未如之何也。已矣，世患此病者甚多，而莫之知；知而諱且忌者，又比比也，可悲也夫！

怪病 三

數年前，山西聞喜縣有一人，病瘠嗜酒，飲極多而不醉，梧罣去手，便覺不快。有道者見而怪之，曰：『子病將不可爲。雖然，吾救子。』密囑家人以絙至束縛之，反接堂之大柱間，以巨瓶貯美酒於前，逼近，使氣可嗅接。其人聞酒香，欲飲甚急，而手足皆縶不得動，至叫號曲踴。家人欲與少飲，道人終不許。至於移晷，躁迫之極，有蛇自是人口中湧出，奔酒缶中吸酒，因擊殺之。是人後遂不復嗜酒，病亦愈。翟象陸方伯述。

噫！此道人可謂神於醫矣。第不知此蛇從外入，抑自内生乎？而嗜酒若是，豈酒之毒所孕結乎？夫蛇之害，不過殺人；酒之禍，喪人軀，亦喪人德，能殺一人，亦能殺天下，則謂酒之毒甚於蛇。謂沉湎無度之人，胸中各有一蛇，亦宜。紂三千牛飲，其聚蛇自噏乎，禹詠旨酒，而疏儀狄。蛇乎，吾知遠矣。

王商異術

陽城張廷重云，數年前，其鄉有人同豫客商販秦中，道遇一商，王姓，亦秦人，結隊偕發。忽剪徑賊至，衆潰亂，王商笑曰：『行耳！我在，彼何爲者？顧小醜不足污吾簇。』叱馭前進。寇至近，皆僵立不得動，若有膠其脛者，駴汗瞪立而已。商行遠，寇乃能轉動，得逸去。蓋以秘術拘制之也。

又嘗宿旅舍中，主人應對稍忤。時邸中有妓女數輩，王怒，遽捉一妓投井中，衆號客殺人。有知其術者，勸主人前謝。王意解，呼妓使出，則固在室中也。商之父亦同行，語諸客云：『此子幼時出外數年，不知遇何從傳授異術。其技無所不可，諸君善待之，毋拂其意。』未幾别去，不復遇。

天下奇人多矣，如此商者，其捉擲旅妓時，與郭景純書符，使數千赤衣人投井中，幻譎不相上下。予尤取其膠制巨盜，有裨緩急，使用爲將，疆埸之役，以談笑取之，奚煩血刃乎？商既優此術矣，而安於負販，何也？

卷十三

换心記

萬曆中，徽州汪進士某太翁，性卞急，家故饒貲，而不諧於族。其足兩腓，瘦削無肉。或笑之曰：『此相當乞。』翁心恨之。生一子，即進士公，教之讀書，性奇僿吚唔，十數載尋常書卷，都不能辨句讀。或益嘲笑之，曰：『是兒富貴，行當逼人。』翁聞益恚。

有遠宗侄某，負文名，翁厚幣延致，使師之，曰：『此子可教則教，必不可，幸質語予，無爲久羈。』侄受命，訓牖百方，而僿如故。歲暮辭去，曰：『某力竭矣。且叔産固豐，而弟即魯，不失田舍翁，奈何以此相强。』翁曰：『然。』退而嗔語婦曰：『生不肖子，乃翁真乞矣，趣治具餞師。』而私覓大梃靠壁間，若有所待。蓋公恨進士辱己，意且撲殺之，而以産施僧寺，作終老計。母知翁方怒，未可返，呼進士竊語，使他避。進士甫新娶，是夜闔户籌議，欲留恐禍不測，欲去無所之，則夫婦相持大哭。不覺夜半，倦極假寐。見有金甲神，擁巨斧排闥入，捽其胸劈之，抉其心出，又別取一心納之，大驚而寤。

次日，翁延侄飲爲別，翁先返，進士前送。至數里，最後牽衣流涕曰：『惻隱之心，人皆有之。師何忍某之歸而就死？』師矍然，曰：『安得此達者言？』進士曰：『此自某意，且某此時頗覺胸次開朗，願更從師卒業。』因述夜來梦。師叩以所授書，輒能記誦，乃大駭，亟與俱返。翁聞剥啄聲，掣梃門俟，已聞師返，則延入。師具以途中所聞告。翁以爲謬，試之，良然，乃大喜。自是敏穎大著，不數歲補邑諸生，又數歲，聯捷成進士。報至之日，翁坐胡床，大笑曰：『乃公自是免於乞矣。』因張口啞啞而逝。族子某，爲郡從事，庚辰與予遇山左道中，縷述之。

古未聞有換心者，有之，自此始。精誠所激，人窮而神應之。進士之奇穎，進士之奇愚，逼而出也。所謂『德慧存乎疢疾』者也。或曰：今天下之心可換者多矣，安得一一捽其胸剖之，易其殘者而使仁，易其污者而使廉，易其奸回邪佞者而使忠厚正直？

愚山子曰：若是，神之斧日不暇給矣。且今天下之心皆是矣，又安所得仁者、廉者、忠若直者而納之，而因易之哉？

換骨記

高平郭太常鏊者，少時讀書學宫旁舍。一夕漏下二鼓，有數人衝户入，面目獰惡，手執巨梃向太常驟擊。太常悶絶，遂執而剜之若支解者。太常此時自念死矣，不復知所以。其太翁居比舍，梦中聞呼聲曰：『若子方急，疾往視。』太翁驚起，至齋所大叫。太常自梦中起視，門扃如故，以手自摸循頂訖腫俱無恙，秉燭照之，則見滿地敗骨縱横，嗅之皆是牛骨，血痕猶腥，乃知向所見數獰惡人皆鬼，而地下骨，即就其身碎解之者。自此遠近喧傳郭秀才換骨必大貴，後果登第，歷官中外數十載，以太常犹卿終。

愚山子曰：今風鑑家以骨相人多奇中，貴賤在骨不在肉，明矣。然有疑者，使太常公生而賤耶，則不應太常矣。如貴耶，天奈何以賤骨畀之？直俟其壯而始議換，至煩奇鬼刳剔之力乎？且所换骨又安從來耶？昔周必大以自誣失火歸，梦帝嘉其德，惜其骨賤，乃自摘鬚賜且種之，醒後尚覺頰痛。裴晉公微時，相者言其法當餓死，亦以陰德動天，骨相爲之頓易。太常之事豈亦類此乎？未可知也。獨念太常既諸生矣，而當其未换，骨居然牛；使終不换，太常終不知其骨非人也？嵩鶴語唐相李松曰：『世間人絶少，公亦非。』孟子曰：『人之所以異禽獸者幾希。』然則今之人，慎無曰『我人也，彼禽獸』，天下之人其面而獸其骨者，固不少也。

李光禄前定數記

李光禄者，名猶龍，京師人，負才有大志。京師故有吕仙祠，間傳乩爲人言休咎，多奇中。光禄一日齋宿以請，仙降，答問款曲，示以一詞曰：『功名逢夏后，早折一枝紅。珍饈席上，錦繡叢中，顛倒去來踪。本是驊騮開道，如何宫府作夔龍？旂列五方，門開八卦，崑玉各西東。琵琶琴瑟路相逢，傷心酒一鍾。普天齊解綱，返老盡還童。』書竟，光禄惘然莫測。因又請曰：『仙凡路隔不識，繼此可再遇乎？』仙又續數語曰：『敲冰爾迫我從容，此際却相逢。捧出扶桑月，天山早掛弓。』亦終不知所指，但謂『宮府夔龍』皆佳語，頗自喜。

是後，闈試屢躓，年五十，始舉明經第一，因悟『夏后五十而貢』此其説也。未幾，繇國學歷授光禄署丞，奉委織造蘇州。抵公署，門前有坊大書『驊騮開道』四字，久之風雨蝕浥，紙壞墮地，原額忽露，上乃『宮府夔龍』四字，其書舊矣，因悟『珍饈席上』之爲『光禄』，『錦繡叢中』之爲『織造』。一字至微，皆不苟也。

燕京甲申之變，光禄徙避南都。乙酉客皖，適在鎮兵變，焚江州而下，皖當事登埤守，光禄在列，皖故名八卦城，而『崑玉』之語，左帥名字亦巧寓焉。亡何，清師渡江，諸郡瓦解，光禄無所往，逐隊歸命。會有薦光禄之才於八王者，趣召入見。王喜甚，賜以巵酒。適弘光蕪關被執之報至，光禄聞而黯慘，又不敢飲，强咽以出。因嘆『傷心酒一鍾』，其斯之謂乎？

自是東南淪陷，而薙辮令下，民之留髮裹網巾者，捕得與大逆同罪。數月之間，萬頂皆禿，『解網還童』之言，於兹驗矣。又歲許，光禄還北，適河凍敲冰取濟。有騎而過者，馬上呼『李先生無恙』。問之，蓋所識營弁呂姓者，因又憶『敲冰相逢』，其謂是乎？所值者吕，不必其爲仙也。光禄自是念天下事皆前定，無復可措意者，遂晦跡雲水。時往來三吴兩浙間，與新安許生玄範友善，具述其異。數年前病卒，予聞之許生焉。

嘻！當光禄之爲諸生，天下尚稱全盛。以烈皇之英明，手殄逆璫以勵精於治，天下喁喁，謂太平可立見。而所稱『琵琶琴瑟』之八王，已早有其人，名號已見於仙詞，巧隱之中，舉杯酒之至細，而皆已懸定。治亂興亡之故，雖曰人事，亦豈非天命乎？『解綱還童』之諧謔，可笑亦復可涕，仙於一人之身，而天下大故裊裊如此。其傷心無乃有甚於光禄者乎？數之所在，天亦無如何也。因漫紀以俟後之摭異者採。

尹神仙記

陽城之東十里許，尹家村有一老翁，以製鐵爲業。多幻術，亦不知所自授，群呼『尹神仙』。一日上元，村中張燈，尹方與撥事裝爐炭，俟五鼓冶鑄。撥事素知其神，問曰：『今夜燈何處最盛？』尹曰：『汴城。』撥事曰：『能往觀乎？』尹曰：

『可。』俗呼執役之工爲『撥事』云。於是尹於舍中出一草龍，自騎其脊而俾撥事附載，戒曰：『閉目，待吾語始開，否且墮。』撥事如戒，但覺身隨龍起，摇颺騰踔，天風噓蕩，一往無際。斯須聞鬧，尹令開目，則已在汴城中，遂與縱觀樓臺邸第、管絃士女、銀花火樹、香塵闐咽之盛。直至中夜，尹曰：『可以息矣，然予平旦需治急，子暫留此。』撥事惶駭。尹曰：『龍疲，子載弗勝，吾與子三錢，子飢欲食，以一錢買之。頃即復返，以此資途費足矣。雖千里可也，慎勿用兩錢，則術且敗。』尹遂跨龍而去。撥事發，自汴過飯肆，但以一錢買之。少頃，視囊中三錢如故，用是不困。至清化鎮去家不遠，而同鄉旅客頗多，因試以兩錢買物。已視其囊，錢皆空矣。窘甚，告同鄉客假貸以歸。問其村人，元宵之五鼓，尹固治如常也。然尹雖挾術，不自炫，亦未嘗致厚產，斤斤執冶以終其世，年九十餘，無疾終。蓋在萬曆初，其比鄰小城雲程張翁爲予述。

往閲《稗記》，明皇與葉法善觀燈廣陵，及撒金錢潞城一事，以爲不經，或方士幻謾欺人之語。今尹翁如此，則知乘雲御風於世，時復有之，未可怪也。且所惡乎術者，爲其炫燴以妖妄惑世，翁獨恂恂守其恒業以老壽終，可謂近乎道矣。翁豈亦古之異人，而寄跡者哉？

海舟記

予覽《海南襍志》載海中事，多怪誕，若不可信。近者，行脚過雍邱大佛寺，主僧爲述其鄉先輩李公《海舟筆記》數事，異甚，則近而可徵者，因識之。

李公諱某，萬曆中，以給諫奉命使琉球。未發，先造木牌數萬，上書欽遣事由日月，抛海中流去，俾得先事戒舟迎候。

既開洋數日，遥見波中雙檣隱漾，高可十餘丈，從者大喜曰：『彼國舟來迓矣。』有老柁工登高諦視曰：『非舟，此海蝦乘霽曝雙鬚也。』又踰日，遥見遠山漸近，蒼翠可愛，給諫命艤而登。舟子諦視，又報曰：『此處無山，蓋海魚晴日曬翅耳。疾過，毋犯其怒。』又行過一島，舟中人胥登岸散足。少頃風發，張帆去，遺一僕，舟發不可復返。僕臨崕大號。良久，有女子近身慰曰：『無苦，此間有穴，可同居也。』僕黽勉隨去。至一石巖，甚深潔。女進餅，狀如黄粟，香美特異。又時襍採山菓佐食，宵則同寢，一如伉儷。女子語言肌態，盡類中土人，但體上微有青毛，因名毛女。踰年生一子。此島箐谷深杳，毛女日穿林獨往，戒僕勿從。僕無事，亦時於島邊跂眺，冀海舟之復至。

未幾，給諫還過是島，念僕，命小泊，遣人登岸尋探。僕適於波間望見，號呼使近，遂得返，但倉卒不及挾毛女，并遺其子。給諫又於彼國中得古本《大學》，所闕《格致》章，經文皆在，因熟誦之，又攜一册置篋中。一日，舟忽膠不動，波濤驟湧，柁工進曰：『此中必有海外異珍不肯入中國者，搜擲毋緩。』給諫懼，盡將彼國所贈珍玩，次第投棄，濤終不止；最後得篋中古本《大學》，曰：『豈此物乎？』自念已誦熟，并投之，其舟應手而穩。迨夜，給諫還憶所誦，則已不能得一字矣。蓋僧所記如此。

語有之『少所見，多所怪』。西北人有官廣南守者，朝出望，有物鱗角霍霍，以爲龍也，拜之。不知巨蛇方捕鹿食之，狀若是也。以理言，蛇豈吞鹿之物哉？物之輕，莫如蝶，海上人得之，其大若蒲帆，剥之得肉數十斤，味極美。使執經之士議之，有不與數丈之蝦鬚，如山之魚翅，同詆其謾者，鮮矣。雖然，此不足道也。獨念《格知》

闕文一章，世儒蠡測，紛紛未已，雖有紫陽補釋，而終未滿後人之意。乃何以中國不傳，而海外傳之；又何以竟爲海神之所忮，必投擲之乃已；雖黽勉記憶，亦竟懵然不能得耶？豈紫陽之書，其傳已久，不欲入而相軋？又豈中國人之機械澆詐甚於海外，子輿氏所棄，而不屑教也耶？

梦花潭記

梦花潭，在豫中輝縣，水深不可測。相傳舊時，每重九登高日，輒有小阜自潭中起，磊磈斑駁，煙波涵澹，羣以爲仙島。有志羽化者，掉桴飄然，就而登之，良久而没，歲不乏人。

數十年前，邑令某聞其事，疑之，禁不得往。而私載牛豖等物，以毒周納其中，使隸置之。隸如教布措。過數日，有巨黿浮出潭上，頷如張箕，甲若壘石，邊幅縱廣以數丈計。蓋即向時所稱仙島者也。其飽羽化人之肉，不知凡幾矣，而乃斃於蘊毒之牛豖。自是，潭中九日不復有島。輝人德令，爲祠於溪畔祀之。

嗟乎！仙可以倖致哉？使蓬壺之丘，囿於潭中，即登之，不過水怪而已。況碎老黿之鉗喙而墊其腹，輝人庸妄已矣！黿饕饞譎詭，傑出介族，卒以身斃，貪之害顧不大與？

昇仙崖記

陽城之西鄉有山溪焉，兩崖峭絶，高十數丈。近歲有田家子，暑浴其中，身忽冉冉離地而起至數尺許。再往，起益高，微風颼颼，儼有凌虚輕舉意。告其徒曰：『我將仙矣。』群疑而詰之，逼之浴而觀之，袪衣入水，果欻然起。其人益騰踔自奮，昇愈高，風愈急。將及崖際，群見石穴中一巨蟒，閃睛張吻注而噏之。衆大驚呼，其人亦震怖，自撲而下，得不死。蓋蟒伏崖洞中，軀肥不易出，見人浴其下，以氣取之。崖高未能即致，浴者不知，以爲無端而輕舉也。

往聞南中有昇仙崖者，歲於重九日有五色雲自崖中出。群推道士高行者一人躡之而昇，以爲仙去。有黄冠當往，携雄黄數斤爲服食具。不旬日，崖中穢大作，遺獵人援壁瞰之，有巨蟒死崖中。道士之黄帔白骸委積於旁，已成阜矣。與田家子事極相類，其幾及而免倖也。且天下之福，莫大於無故而仙也，禍莫大於無故而殺身。彼躡雲御風者，莫不以爲仙也。不知乃膏毒蟲之齒吻，夫惟有無端之福，是以有無故之禍。嗚呼！人於非分，其可妄冀乎哉？

龍王僧記

五臺山多龍，能致冰雹，盛夏片雲起空中，雹即颯颯然下。萬曆中，中臺某庵老僧，道行高潔，山之龍胥聽命焉，群稱爲『龍王師』。是時慈聖皇太后崇重釋教，嘗遣大璫李賚宫金十數萬，至山中齋僧，所過無不奔走迎謁。至師庵，獨高趺不爲動。璫大忤，驅衆挾金而去。師微笑隨曰：『小厮，好送之。』時日甚霽，璫出庵行數百步，即有小雹相隨而至，漸遠，雹漸大。至數里外，雹下若拳石，飛彈走礮，毁輿折杠，衆擁璫避大樹下，樹枝盡秃，從者多傷腦折臂。有知其故者曰：『得罪龍王師，無噍類矣。』璫即偕衆伏地叩頭乞命，願得還庵自懺。於是雹漸小，璫與衆偕返，瞻禮悔罪，出齋僧金，籍庵衆倍施之。翌日，瑠去，尚有小雹随之五里。

師於遠近緇素來禮謁者，一見即能知其生平善惡。或意所不愜，一語脱口，禍福立應。凡夙行疵累者，多惴慄不敢見。崇禎初，里人鄧君和，五性醇厚，蔬食且數十載。師一見，許可。次日，臨清有少妓二人禮臺至，師勃然曰：『孽畜，敢過我耶？』妓頂禮懺悔。師曰：『徒耳，不得活。』哀懇至再。乃曰：『許爾到家，然必得人代保。昨南城鄧善人在可。』妓出，遍覓得鄧君，入辭師。策衛疾返，抵家之夕，户閉不啟，奄然斃矣。或曰兩妓蓋妖物云。

庵後有龍池，石甃瑩净而中無水。有就師求龍，觀者但見五色彩線閃出，石間繚繞詰屈。斯須没去，則有聲砰然如小霹靂。先君子嘗言，釋教中多至人，無論五岳，即五臺一山，茅庵遍崖谷，其人皆煮澗泉炊草實，淡静愉適，老死不入人世，非有所得，能如是乎？古所稱高士，莫若巢許嚴鄭禽向之徒，以此方之，何讓焉？惜其人已無意於世，世亦無能知其名也。且夫物之神，莫如龍，而能制之；勢之炎，莫如瑠，而能折辱之；人之所暱莫如艳色，而孽畜擯之，至不免於死。此豈有術以勝之哉？道德之至，而神失其怪，炎奪其威，妖喪其魄，所謂至人，殆如是矣。先君子禮臺在崇禎己巳夏，師示寂纔二載。當李瑫入山時，師年已百餘歲云。

腹中鬼記

瑞州某縣令張某，性嚴介，不通請謁，用法頗峻。或觸其怒，以輕罪斃杖下者有矣。子某爲諸生，負才略，令幕中無他客，文書上下皆子司之，令畫而行焉。今歲二月病疹，其症甚忤，延醫吴生藥之。夜環第繞室張燈守護。吴生亦在列，聞衾中語一問一答若兩人者。一云：『連日飲苦水，佳乎？』答曰：『便不飲，何如。』則又曰：『由爾不得聽者。』駭然掀裯視之，無物也。自是室中時聞鬼。詰一夕，鬼又問曰：『兩日飲苦水，效乎？』曰：『然。』曰：『奈不許過廿三日何？』已，又叱叱有所詰責，生亦訴辨哀乞，若不能得者，但云拿下杖三十。生遂叫號楚，若不能勝。衆察其音聲自脇間出，不由口頰，解衣細察，有物在其腹中。吐音清澈與口嚮答，蓋鬼云。至廿三日，果死，死前鬼益厲，多陳指枉屈罪狀，語秘不傳。吴生目擊止此。生初病時，已氣絶，徙之地加舍殮焉。殮竟，忽起而活，活十數日又死，事尤奇。皆鬼弄之云。吴生新安人也，其侄漢清亦客瑞州，聞其事，詳爲予述於康郎舟中。

愚山子曰：《大學》言慈以使衆，繼以如保赤子。孟氏亦云仁者，宜在高位。蓋治民出政之要，慈與仁盡之矣，清、慎、勤皆慈也，恭、寬、信、敏、惠皆仁也。夫宰司一邑之平而苞苴竿牘，其害政寔甚，令能一切屏斥，以孤行其意，可謂卓然者矣。然法者，所以禁奸戢暴，而非快吾喜怒之具也。故曰『與其殺不辜，寧失不經』。古大辟之獄雖成，讞於有司，猶必三覆奏，而後行刑。蓋求其可矜之道於無枉之中，慎之至者也。聞令守雖無疵，而性多嚴急，有盜牛及誑人婚至訟者，輒杖殺之。是不能持法之平，而以人命爲草菅也。令固卓然有當世之志者，尚德緩刑之書，獨不聞乎？其子不能匡正，而爲之主畫，令之所殺，安知非子之殺之也？鬼入其腹而苦之，怨毒之積殆有由然，亦奚足怪？嗚呼！惟清與刻隣，而廉吏之失，有時等於貪吏，彼惟以無欲自信而執之，雖誤持之益堅，在下之賄賂，與在上之轉移，皆有所不能入，則攖其鋒者，亦有死而已矣。彼自以爲如是，而後不愧於執法矣，而不知嚴急之過，則以快意而成慘烈之行者有之，亦未講於恕之道也。

商鞅、李斯非無意於治者，而操術不審，遂至自赤其族。郅都、張湯名在酷吏，夷考其行，皆卓然於時，而負潔清之操者也。予故歷稽今古服官之得失，而以身之所閱驗之，知居上之道，誠無過於慈與仁者，於令之事不無三太息焉。蓋求廉吏於斯世，誠難。而清而不刻，則所造斯多，而所植亦厚，此賢者所宜加意也。詩曰『樂只君子，民之父母』。果父母也，廉固不足以盡之矣。

弁殺三部郎記

崇禎中，陳樞部組綬與李儀部青皆甲戌進士，而李郎榜首，素相善。陳有同鄉友某生文行俱卓，素所敬事。亡何，入京師訪陳，自傷潦倒無就，頗懷入仕之想。是時惟武途尚多旁徑可獵取。而陳與李又皆在職方，遂爲其友謀，俾棄諸生以從軍進。又曲爲之地，得列銜守備，李與有力焉。京師有某草場缺頗佳，前弁尚無恙，陳與李及同官某生主政畫，以他事，謫前弁解任去，而以其缺授友。弁意甚恨，然不得言也。閱三日，草場火，焚積芻盡。上怒問主守名，其罪且辟，陳與李暨某主政商曰：『事急矣，本憐吾友窮而官之，奈何其殺之也？惟移之前弁，可脱禍。』於是文致其罪以上，弁不知也。未幾，得旨，斬弁西市。弁仰天大慟，呼冤以死。頭甫斷，陳即於宅中見弁披髮滴血以入，直前索命，驚駭仆地，遂不可救。李與某主政一時所見皆然。一日間，三樞部郎皆死，長安盛傳其事。予向聞焉。頃與新安程穆倩遊，談次復及，始得其詳。穆倩與陳李皆舊交，其友與弁暨主政名，久不盡識。

愚山子曰：厚哉，三君子之謀其友也，其終始委折、非營私納賄與入人罪以脱己禍者，宜可以免於過。然其欲官友也，則謫而去之，即其欲生友也，又復内而入之。是朝廷之爵禄刑殺，乃陰擅於二三執事之手也，於法爲不當矣。弁爲友讓官也，又當爲代死乎？其憤深痛積，目未冥而鬼已厲也，於義宜然。上帝雖仁，不能爲之禁也。噫！士大夫當進退生殺之柄，不可以不守法。法者，朝廷之典制與天下共之者也，安得爲一人私之，况其徇囑入賄，與推刃於人，以自免者哉？三樞部之事，可鑒矣！

奴報怨記

維揚某生，諱其姓名，故知名士。有内親某，亦大家兄弟，兩人多姬妾。兄死，家僕某與其妾亂，衆皆知之，而不敢言。亡何，其弟歸聞而怒之，將置之理。僕家故豐，積聚以三百金進生曰：『公救我。』生受而諾之。翌日，過内親家，主人以僕事密商。生曰：『此家事，以家法誅之，足矣。』不復爲之寬解。主人如生指，立摯僕，笞殺之。踰月，生夜飲歸，過一橋，殊苦昏黑。有人擎燈來迎，近視之，已死之僕也。生驚問曰：『爾何從至此？』僕曰：『爲速公至耳，某雖有罪，奈何更以三百買死哉？公賣我！』生惶恐喪魄，方款曲謝過，而僕已隱。生歸，遂病，不數日遂死。此近時事，程穆倩語予如是。

愚山子曰：僕凌主而亂其妾，死罪宜也。張乖崖嘗手刃逆旅婦不道之僕矣，而僕不聞報者。彼以義殺之，則彼死於義，而不敢怨也。既利其金又置之死，曲在生矣，欲其無怨，得乎？陳曲逆有言，道家最忌陰謀，生之意以爲金已入吾橐，而彼之罪固當死，即殺之，彼烏能知之？而不知鬼之靈而鷙若此之極也。以三百金鬻一命，算不益謬乎？天下之陰謀殺人者，可誡矣。

卷十四

鬼殺地師

同譜錫山鄒木石云，渠少時所識堪輿熊生，嘗爲邑某紳家卜一穴，其址故舊塚。夜梦偉衣冠者告之曰：『我，子所卜塚中人也，宅此有年，幸毋見逼，必奪我塚，我且能殺子。』生覺而悔，念其謀已成，不可中變，卒發塚以葬。是後，復梦前衣冠人直前捕己。謝之弗得，遂暴死。此生技頗精，木石祖塚皆所卜云。

噫！生豈真以爲某紳謀之必忠哉？直少有利焉，不能割耳，而鬼躡之矣。今天下之忍心滅理，以狥利而久得害者，時有之矣。即以堪輿言，地下雄傑，可畏之鬼，如此者甚多，未論天理何如，且自較財貨與性命輕重安居也。

鬼畏流賊

流寇掠豫中，殺某縣人最衆，自是常有怪風捲地而起，便旋空際。其中啾唧如數十百人聚泣，居人百方禁祓，皆不能止。噍噪而呼曰『流賊來』，其聲即隱而風亦息。自是豫中相習，以流寇之名辟鬼。嗚呼！生受其毒，既死而猶畏之，積威之劫如此。

鬼畏齋婆

數年前南豐城中，有鬼附一婦人體，能言語，人起意即皆知之。纏染經歲，百計驅之，不能去也。獨一老婦至，則沮喪暗默，不復能恣狡猾。此婦年已八十，無他長，生平唯長齋念佛而已。又湯恪素年伯聞其異，謀往試之，鬼即豫知，語人曰：『明日湯太翁至，當復暫避。』次日往訊，果不語，亦極奇事。蓋鬼之縱横天地間與人逼處，而了無忌，莫今日甚矣。

白日鬼記

金谿孝廉余蘊隆族叔滚十五者，舊爲臨川縣隸。戊戌七月初七死於家，孝廉不知也。十五日亭午，蘊隆於邑書肆購書，見滚十五結束如常，疾步從儔人中過肆，兩青衣尾其後，欲呼問之，去遠而止。數日歸，乃聞其死。而前一日，滚十五之妻姨住許灣，亦見其偕二青衣至，與飯而去。已知其死，乃大駭懼。孝廉口述。噫！古鬼夜見，今晝而舞矣。古鬼山潛，今邑而驟矣。然則今之烜赫過都，招摇入市者，是乎？非乎？予安能信之，而亦安從竟詰之也？

穿石鬼

又余蘊隆尊人，嘗讀書館中，見廳間石動，一鬼鉆石而起。石若爲裂，漸長及屋，即穿屋椽而上。既去，察石與椽，了無痕跡。

葫蘆中鬼

南康陶大司空爲諸生時，與白鹿書院一門子善，時過之。一日，門子染疫，病甚亟。司空不知而至，將及門。門子見有無數獰鬼周章相告曰：『陶尚書來，何所堪避？』有指壁間小葫蘆者，一鬼跳入，群鬼皆尾而入。司空到房中，門子密述其狀。司空取葫蘆片紙封口，手署『押』而擲之溪中，順流而去。門子遂霍然起。此葫蘆流下數里許，一村氓誤接取之，啟其封，群鬼遂出，至其家騷然大祟，病死者凡數人。

愚山子曰：此盛世之鬼哉？猶知有尚書之畏焉，非狎大人者也。今之無忌憚者，司空之室猶將瞰焉，安得驅而納諸葫蘆之中也？鬼非氓不得出，一出而加祟焉，此中山狼之所以困墨者與？

鬼龍陽

黎川某生豪宕癖外色，偶獨行，觀村落演劇。中途邂逅孌童，姿態絶麗，生挑而狎之，因尾至家，備極繾綣。晨鐘欲動，童忽咍笑語生曰：『君以我爲人乎？非也，鬼也。』生謂調已不之顧。童曰：『君袖有豆，任嘿會而固握，予能射之。』生試之，良然。已更爲增損，所射必中，最後生任意掬取，不復會計以問童。童窘，乃莊語曰：『一念未起，鬼神莫測。』回袂振手，欻然煙滅。此近年事，楊東曦進士述。

西域無畏三藏得他心，通見某國師，師問：『我心安在？』答曰：『師父大修行人，乃向天津橋上看猢猻，屢叩皆合，其應如响。』最後師冥心湛寂，一無所着，三藏罔措，與此事絶類。夫微於心而莫危於想麗容之心，煅而不灰，有影晶瑩彥直之形在焉，想之所結也。

鬼娶婦

數年前，新城某鄉村婦某氏，姿首頗艷，偶有少年到門乞茶，婦悦而與之，嗣遂頻至，因與婦通，且以重金屬媒求娶婦。夫故貧，不相合，又利少年金，許之。婦去之夕，輿人得少年犒金，歸視但是紙鏹，亟白其夫。夫取篋金覆驗皆然，乃大駭，還遣輿子往探。至則夜來村舍皆不復見，惟土室中一新柩，婦俯凭其上，息久絶矣。

噫！鬼愛婦而幻少年通之，足矣，奚必娶而斃之，不可解也。婦以戀色趨新，夫以利金棄舊，兩種負心，一般虛喜，婦固有死道哉，而夫之人鏹交空，白晝鬼弄，猶可笑矣。

鬼哺兒

丁亥建寧縣亂，各鄉兵大起。時往環城，城中拒守甚固。有廖生某，素雄悍，不得衆，有嫉之者，以飛語中某弁誣其内應。弁怒，遣兵捕之，盡滅其家。方兵入時，一兒纔三四歲，走伏床下，因轉入一夾壁中，六七日不死。後鄰家微聞壁中声，疑其鬼，破壁得兒，乃共憐而秘之。因問連日何以不飢，兒曰：『阿爺時袖菓餅來食，但囑勿聲。』問：『今安在？』曰：『適從複壁中去。』乃知廖生魂哺之也。方廖生就戮時，有卒取其心臠而炙之。忽釜中作躑躅聲，視之，片片仰跳粘着釜，蓋無一墮者，因共駭擲。

鬼生兒

萬曆中，河南某集賣餅翁，常見一婦來店市餅，云歸哺兒。來皆極早，詰其家居，祇曰近地，而無主名。心頗疑之，如是踰歲。一日，婦復早至市餅往，翁潛跡之，至蒹塚之間没。翁大駭，歸喚家僮至塚所掘之，中得空穴，一小兒可二歲許，手猶持餅啖食，不知誰所生者。翁憐而抱歸，兒遂不死。是後商販爲業，致富巨萬，亦不自識其父母姓氏，鄉人稱之皆曰『鬼生朝奉』。

鬼市棺

流寇破和州，有一老翁至金陵市棺三，云將歸殯其子，許值頗厚，但云到家方付。詢之，云因寇逼，有銀若干埋某廳柱下，歸得取之以償。鬻棺者信之，載以俱往。至州，寇退未久，村井殘毁殆盡。翁乃前導，至一大室曰：『止，吾將先入。』久之，不出。鬻棺者入視，則虛無人，惟廊下數骸，層疊狼藉而已，乃以其名姓就鄰子問。詑曰：『有之，然父子三人皆死寇矣。安得存？』乃知向所遇翁，非人也，鬼也。如其言掘之，果於其下得窖銀近百兩，鄰子感其異，爲受棺具殯，而以其銀酬市棺者，費亦適給。夫死孰不欲葬，而寇所殺亦多矣，翁獨魂走數百里與人爲市，以棺歸而又不虚其值，則居然信人也，異哉！

佛頭鬼脚

癸未，建寧某寺三大佛像頭忽墮地，如人斷截。獄中所祀小鬼，無故汗出，兩脚漸生青毛如人。獄隸以聞，乃爲移置某山寺。

城中鬼叫

戊戌某月，無錫城中白晝鬼叫，其聲遍滿，到處皆聞，凡三日。

鬼投宿

戊戌六月，新城鄉村王坊，薄暮見有四人哀衣方帽，來覓宿舍。已入一家，其家辭以無主，指令前往。衆見其衣冠偉異，疑而尾之，至石橋邊，忽爾隱没，乃知是鬼。

鬼兵

丁酉，湖西諸郡大疫，凡所染者，村落爲墟。一鄉村晝見甲馬數十，馳突而至，以爲他卒，擬走避之。其騎直入一大家，鞭馬登梯，如履坦道，乃知非人。斯須無見，是家男女遂不遺類。翌日，他村所見又復如之，時謂『鬼兵』。

死人走

丁酉某月，閩巡撫某，偶過北門藁塚間，聞有声，命掘之。一人從棺中欻起走，衆大亂。遣卒尾之，其足如馳，入某居民之門仆，乃復爲尸。卒還白，巡撫疑其冤抑，因捕訊之。卒無狀，長繫獄中，其家遂破。

鬼語

近鬼魅見形祟人，及能言語者到處多有，不勝舉。近里諸生丘鰲，數年前亦有一鬼，常與追逐，言語如响而應，雖僻地密室無不在焉。丘無可如何，亦聽之如是，二三年乃止，亦無他害。夫幽明懸隔，而凌冒轇擾乃至此極，豈鬼亦亂於幽乎？或曰人陽鬼陰，陰勝陽，故鬼逼人想當然。

鬼火一

乙酉七月，予郡城陷，兵四出擄掠。有數大家避入西山，猶虞搜捕之至，則相携入窮峰極澗茅窠中，屏息而伏。初夜有鬼火漫山而來，以數百計，若進逼者，乃群譟而逐之，稍稍散去。次夕復來，然漸少，至十數日乃絶。平時重門深扃，猶言怕鬼，至爆竹懸艾，書神荼鬱壘，將以辟之。及至變亂，雖兒女子輩，往往與鬼争窟，贍生於急，傷哉，兵之可怕，固百於鬼也。

鬼火 二

予友傅瀛賓言，嘗偕弟方賓，兩人自泥坑歸。微雨昏黑，忽有火炬出道旁，與之偕行，相距常三四十步，光燭地如晝，風吹星焰四射，燒餘赤炭簌簌墮地。蓋真火也，而絶不見有擎拉者，心知爲鬼，然利其照，促步躡之，相隨五百許，至近村處忽滅。良久將到苦竹觀，復有三大炬出叢簿間摇曳，蔽窺一炬忽飛上古樹巔若懸着，然光氣遠爍。將抵觀，一火又自門中出，以爲館童來迓，呼之不應，迫之，亦向草間没。叩門而入，胥酣卧矣。此乙酉仲冬廿四日事。往聞人言鬼有火，其色青瑩，不與人間類，今瀛賓所覩，乃至熾烈飛射，與燔燎無異，果安從來哉？昔阮瞻著《無鬼論》，鬼晝詣之，辨訟良久，曰『我即是鬼』。觀於斯，可以知鬼神之情狀矣。

鬼火 三

瀛賓又言丙戌冬，一夕二鼓，微月。偶出，眺見隔河有燈，冉冉而來，疑以爲行人也。斯須，渡河極速，河西叢木間亦有一燈出，與之會。盤旋出没，已，兩燈競颺而上，勢若相搏，離合縹緲，極於空際。忽復墮地，相引入古木間，縈繞極久，目倦而罷。

又嘗登迎仙峰夜矚，見山下田坂間，群火結隊，多至數百。瀰漫騁逐，謂必兵寇大至。次日，問山下絶無一人出入，皆鬼云。《稗史》載宋末民間多魅，有道士以符咒拘獲其一，訊之。曰：『天下正亂，冥界亦囂擾無復紀轄，我輩故得伺間而出。』信夫，鬼於世未嘗無，而酉戌之際，乃至漫天塞野，不已甚乎？

驅鬼檄

王心盤令永年日，署中多鬼，嘗夜出爲擾。至於執曳卧人，裂毁器物，儼有形狀。

一夕，同里兩新客宿院中，鬼大至。客故驍悍，起與之搏，鬼健鬬不解，及曉方滅。視其拳，掌肉墳而節黝矣。心盤召問門者，云嘗有數人强死此中。心盤無策，乃焚香草檄，告地界門神，驅屏祟孽。檄成，丹書加印，於門閒焚之，自是，妥然無復怪見。

昔虎𫚉噬人，吏其土者皆嘗以文告，驅而殺之，况侵擾及卧榻乎？檄焚祟絶，然則鬼神皆真有也。夫長令奉天子法以臨涖境内，即山川靈祇咸奉職役，苟其御災捍患，出於至誠，冥冥之中將左右之，而謂有不可鋤之奸，弗克究之澤哉？然則官不負人，大都人負官耳。心盤名崇銘，陽城人，以孝廉歷仕福建運使。此事蓋其鄰友張廷重目覩，予聞之廷重。

邪不勝正

陽城郭生善幻術，奇譎千變，嘗過婦翁家，設饌。意有所迮，座中杯皿肴核，一時自撤，空無所有。遣人蹤跡，則在大門之外。郭生坐自若，因爲婉謝，乃盡還之。又能於儔人中，掉臂遊行，攫持器物，都無所見。

一日，督學試士至，郭自倚其技，携刻文一束備簡閱，爲邏者執獲。學使者杖而黜之，生故能文，其鄉士紳共爲陳情，得還青衣寄學。郭素工掩目法，至是竟不售云。然則公庭禮法之場，朝廷威靈、官司紀度於是在焉，雖有邪妄，不得逞也。

予幼時又聞，某縣令杖一囚，囚通異術，皆杖着其内衙夫人之體，楚不可勝。令大恚，乃以印印其臀間，術遂不行，因斃杖下。杖可寄也，而令之印，又何神也。

妖畏正人

濟南臬司署中多狐妖，蔡雲怡先生觀察山東，嘗公出兩月。有僕婦卧樓上，爲妖所襲，百計驅祓，皆不能去。一夕，妖語婦曰：『今别子矣。』婦問其故，妖曰：『主翁且至，期在三日，予瞰隙來耳，不得復駐。』婦以告署中人，閲兩日先生果還，而妖遂絶。蔡几霞述。

昔景都御史清宿逆旅，而經年之魅去，至書名以辟之。先生孤忠大節，正與之匹，妖之前期畏避，宜也。此豈有術以勝之哉？亦方正之氣，自不敢干而已。夫方以類聚，苟爲不正，人將化而爲魅，欲魅之不我集，豈可得哉？

還金得金記

予邑東南鄉之以富名者有敖氏，其先某翁嘗爲舟子，自許灣載客十數人至城南。客散去，入篙舟中，得遺橐百餘金，其子顧而樂之。翁曰：『百金重貲，客致此良難，而吾奄有不義，吾不忍斯人之苦而重喪。必俟之。』良久，一士踉蹌至，登舟大哭。翁問故，以遺橐告。翁出，還之。

翁始解維徐返，日且昏矣。行十數里，忽衝淺沙，膠不可動。翁自下負曳，有物碍足，底堅甚，摸之，則巨篚埋沙泥中，露其一角。掘取，登舟發視，黄白燦然不可數。計乘暮携歸，遂至大富，子孫亦衆盛，今數世守其産不替。

夫得百金而不取，不謂之愚不可，捨百金非有之物，而取盈篚自然之利，不謂愚之報，又不可也。使翁利其百金去，舟未必膠，舟不膠，而沙中之物，即非翁有，徒虧德而重傷遺橐者之心耳。翁亦豈能豫必其捨之於此，取之彼哉？惟無意得，而竟得之，此所以爲天也。《書》曰：『惠迪吉，從逆凶，惟影响。』若翁之金，即欲不謂之影响，可得哉？吾又以此徵聖訓焉。

啞女全城記

謝進士泰，浙人也，筮仕鄖之竹山令。時李闖餘部盤踞鄖境，出没抄掠，縣治荒毁。官舍依岩而居，與土人數百家拒守，名曰『铁壁砦』。謝蒞任，未幾，爲山寇郝營所困，兩月不解。連遣急足，縋城請救，去皆不返。砦中食盡力竭，有内潰勢。謝恐一旦變作，嘆曰：『好頭頸使人砍，無寧自斃。』於是丸毒置掌，將遂吞之。砦中民家啞女，忽發聲曰：『勿憂，某路援兵剋日至矣。』語畢而啞如故。砦中人以爲異，奔踴告令。因止不咽，而守益固。

時衆中有能請仙傳箕者，謝召問之。仙曰：『今日已有天神二十四員，臨砦助守，賊必挫矣。』問神何名，仙一一書之。因設位砦間，士氣益奮。次日，寇大隊至，急攻且乘城。守者以梃石殪一渠魁，衆遂潰去，若有神助，外援亦至，砦得不破。謝後以全城功，擢丞滇郡，坐纍失官，來遊新安，爲居停，巴育之道。城破令不獨完，謝君此時惟有一死，而援師之至報於啞女。夫誰使之，而忽聲之？城之全，令不死，啞女力也。神將臨砦，而巨敵挫然，則古來大陣若昆陽、巨鹿、淮淝、采石之類，安危界呼吸者，豈得無天意存乎？而名歸閫外，所謂翊運者易爲功，扶傾者難爲力與？

藏金化水記

同邑吴君行可者，舊以牙儈居貨福沙，善握算，積鏹至十餘萬。會四方多故，吴自度有素封名，一旦變作，禍且首及，而貲多，猝難他徙。因以巨甕三四深，瘞密室而險，爲記識，人莫能測也。亡何閩變，鄭西王稱兵福沙，外師圍之。至數月始破，闔城髦倪，屠僇略盡，火炎崑爈，胥爲焦土。吴前已挈家歸，得免厄。易簀之際，遺秘册，諸子俾需時，靖往取。諸子亦以爲土窖之儲，勝於篋貯，因循久之。

昨歲始束裝親往，即其故處，深掘丈許，原瘞果出，封識不改。及發視之，滿腹泓然白水而已，他甕遍發，莫不皆然，駭嘆而返。此甲辰年事，比鄰有友與吴親識，爲言其異。

愚山子曰：信哉，古人命貨曰『泉府』。泉者，水也，水欲其流通滋溉，以潤澤於物，不欲壅而腐之也。吴氏大甕之藏，壅已久矣，故憤極而遯化而爲水，以示孔方之有神，而衆所共資，非一人智力可私擅也，而意中之郭，况皆付諸意外之子虚。吴可以悟，而凡天下之負癖如吴者，亦皆豁然可以醒矣。

往閲《稗記》，有傖窖罌金室中，加簪其上爲識。其子窺而竊發之，水也。怪之，以手攬其底，而置之。他日，傖私視，鏹塊顛覆，簪在其底，疑而詰子。子謝不知，而私吐舌告所知曰：『異乎，金也，吾向視之水也，而因攬之，而固顛之。』夫父之金，子且不得而竊，况他人乎？

又

近年建寧有戎卒某，夜見所居傍地有光熊熊自瓦礫間出。詢之，蓋某大紳故址，亂後死喪略盡，竟無主矣。卒計其下當有伏寶，盡以所蓄貲構小茅屋其上。伺夜發掘，得巨甕焉，大可受十數斛，覆以鐵盆勒載所藏金數，而中皆水，極清而洌。事聞於衆，爭往視之。時方盛暑，有揖而飲者數人，皆猝腹痛而死。復於其旁再掘，得甕如之，遂無敢復飲者，與吴行可事絶類。鄰友何碧塘述。

每怪五行之次，惟金生水，不甚可解。或謂金之在冶鎔，液若水，或以涓泉出石當之。今觀甕金，幻變之故，則彼之所云盡膚測也。世之稱金穴者不乏矣，與其化爲水，而傾棄可惜，孰若公而灑之，以爲利乎？飲水而死，季倫餘波尚爾及人。或曰昔有藏珠剖腹者矣，甕水滿引金盈腹焉，雖死可也。

礦土有數

萬曆末年，陽城西山中掘地得銀礦，土人競私取之，尋聞於官，爲置冶所榷税焉。礦穴極深，取之者以布囊寔土僂負出。賈人以金收而冶之，每囊價約二兩許。其得銀自二三兩至七八兩不等，大抵數豐者多，數嗇者少。

有二人合貲買土箕勻而秤，析之，以爲不均，可免。比入治，一所獲倍，一絶少，甚且銖錙無獲。至於折閱，屢治皆然，乃知此亦有命。後以傷邑治山脉，禁止。夫銀之在土，宜其精氣含育均適，而數有豐嗇，則有無多寡，爲之立變。夫苟命之弗猶，雖置身銀礦之中，猶不免於困窶，奈何欲以奸致利乎？

銀櫝自行

檇李民吴强腰者，富田産，積鏹十年，始克滿萬。因以二大櫝貯之，藏於卧室廡下。至除夕不寐，聞櫝中有聲。起瞰之，見兩櫝自行相就而合，徐返故處。大怪之。是歲，杜門弗出。至秋盡，縣令張當入覲，諸富民俱有饋遺，吴獨具茶酒數器爲獻。張已不悦。客至，發酒，又皆醬蔬。遂大怒，遣隸捕之。吴重賄，居間不得，亡命之京師，以三千金謁選曹爲移張南部，事始寢。而櫝中之儲，枵然盡矣。世無聚而不散之物，况萬金重寶，非其人可强有哉？十年勤瘁，一事耗之，儲奚爲？而櫝又奚爲也？櫝自行，蓋鏹善走也。

金櫝自響

近年嵩縣盜首李某，殘鷙，所擄掠良家女爲婢妾以數百計。小有忤，即斷其首，錙貝山積。乙酉丙戌間，投誠，得授秦中參將，暴如故。嘗以所積黃金分貯十數櫝，繞列密室。

一日，獨坐，櫝中衝斥作聲，若群鼠翻躑。李挾彈，彈之。良久，而他櫝聲復作，則又彈之，響又止。他櫝又輒響，李又輒彈，日夕如是。雖心知其異，終寶玩之如故也。未幾，以行多不法，凌挾監司，爲所訐，下部勘議。李悉力營救得免，費過半。尋又窺妻有外遇，欲殺之。妻懼，條上李不軌狀。逮訊，盡竭其藏，得減死流徙。是時張雲程寓京師，與李共巷，其家人共述怪變之狀如是。

悲乎！殺越而取其貨，此櫝中物皆冤孽也，可彈制乎？爲他人掠，孰與其己也，櫝冤孽以自隨而寶之，世又何止一李也。

冥中重朔望齋

陽城楊半湄工部太翁，數年前梦入冥司，主者責令斷葷，且令旁隸褋持牛犬皮以進曰：『否者，服此。』太翁悚怖，自念終不能如此，一時謬應，愈重其戾。乃復壂陳，願先持朔望素。主者許可。既覺，誡家人朔望勿進酒肉。居一載，偶過楊屋山齋中。話久，屋山供午餐，出酒肉食之。太翁忘其朔也，是夜復梦主者攝去，大加訶責，以一鐵具束其額，備極楚困，哀懺百方，乃得解釋。既曉，頭痛尚竟日，自是持之加虔。翁於屋山爲從侄，屋山語予如是。蓋冥司喜人素食，即朔望齋亦重乃爾。

卷十五

天然錦記

養蠶家至蠶將老不食桑，則埽除室宇置帷幕，垂藁束蒯席，徙蠶其中，而扃閉焉，禁物之不潔者毋得入。數日開户，則所作之繭纍纍焉，懸綴帷席間遍矣。因而取繅之，其名曰『上山』，蓋鄉語云。

崇禎中，嘉興一家閉蠶室。及期開視，則蠶自以其絲，織成一闊幅，若衾裯然。踰二丈，計比屋數家之所畜，亦皆會焉。求所謂繭，無有也。主人以廢絲失望憂悴，不知所出，群往慰藉。衆中有一海客，願以十數金易之，主人度無所用，遂與成購。客既得此物，細加刷滌，去其綿幕之浮翳者。再取諦視，奇文絢爛，作山水人物之狀，而類海馬者尤多。縝密光匀，工巧絶世，蓋天然錦云。或云以此鬻於京師貴家，及海外諸國，獲當無算。主人欲悔之，然無及矣。是時鄒子何君適客其地得親見之。

蠶受養而吐絲，其職宜也。又代織焉，不越俎乎？甚矣！微物之好怪也。主人獲是錦而不能有，而委之他客，希世之珍按劍而眄事，非其主功乃見罪，亦蠶之遇也夫。

海岸先生司冥紀事

同籍鄧正仲長君燫，字二蓮，修謹人也。數年前得危疾，昏瞑五六日，類長逝者。已，矍然而寤，語家人曰：『適自冥回，主者非他人，元公黄先生也。初往時，有隸持符見攝，到彼公府，規制穹隆，班列極肅。先生方據案，判決甲申三月燕京諸臣之死難從事者。堂宇崇深，莫得細悉。但聞傳呼隱隱，縛一通賊内臣出剮於市，送一殉節内臣往生善地耳。少頃隸以予進，先生固識予，顧而詑曰：「鄧生也，未嘗相攝，來奚爲者？」取物若卷籍者，覆之曰：「算固未終，攝者誤耳。亟返，勿滯。」隸乃復以予返，一俄頃間，不知其數日也。』又言冥中善惡果報，勾考嚴密，所見地獄陰慘，與世間傳説種種不異，然不肯深言。自是，吾郡喧傳黄元公先生作閻羅云。

丁未春，同無可大師、文燈岩、何印兹諸公，登麻姑密雲庵茶話及此。或戲燈岩曰：『座主作閻羅，君壽必矣。』印兹笑曰：『豈惟燈岩，吾輩長壽者，皆燈岩是囑，斯行也，君可以富。』無可曰：『元公大了徹人，生天尚且不屑，而司地下屈矣。吾意其必不然，諸君子顧栩栩乎？』予曰：『先生純忠粹節，嘗兩李大郡，明習法。必没而奉帝三尺，以旌善癉惡若閻羅者，奚不可乎？即二蓮所聞，剮逆豎褒從死，使千古忠奸既懲且勸，刑莫明焉，教莫大焉。亦先生生平之志也。』無可曰：『子言亦善。』因紀二蓮梦并及先生諱端伯，新城人，戊辰進士，乙酉以儀曹郎死事金陵。燈岩庚午鄉試，出先生門下故云。

太湖李生報怨記

葉聖野襄，吴郡名士也。順治中，有所知德州關君德水者，任浙江嘉湖道，聖野訪之，相見甚歡。是時，地方初靖，有李生某嘗從人弄兵。太湖事敗，潛歸，爲怨家所持訟於道。李生恐，盡籍所有田宅，直可三百金，囑聖野向道關説。聖野許之。

其怨家偵知，夜持三百金走聖野所，進説曰：『李生之與某仇，君所知也。生之罪自某發之，生直，則某爲不利矣。且其人譎以紙上誑君，即欲售，誰與賈者？某請以三百金壽君，朝聞命，而夕投篋，計孰便焉？且其罪固不赦。』聖野疑未決。怨家又陰以三十金啗其僕，俾從旁臾之。聖野既艷多金，又入僕言，乃更請於闕，重李生獄，生竟誅死。

越七日，聖野飲闕署中。酒半，觀荷月下。忽荷葉田田然動，李生頂面自波間出，顧聖野曰：『葉先生信人哉，奈何受我囑，而更爲怨家殺我？已訴冤於帝矣。』聖野狂駭曰：『此非語所。』趨入池旁小室中，生亦尾至，聖野謝曰：『前事固甚恨之，然不可復。請爲君盡所得金作佛事，度君自贖，可乎？』生不語而隱。

是時，獨聖野見生，旁無所聞，共怪聖野迷亂，然聖野自知不免，謝主人歸。先遣僕賫金馳還，召僧爲生資度。聖野抵家庭中，梵唄方沸。比入室，李生已在，曰：『先生之於某甚矣，幸自爲計，某終不捨先生。且先生之殺某，半由受金某僕，感先生盛意，請紓期三日，某且取僕先往。』遂奮袂出。斯須，報前僕七竅血溢死矣。聖野如言處分後事，過三日亦竟死。予友穆倩故與聖野善，爲予述。

愚山子曰：語有之『自古皆有死，民無信不立』。夫既已許生而爲之謀矣，宜終其托。即不然，亦姑謝去之可耳，乃更入怨家之金殺生，信已矣，如忍何哉？聖野名人，乃不能爲三百金堅忍，是可惜也。生之不捨聖野，而復緩期三日，報怨之中，亦有禮焉。僕私三十金之賄，以誤主人而自殺其身，多寡不侔，皆爲利死。悲夫，遊客可妄作耶？左右之言，可輕聽耶？然生能憾聖野與其僕矣，而偏不能殺其所怨，則又何也？

紀汪生梦

歙人汪士心，謹願人也。從事郡丞門下，嘗梦手挐一雞，刀欲割而未下，見所識一道人至舍，與之語。回顧是雞，忽化爲童子，高二尺許，作人言曰：『吾無怨於君，誠憐而釋我，當有以報。』既覺，異之。旦過績溪友人家，聞雞聲叫咷甚沸，亟呼問。其友捉一雄雞出曰：『山家無具，將瀹以食子。』汪乃爲阻止之，且以梦告。問是雞之畜已五六年，置之地昂然高踰尺矣。汪駭甚，請之以歸，送就近禪寺養。自是戒雞不復食。其自述如此。

汪又言，放雞之後二夜，梦爲人所訟，有兩隸持符牒至，若城隍司所遣者。予初與抗語，隸展牒相示，則名姓固在，而訟者亦復有人，所列罪犯凡六七款。諦視，皆屬誣罔。因思此事非自質白，終不可解，乃隨之往。出户昏慘，非人間世。良久，遇大溪中横一徑如梁，僅可着足，水波泛泛没髁。兩旁波中皆赤體人，或没或出，婦人尤多。問隸，曰：『此落水獄也。』

過溪登陸，闠門如甕。既入，往來紛沓，似城中闤闠。有已死識面數人，群聚一處，見予至，拱揖勞問，以茶進。予婉却之，又取木板布地遂成几案，陳設杯饌曰：『子飢之矣，姑少飲食。』予又堅却曰：『聞食爾冥中食，皆不得返。』衆怫然怒，推案去，還復爲木。

再進一所公府，簷壁皆可望見，門猶未啟。隸止，小歇。有衣冠吏數輩問何以至此。予對以爲怨家誣詰而訟予，之人且至。予因前辨，折首欵『奸人婦女』。予止有一妻，已死，尚未續娶，此外更無二色，誣一。次欵『排年欺騙』。予固里役，彼糧寄予，户例應歲貼若干，止收若干，於數有歉無溢，誣二。如是更歷數欵，訟者不能應。

中一吏起而指曰：『是子尚知向善，吾爲入察卷籍，果無相涉，尚可釋還，不必入見。』

斯須，前吏出曰：『所列果誣，子可自便。』顧前隸仍導予返，道上經歷數獄，至一處多婦女慘楚之聲。隸語予曰：『爾妻亦在此中。』予謂妻夭死，年未二十，奚罪而獄？隸曰：『婦輩所坐，非子所知，但歸爲虔肅禮懺濟渡，此種功德，彼受之耳。』又行良久，出一隘巷，忽見天日清朗，漸識路徑，彷彿自河西橋，東渡以歸。兩隸以失，而予寤矣。汪之言如此。

夫粘單列欵，小人之誣陷人技必出此，而汪亦以此見攝。然則不但刁民，地下亦有此刁鬼也。汪幸而無實，以壯於一往，否則如粱之溪、如甕之門，一入不復返矣。然則省身寡過，吾輩操履，其可不嚴之與？素與里長多取津貼，非甚重犯，然皆可入罪欵。世之以强力迫挾，而取其非有者，冥中簿録其能免乎？汪活一雞於兩日之前，而吏以爲知善，因獲解免，然則放生戒殺，其所全於不忍與資於道力者，不亦大與？是數者皆足以誡且勸，予爲備紀之。

閉糴紀報

歙人程某，豪而戾，群以『五殿閻羅』稱之。崇禎初，挾貲貿粟於杭，高囤待價。亡何，杭郡飢甚，市販俱絶，共以厚值乞糴，計其所得之息亦已再倍。程閉户謝却，與所知屈指計算，便遲幾日價踴若干，則致利可若干矣。語未竟，天忽冥晦，雷電大作，自其困廩中衝擊而起，烈火隨之，焚粟過半，其獲存者，皆粒粒焦爛，不復可食。他囤開視皆然，程之貲由是盡喪，今其後凋落甚矣。族子程自光語予云。

《褋説》載紹興丁卯大飢，饒人段廿八者積穀數倉，不肯糶。一日，與家人評論斗斛低昂，幸其價之再長。雷自空下震之，盡火其穀。兩人之貪狠同，而天之降罰，亦不謀而合。夫德莫大於救荒，而人滿則天□，與其付之殘灰焦土，孰與簿售廣利之爲善乎？今兇歲時有，而高擁倉廩忍視溝壑者，其人正不乏，亦未有以『五殿閻王』之事告之者乎？

雲居鐘記

雲居山在安義縣之西，其高入雲，自趾躋巔約二十餘里，上忽平衍，有田千餘畝，池湖深渚，闊亦數畝，蓋歷代諸祖道場，與匡廬南嶽并稱盛云。近頂有古刹，歲久而圮，山氓侵據更爲宅舍園圃之屬，僅存一鐘，高踰尋丈。氓欲去之，而重不可舉，則挽而墜之巖下。鐘爲之旁裂寸許，獨其甬上旋幹，尚完如故。

萬曆初，朝廷雅崇釋道，名山廢刹多所興復。有某國師遊歷至山，心憫其事，具狀以聞。得旨清察故址，還僧重建巨刹，視昔加盛。僧念此鐘爲前代法物，雖復破裂，不忍委棄荒壑，乃巧設機軸，繩而上之，懸之内院僻處。鐘既登懸，忽自鳴吼，其音鍧徹，若受考擊，三晝夜不止。比歇，而其裂已合，無少罅隙，僅一線縫痕，隱躍可見而已。衆駭其神異，更構閣於前殿藏之，凡過寺者必登覽焉。歙友吴文若嘗遊是山，爲述其異。

按鐘之爲制，厚薄、大小、短長之間，聲之疾徐，聞之遠近，於此分焉，至裂則無聲矣。而踰丈之鐘溢寸之裂，欲强取而合之，雖聚天下之良工巧技，經營白首，而有所不能。其爐鞲之具無所施，煅煉鎔冶之無所錯其手也。而嗚吼之餘，乃忽自然而合，此其聲從何而來，其補苴聯屬，出誰氏之手哉？所謂理之所必無，而事之所竟有者也。

予又聞嘉靖中，江陰觀音寺重建無鐘，將募造。一日，江面二巨鐘浮泊來，怒濤濺激，聲聞數里。鐘上各棲一鸜鵒，連呼『觀音寺鐘』，遠近駭聽，因共鈎取。其一送置寺中，其一復從上流浮去，不知所之。夫鐘，金之最堅重者也，而能振聲波濤之中，浮長江以來，而不知所從，則其神也，至矣。裂之自合，奚足異乎？夫天下理所無而事竟有者，此豈可與寡聞淺見之士語耶？

魚腹中人記

揚之安豐場濱海，一日潮退，有巨魚濘不得去。群刳而析之，至腹中得一人。五官四體森然完備，其頂裹網巾，鬢髮如故，款袍長帔袂帶飄然，蓋三十年前裒慱之製也。推其自殆溺於海而爲此魚所吞者，衆共憐而槥之，舁高原而封瘞焉。此一二年間事，潛川汪氏有客其地者，蓋親見之。

嘻！水族之至細莫如魚，而其吞噬之所至，舉全人而歠之，小加大無甚此矣。然巾服若彼，今日海以内，安得有此人也？宋崖山之潰，宰相陸秀夫負帝同溺於水，太后從焉。張世傑之舟，亦隨覆於平章山下。此其人殆半入於魚腹之中，其終歸於何所，不可知亦不忍言也。而此飄然衣袂者，獨得以失潮受剖之故，重見天日，以埋其骨海濱掊土之中，豈亦有數存乎？何其僥倖出張陸諸公上也，因感而志之。或曰：今天下惟高麗巾服如故，其俗好衣長帔，此魚所吞必高麗人。其説近之。夫今日海以内固無此等人也，吞之，可也。

活地獄記

今地獄之説，釋氏張之，儒者詘焉。夫地獄必死而後入，死而入，夫誰見之，則儒者之説勝矣。然吾以爲地獄爲惡人設，則必不可無，而且必有不可無，必有而死而入，亦終無以信其有，若是，則必活地獄而後可。天下安得活地獄哉？然竟有之。

鄉人吴湛七者，業商，性貪譎，闇閃不可測。每歲自閩中市布至，山左貨之，必有樣布以悦買者之目，後復更其劣者，布已盡而樣仍在，其替換之術百變。有西商使同行友市布至，爲湛七所弄，商怒詈友。友恚曰：『使自往，正復不免。』商曰：『豈有是？假令負者，不復爾面。』次日商自往，得樣布一束，踞坐其□上。湛七急，則間道出，具衣冠從門入，迎商一笑，長揖若熟識者。商不得已，傴起答之。湛七已潛使人换其後矣。商自以爲無異，挾布歸，驕語□□前友。友取細閲，殊粗薄不稱，索視樣布如之。友乃還誚商曰：『自往何如？』商既得劣布，又遭友誚笑，憤甚，遂自縊。其陰詭取利而不顧其後，大率如此。

天啟中得疾旅舍，時時見鬼卒驅迫歷諸刑獄，口中呼叱，晝夜不絶。先君子以鄰里誼往問之，則見湛七僵卧簀間，大呼曰：『救我，救我，縛我着火床上矣。』旁觀無措，則亟呼其子曰：『沃我水。』子不得已，以水噀之，良久曰：『釋矣。』視其背，赤痕如烙，條條隱起。已又大呼曰：『天乎？奈何秤我背，而鈎我脊也？』衆益怪，任其叫號，良久又曰：『釋矣。』轉脊示衆，其中忽頳起方寸許，若着鈎者。已，呼渴，其子以藥進，不受，以茗以湯，皆不受。曰：『非我食也。』問：『何所欲？』

曰：『户外陰溝水絶佳。』子醜之，不應。則拍床大詈不孝。有輕薄子戲取進之，則狂喜。張喉大啜，一飲而盡，曰：『大香美。』如是數日而死。死時遍體焦爛，自言諸獄楚毒狀，時謂之『活地獄』。

噫！火床可卧乎？脊肉可鈎乎？糞穢之遺汁可下咽乎？湛七此時雖未死，而已囹圄其神魂，犬豕其口鼻矣。以爲火幻耶，何以遽焦其膚？以爲鈎幻耶，何以遽蟄其胸？其燔炙迫勒之狀，自知之。其慘傷灼烈之跡，又已衆耳而目之也。吾乃知閻老，天下之大有心人也。不獄，則人無所畏。僅獄，則人無所徵。惟不但獄鬼且獄人，不但移死獄作活獄，且驅活人入活獄，而人可以信矣、怵矣。《易》曰『聖人以神道設教而天下服』，夫地獄爲惡人設，即誠無，猶將存之，以佐刑書所不及，而况有之其可詘乎？吾非右釋氏，然不能爲儒者解矣。

三西堂記

歲丁酉，東鄉梁生心者，飲酒過醉死，體猶煖，家不忍殮。七日而甦，自言方死時，有人召之，時正沉酩，惘惘然不知所之也。至一公府，堂上有主者，面目亦不甚辨，已立堂柱間，但覺其高曼然無際。斯須，遣一隸押過三西堂，已亦惘惘從之。出府門，遇一儒，衣冠甚偉，呼曰：『子非東鄉梁生乎？』生即之，則臨川已故翰林聿庵傅公也。因問計，公曰：『三西堂，獄名，以待世之沉湎於酒者，然子且返，第慎之。隸性戾，善遇，庶得其濟。』遂別。到一處，并是大澤，波潦瀰漫。有卒驅之入，其深及鼻，足搖搖欲仆。生計無出，惟哀籲隸。至没頂處，隸恒提而泅之。如是十數里，始得岸。復經一處，有獰卒傳人至柱而磔，其肉片片飛下。問之，則田西人魯某也。已復詣前府，主者呼入曰：『子算未終，姑相警。』隨傳問磔人竟否，堂下答曰：『竟。』乃給一牒，俾自達省城隍所遞下郡邑，得復返。將入户，隸從後撲之而醒，徐遣人至田西偵所磔者，前旬日死矣。鄉里所稱無良者也。

愚山子聞而嘆曰：聿庵之死久矣，今猶在哉？往卒辛卯之役，聿庵從容就刃章門，事最烈。今遇梁生，以梓里故，而曲爲之晝，又何仁也！仁且烈，宜其死不死也。然則謂貞臣義士之可以刀鋸剪殄者，謬矣。生醉而死，死尚醉，至波潦淼漫之時，當亦悔其沉湎之貽，戚然晚矣。夫以沉湎感以没溺，報亦奚足論？顧今天下亦誰弗醉，其沉湎没溺，有百倍梁生者，而豈麴糵之毒已乎？當其醉時，亦誰肯醒耶？枉間之磔者是已。

紀金陵張某回生事

辛丑五月，江寧縣前布店張某者，死而復甦，告家人曰：『我少時，嘗因某家一小奴來鋪換錢，以低者與之。奴歸，爲主笞責，遂自死。今於冥司訟我，冥王拘我質對。且責我賣布時定價之後，常以粗者更其美者。而所傾用銀，每錠各夾鉛子少許，以是三罪將下我於剥皮之獄。』家人曰：『病後譫語耳。』張曰：『不然，我所言蓋誡爾曹勿復效我，且我所以復生者，固冥王命我以此相傳示也。』良久遂死。

東海生嘆曰：利之貽毒至此乎？向以爲禍人生耳，乃更禍人之死。如張某自言，三罪大端皆坐欺詐，其所以欺詐之故，則皆利也。悲哉乎！張某之徒手以死，而入剥皮之獄也。且夫張某不被冥司之命，終不肯自言，至於知所行之失，自言而自悔之，則又已無及矣。然則，吾曹盍早監之乎，無没没焉竭生平之心力，而徒手以殁。待冥王按劾之，已及而欲悔不得，以蹈張某之轍焉，其可也。此事近在目前，非道路悠悠之比，冥司有信矣。林飛白述。

玉環報德紀

溪南吴氏，徽之望族也。萬曆中，有太常公諱士奇者，其封翁多隱德，嘗葬祖於岩鎮山中。穴既定，開鋤數尺，古壙見焉。翁欲移坎其旁，堪輿争之，以爲不可。翁惻然曰：『葬以求死者之安也，今奪彼壙以穸吾祖，於心忍乎？即祖意豈能愜焉？地誠不吉，起之奚爲？如其吉也，傍奚不可？』遂封掩如故，而穴其側。是夜，梦貴人峩冠緋衣，挾一玉環過，謝曰：『泉壤朽骨賴君周全，爲德厚矣。當以一奇士抱送君家，用昌君世。』因舉玉環爲贈，翁拜受之。

未幾，内人有娠生子。翁憶前梦，即以『士奇』命名，而幼小呼之則曰『環兒』。蓋即太常公云。公性專静，惟知讀書，坐而咿唔，即几席間物有取之者，若無見也。人或病其耑愚，卒登甲第至顯仕。自太常謁告歸，猶埋首著述不輟，有文集若干卷藏於家。弟士忠亦鄉進士，緋衣梦中之言，至是益驗焉。予友文若漢清，太常公族弟也，於看山次，爲予交述之。

嗚呼！今世富貴家之葬其親者，惑於庸術之論，以爲新不易得，不若用其已試，往往覬覦他富貴家之舊塚，不惜捐重金以求之。而其子孫之貧落不肖，遷徙祖骸以與人而要求厚利者，亦竟有之矣。此皆忍心悖理，而干鬼神之怒者也。司寇之法，開墓見棺者，殺無赦。夫發人之塚墓，而篡奪其窀窆，搜剔其骸骼，是干冒法紀而陷身於不赦之律者也。縱人誅不及，陰譴其能逃乎？且人各有祖，葬之各欲其安。今我以彼塚之嘗富貴也，而覬覦之，異日者人亦以我塚之富貴也，而還覬覦於我，是我與人之祖更相篡奪，無已時也。縱不爲人，獨不自爲計乎？

山水富矣，尺寸乾净吉祥之土，奚求弗得？而必忍心悖理，冒司寇之法紀、鬼神之怒以圖之，非徒不仁而亦不智之甚者也。今夫生子則必娶婦，此事理之恒也。有婦人焉，生子多而又賢貴，則人咸尊而羡之矣。而後之擇配者，乃曰：『必得某婦而委禽焉，乃可。』問之，則曰：『彼生子多也，賢且貴也。』夫彼誠生子多也，誠多而賢且貴也。然既已生矣，而賢貴矣，未論是婦者，萬萬不容覬以爲妻。即令得而妻之，而其力既衰，其齒已暮，欲責之以生息之效，亦萬萬不能矣。又奚取乎？且彼婦之多子而賢，誠足羨矣。豈後之爲女子者，豈遂皆不能生，生而必無一賢且貴者乎？亦何謬也！

夫求地於富貴之祖塚，此必得多賢子之老婦，而後聘以爲妻者也。而謂舊穸之外，必無新壤之可採者，是盡天下未字之女以不能生子，疑之而胥棄之。此予所謂不知之甚者也，此事顛倒迷悟，予所聞見甚多，雖有賢者不能不浸淫於其説。予友湯惕庵嘗作《遊山詩》若干首闢之，予爲序而行焉。因記太常公事再及之，庶幾來者有所監也。且天下之欲富貴其子孫者，得如太常公可矣。封翁一念之不忍，而遂身受其報，則天下之善葬其親者，於封翁之行可以取法矣。漢時楊震之父寶，救一爲梟所搏之黄雀，後化爲童子，以四白玉環爲贈，曰『君子孫潔白登三公，當如此環』。其後自震至彪果四世爲三公。太常封公之環乃於梦中得之，則又一奇也。

黄崗尉德報記

黄崗王氏，貴族也。其先世祖某，本徽之休寧人，仕爲某邑尉。值歲饑，流亡載道，郡縣不以爲意。尉心惻焉。會巡按御史行部至軍事登舟，尉乘間長跪白狀，固請發倉施賑。左右麾之起而不聽，御史怒曰：『此郡邑長吏事，彼不言而候爾喋喋乎？』尉哭曰：『黄人死竄殆盡，候公而活耳。某非越俎，爲數萬生靈請命也。且惟郡邑不言，某故不敢不言。今若此，復奚望焉？某且與黄人同死。』趨起向江躍入波中。御史大駭，疾呼救尉。左右泅水，掖之以出，得不死。因檄所部，大發錢粟賑給，命尉領之，其所全活亡算。尉後解任，遂占籍邑中。

未幾，有數者至，語尉曰：『子植德甚深，天之所興，然必得地爲助。江上某山有天人兩穴，天穴不可輕下，請下人穴，俾爾世顯。』遂導尉入山，指示之，已忽不見，疑非人也。尉卒後，子弟如法卜葬，漸遂昌大，讀書登仕版者纍纍。其孫廷瞻，嘉靖己未進士，官至户部尚書。尚書之孫曰追駿、追騏者，皆以甲第致位清要，人才之盛冠黄崗云。頃追騏太史遊新安，爲予友巴雯白述，予得聞焉。惜不詳其先世名諱。

愚山子曰：古名臣救荒有法，若趙清獻之於越州，富鄭公之於清州，滕元發之於鄆州，所活皆數萬數十萬，漢魏公之賑水災至活七百萬人。嗚呼！其德盛矣，彼皆高位而權得行其志者也。韓韶爲嬴邑長，以流民入境，開倉擅賑，主者争謂不可。韶曰：『長活溝壑之人而以獲罪，含笑入地矣。』洪皓爲青州録事，歲饑白郡守以荒政自任，會越州運常平米四萬斛過城下。公鎖津截留，守噤不肯，曰：『御筆所題，罪死不赦。』皓曰：『寧以一身易十萬人，迄留之。』其後太守知詔名德，竟免於坐。而廉訪使亦爲皓脱違制之罪，以功名終。韶子融官太僕，而忠宣子適、遵、邁繼登詞科，皆爲顯相。古仁人當事，急於全人之生，不恤一身之利害，無心求福，而天皆有以厚其終如此，然猶身任其職，不得避也。

今尉，巡警小吏耳，郡邑大事，守令所諱，尉可不言，即言之弗聽，奉身以退，可矣。奚至慷慨激烈，蹈不測之淵，以從三閭大夫之後哉？尉所處極難，而事之奇、功之大，皆倍諸公，宜天所以祚之，未有艾也。嗚呼！守令任一郡一邑之責，民間疾痛，若赤子之賴慈母，不止牛羊芻牧。御史奉簡書以撫釐一道，凡職關於民生吏弊，雖微細，尤將盡心。况兇饉大故，賑恤大政，在上不知，在下不聞，而痛哭繪圖，乃獨出之幺麼一尉，彼安民察吏巡方所司何事，又安用此守令爲也？後之當事，有不負所學之志者，於尉足法，而諸大吏之溺職蒙譏，抑又足以誡矣。

卷十六

霍光墓記

霍光墓舊傳在解州城外，歲久無識者，近有人掘土深入得古塚，蓋其處云。中有石碣題曰：『葬在城外，徙在城中。後世有人發此，爲我添油益封。』其隧道深處，果有石甕甚鉅，一燈青瑩欲滅未熄，視其膏已竭矣。此家駭其神異，爲市油滿注，旋加封閉，壘土而表之。蓋州城於成弘間重擴約二三里，固不謬云。嗚呼！一墓地能知其必徙，又能知其徙後必有啟者，則是千有餘年後，此城之增擴，與凡取土之家千餘年前已懸定之，術至此可謂神矣。古人中往往有此，今竟不傳，何也？墓地如此，則是凡他所爲，即莫不有數也。光之前知如此，然其家族破滅之禍，近在不旋腫間，而不能爲之計，何也？豈智有所不及？又豈數定不可挽耶？或謂輿圖所記光墓在浮山，然塚中之碣如此，當以解爲信也。

往唐袁天綱墓，世傳在袁州府治堂後，前太守享祀惟謹。有許攸者，惡而發之，得石碣云：『許攸許攸，與爾無仇。五百年後，爲我添油。』探之，果有一燈，油正欲竭。許懼，爲益而閟之，與此適類。光能知其墓之發，而天綱并能知其發者之名，則尤異也。人生則好明，故日月燈相續不可缺，死則已矣，而二公之碣云然，何也？豈地下之好乃甚地上？雖垂燼，必求其人以續之耶？

唐狀元前定記

唐狀元皋爲諸生，有聲久矣。每闈試，自謂必元，既而屢困，家又奇貧，頗懷瓠落之感。一夕，梦神告曰：『子必第，無憂。然當與鄭誠同榜。』既醒，不知所謂。未幾，鄰人鄭氏生子，夙相善，因往賀。坐中偶問兒有名乎。曰：『有。』問：『何名？』曰：『名誠。』唐忽憶前梦，艴然曰：『將無待此子同榜乎？則吾老且死矣。』然自是益不偶。

兒數歲頗穎，其父延師教之，唐輒自薦曰：『勿畀他人，致落吾事。』於是訓誨篤切，極他傳未有。兒髫髮入泮，年十八與唐同舉於鄉，明年又同聯捷成進士。而唐遂大魁，其齒已暮。後歷官侍講、學士。而誠起家部曹，年二十有二，出守兗州，稱最少。舊時同榜之梦，乃竟協焉。

往閲《登科録》載皋十赴春闈，時有『狀元荷包裡，京城剪柳多』之謡，學士大夫亦交傳之，謂皋之久困公車乃爾。及遊新安，考郡志，始知其正德癸酉舉人，中明年甲戌鼎元鄉會試皆魁列。皋嘗以解元自期，然竟失之前謡。蓋鄉試非會試也，皋家無儋石，惟教授里中童蒙，所入束修不給衣食。同里有方別者，時憐而眄之。每當歲暮，必以二三金贈，皋賴以濟。一歲方偶忘之，皋窘，除夜自往酒家貰瓶酒，因假其瓶質米炊飯。次早酒家索瓶，則又解衣更質，於是謝客不出見。方元日兩造俱辭，疑其怪己。質明候於門，皋始言其質衣狀。方立爲往取，兼贈銀粟。方故微，里中衣冠族不甚齒。皋已得第歸，諸貴遊見招，非方在坐，概辭不赴，於是争先延致，遂爲聞人。予嘗問行出其舊館處，里人爲述云云。

夫物色英雄於塵埃之中，此事古今難之。方一村氓，乃能具此絶識，其胸目之奇，豈出淮陰漂母下？唐先生已大魁爲貴人，不以方之微賤而易其素，至一燕會之必俱，其用意之厚加淮陰千金亦數等也。夫其籍諸生有年矣，乃待鄰人方乳之子以爲同榜，而唐先生竟以梦故，身爲之師，然卒與之同舉，則是數之所爲，誠非人力所能與也。而人世之貪譎躁妄，覩此可以冷然廢矣。此皆事之絶奇而可風者，因即所聞追紀之。

游孝廉前定記

天下事，有疑於無，竟有；或可一不可再，而竟以再，若天人於此，有所模仿蹈襲然者，此天地之所以奇，而非拘儒曲士之可測也。予紀唐狀元皐與鄭參政誠同榜事，復有憶臨川游孝廉者。孝廉名爲龍，字晉錫。前輩王庭大參長子，與弟爲光俱負才名，而闈試屢蹇落。一夕，梦神語之曰：『來日有同年生至，宜善待之。』既醒，言猶在耳，因告内子：『今日有客，速治具。』而身堅坐家中，驗諸友中孰造門，即所謂同年生者。日暮，無一人至，孝廉倦甚，呼酒自飲。内子出盤餐，抱兩歲兒，與孝廉東西嚮行酒。孝廉駭曰：『所謂同年生者，爾乎？何竟日無人，而同盤者爾也？』啐之而起。内子大笑，飲還更酌，盡懽而罷。孝廉後屢試皆失意，至辛卯鄉試始入彀，而向兩歲兒竟以弱冠同舉，與前梦合。孝廉嘗以語人，予友郄陸奕與孝廉世交，爲予述焉。孝廉子名柱，後登進士，今爲合浦令。

夫以父子師弟之親而列同榜，此人間極快意之事。然當盛氣壯往之時，而作與一二歲小兒同舉之想，俟河之清，人壽幾何，則又極不稱意之梦也。然卒不能有所更易，豈非天乎？孝廉以父待子，而唐先生之師弟則已先之，則天下之奇出於耳目見聞之外者，又豈少乎？

十八公記

宜黄大司馬譚二華先生綸，早歲落拓，困童子試久。其兄經爲諸生有聲，將應鄉試。村有土神曰『十八公』，忽傳乩言事。族人爲問生經此行捷否？乩曰：『譚經不中譚綸中，脱却麻衣换紫衣。』衆大怪。俄先生至，群以告。趨前再請乩，爲縷其生平宦業甚盛，括以長篇，中有『丹鳳樓前風刮耳，白羊坡上水齊眉』之句，人不能測也。

是時，鄉試尚有以白衣就列者，先生輒往，拒不入，徘徊久坐。監臨畢事假寐，恍見貢院有虎門焉。亟啟視，踞而坐者先生也。呼入，儀觀殊偉，遂授之卷。榜發，名在列，隨登甲第。歷官巡撫、大司馬，督師征倭寇，有戰功，敵聞聲震焉。世傳其威虎也，而『十八公』者常隨，先生軍中設位，嚴事之，兵機秘急，多所裨贊。

嘗與敵接，鋭甚，陣欲動，先生自前督戰，有簇批頰而過，其風謖然。收師訊地，則『丹鳳樓』也。雨後營野次已定，問坡名，以『白羊』對。先生大駭，趣移高阜，衆皆以爲葸。營甫畢而水至，向所駐處，汪然巨浸，深没項矣。蓋敵决水灌我軍也，而先生以營高處，得不困。敵至與戰，又輒勝。蓋昔所云『白羊坡上水齊眉』者，此是。

先生産譚方，距予家不百里，其軼事，里人時能言之。當時文臣立殊勳閫外，號知兵，以名壽終者，莫如先生。麾下若戚繼光、俞大猷諸公，皆兢兢奉縱指惟謹，用有戰伐，爲時名將，而不知實有神焉贊之。先生卒，而『十八公』亦逝，絶無靈爽。嗚呼！古來名公鉅卿之興樹非常於世，雖負才異，其所以然，詎不由天命哉？

史狀元前因紀

史及超狀元未生時，其鄉有老僧名大成，精勤了達，爲時所重。示寂日，見梦其徒曰：『明日於史家問我，我當生彼，一笑爲期。』次日，其徒至史宅偵探，夜來果舉一子，遂以梦告。而其家感梦亦然，遂仍其名曰『大成』云。至是及第，入詞林。未幾，乞假歸。雅志林壑，長齋佞佛，家中男女僮僕，亦皆化而蔬食。近過臨汝，爲李石臺言如是。

予夙聞麻城李長庚冢宰生時，其家見梦白老僧入室，遂以爲字。晚年留心宗乘，爲法門推倚。狀元、冢宰皆從蒲團上來，佛何嘗不富貴乎？或曰：『奈墮何？』予曰：『蓮香妙净，而出污泥。如二公者，雖墮焉可也，富貴亦何必不佛乎？』

解元杯紀

長樂李狀元騏應鄉試日，偶夜飲。歸途遇兩青衣曰：『主有小設相屈，道路非遠，肯移玉乎？』公尾之，往至一大宅，主人出肅客，筵酒既具，盤餐甚飭。公餘醉未醒，不暇窮詰名姓，輒爾漫飲。已諦視所酌杯盤，銀製工巧，色甚新，上鐫『解元』兩字，心怪之。亡何，主人起曰：『夜漏且殘，君可發矣。』公益疑，設詞堅坐，而手握杯盤極固。有頃，東方曙起，主人肴酒欻然并失。瞪目熟視，乃在山洞中，荊榛蒙密，亂石礧砢，闃無人跡。所握杯盤居然在手，遂携以出。捫崖得徑，去人村已數十里，未幾榜發，名竟第一。

鹿鳴張宴，所司鋪設，忽失解元杯盤。而笥鎖如故，吏邑窘蹙，又倉卒無從辦易。公笑顧奴子開笥出之，吏且喜且愕，問所從得。公以洞中夜飲事告。此山從前人跡罕至，自公大魁後，此洞遂傳於世，後來遊賞弗絕。解元夜行，何與洞中神事，而邀於路以飲，又爲豫竊公宴之杯盤以酌之？豈神能治具，顧乏酒杯耶？抑世所謂新貴人者，神亦炎而附之，禮若是恭耶？又豈科名固有成數，而姑假一杯以告耶？洞何地弗有，而此以李公一入遂傳，維兹名人，固神所乞靈乎？閩友李子過其地而惜其無紀，予故爲補志之。

鄒聶兩公前定紀

上高聶憲副珙中□□□□鄉試，公車北上，落第歸，牢騷不自得。至山左道中，夢神告曰：『君甫盛年，得失恒事，而鬱鬱乎？君行固當第，然君同榜領袖安福鄒守益者，方以是日生，君且小待，無庸戚戚。』憲副公駭異，爲劄記其時日。歸而訪於安福，是月生兒有『鄒守益』者乎？無也，已，一再試禮部，輒罷歸，益疑其事。每鄉榜發，輒疾索閱小録中有名姓與同者乎，無也。

久之，至正德庚午，而安福有『鄒守益』者，名在賢書高等。憲副公大喜，趨走其省寓投謁，以夢告曰：『來歲禮闈，君必作第一人，而某幸尾附矣。』鄒公遜謝。其太翁聞而大喜曰：『有是哉？兒固稚，不習四方，得君老成，偕北幸甚，敢遂相屬。』憲副公敬諾。是冬，遂與鄒公同舟偕發。明年會試，鄒公竟第一人，而憲副公中同榜進士，時鄒公年方□□。詢其生日，正山左道之日也。而自□□至是，憲副公上春官者□矣。予友仲昭郡丞，憲副冢孫也，談其事甚詳。

沈攸之有言：『早知窮達有命，恨不十年讀書。』夫名第等，而遲疾先後尚懸定，不可移易，況陞沉之分雲泥判隔者乎？而世憧憧計慮，甚且欲以人力鑽營，安冀非分，亦何謬也？憲副公秋闈得事，而鄒先生方生，其姓名榜次歷然於□□□□之先，而不能不終待於正德辛未□□□之後。自昔言天定者，亦孰有察於是者哉？

神告羅文肅公元

同邑羅文肅公玘，少時負才豪宕。學宫有尊經閣，相傳神物所居，無敢輒登者。一友出囊金與賭曰：『能獨臥此中者，旦飲爾。』公曰：『易耳。』抵閣酣寢，了無他異。逮旦，有裒而博者，循梯彳亍。公疑爲學師至，起匿之。裒博者至，顧問：『何人宿此？』有應者曰：『羅解元。』遂隱不見。公以是自喜。

文僖張公昇夫人與公夫人，兄弟也。文僖既及第歸，公與飲。行酒次，文僖應稍慢，公杯擲之而曰：『鼎甲恒耳，安知不元我也？』遂去。入北雍，爲丘文莊所知，卒冠北闈試。而其歷亞卿，贈大宗伯，名位與文僖公略等，名益加噪焉。士務自奮耳，當擲杯掉首之時，孰不謂生狂哉？卒以名顯，角重於世。彼其所挾，誠不偶哉？乃神言固先之矣。

楊倉官林廣文前定記

蔡州之戰，趙昌死而甦，夜聞點兵聲，應者千人，獨不及昌。魏舒嘗詣野人家，主人夜産，鬼謂其子當十五歲，又呼舒爲公，後事竟驗。而舒亦顯貴。由是推之，算之修短、位之榮滯，各有命焉，豈可人力與哉？

臨汝羅擣上先生言鄰人楊某，少時卧床上，房後偪山，雨久崖虚欲墮。楊聞土聲颯颯，有人叫曰：『且緩壓死倉官。』楊大驚，起，跣走。甫出户，而崖已倒壓，所卧室糜碎。楊故農家子，其後卒以應例，任某倉大使。

萬曆中，侯官林生某，負才狂誕。夜行爲群鬼所窘，窒其口以土。最後一鬼至曰：『廣文先生也，釋之。』生得脱，自念吾才取青紫，如寄廣文，奚有山鬼不識也？卒偃蹇，垂老乃以明經補漳州一小邑訓導，因嘆曰：『我不識世間乃有定數乃爾。』

夫鬼尚不能戕一廣文，則廣文以上可知。以倉官之卑而不死於壓，則凡人世之禍福，必無悮及，又可知矣。故數之在天，愚者憂之，賢者安之，不肖者衡之。憂之非也，衡之愈謬也。修身以俟，其庶乎？楊不自意倉官，而竟得之。林生之狂，幾欲奴視廣文，乃竟終焉。狂亦奚爲？而徒爲鬼笑哉！

兩副使前定記

三山之烏石臺有官園者，地荒翳多鬼，萬曆中，數生讀書其間。夜起過園，時被土瓦擲擊。或見異物，胥相戒勿昏出。有林生士標者，獨不畏。一夕自携小燈，遺溺園中僻處。方蹲踞，一鬼頭大如鼓，高二尺許，蹒跚而前，相去不能以尺。林取燈擎置鬼頭上，而遺自若。鬼乃笑曰：『相公好大膽。』林亦笑曰：『小鬼好大頭。』忽傍有聲叱曰：『此督學公也，亦相侮耶？』大頭者遂隱，林喜還語同學。後登己未榜進士，歷官雲南提學副使，如鬼言。

吾郡先輩黎公民範者，家貧，中歲試不利，益瓠落。嘗獨步自館歸，入酒家小憩。主婦方假寐，聞數鬼呵叱曰：『起，黎副使至！』婦驚寤，問姓名協，因厚遇之。自是黎公每過必入，婦知公貧，時出所有資之，後竟歸公爲繼室。公後登第，仕終雲南副使，亦如鬼言。

愚山子曰：經有之『不知命，無以爲君子』，唐李某自曉其終身當歷十州，故凡所至，攖觸巇嶮，掊擊豪暴，一無所畏。今觀兩公生平仕宦，皆於數十年前鬼語定之，豈非命乎？然則世之患得失，營營於高官厚禄，而不知休，與茅靡於利害禍福之場，不克自振者，毋乃過計矣乎？彼豈所稱知命者耶？

梦醉紀異

同郡湯恪素先生，壯時讀書齋中。一日方午，忽倦極不可支，印几假寐。梦自齋出，迤行至一塚間，踞土而坐。有兩少年具雞豚數豆酒一壺，向塚酬拜。先生取雞豚恣食，滿引數行，遂至大醉。矍然而寤，餘醺滿面。憶兩少年，固其家所用老石工了也。走僮呼至，問曰今日上父塚乎？答曰：『然。』曰：『若冠何冠，衣何衣，肴幾盤，錢幾陌，致詞何若，子父之塚狀何，若然乎？』皆咤曰：『然。』先生曰：『已知，子姑去。』

蓋自是喻其前身之爲老石工也。已，復自怪：『吾方治舉子業，而夙根薄劣如此，無乃不倫乎？』未幾，梦有人告曰：『子過去世固徽商，曾捐貲爲鄉里造橋，有大功德未報。以小失謫生石工家，又獨謹願解，皈嚮釋氏。故令生公家讀書，行當大展蘊素，勿疑。』此已故老石工，即先生父所信重者，生平端慤，佞佛多蔬食，蓋鄉之善士。先生始釋然。

先生五子皆才，長來賀，同予中庚辰榜進士，爲時名臣。先生壬午癸未亦聯第，泉石高卧。今年踰八十，貌如少壯。倘所云大功德報者耶？此事予戊子侍先生，郡中耳聞之。夫生死如輪，寧有終極？然罪福之報，絲髮不爽。今以一日之人事遭逢，稍稍乖舛，遽訾天道之無知者，亦未具達觀矣。梦中飲酒，而醒時猶醉，然則人間之時享歲祀，祖考降格恒於是焉。慎勿以爲故事，而忽之已也。

前生婦記

十年前，楚中某臬使夜梦神告之曰：『君夙生此中人也，來日君之婦將祭君於某橋之下，君其自往察之。此婦窮乏已極，宜加恤焉。』臬使既醒，詢左右近郭數里，果有橋名如所梦者。臬使心動，詰旦遂假他名以往。至近處，屏騶獨步，見一老婦登橋奠拜，其哭極哀。臬使前詢其故，婦曰：『此橋吾夫所手建也，初以行旅艱涉，因倡是役。後工半費竭，無可乞募，則盡破千金産竣之。遂至貧蹇，日益兼勞瘁過當，壹鬱以死。妾意夫生平殫精於此，死而有知，其魂必常遊於此地。故每當忌日，向橋致祭，非有他也。』問其夫死之年月日，則與臬使之生年月日合。臬使自知前身即此橋主，更加甃餙。又潛遣人取此老婦一家數口，養之署中。解任日，竟携之去。施愚山携予遊麻源述焉，而忘臬使名姓。

黄岩林公一鶚，爲江西方伯日，嘗於中元日晝寢。梦至一處，享一婦人之祭。覺而所享之物，猶格格然若在喉頰間也，其家坊屋舍亦復歷歷然在目。心怪之，呼一健卒，指示所向物色之。果於近坊得一老婦，年七十餘，祭其故夫，所焚紙灰尚未寒也。問其祭物，則梦中所見食者，問其夫以何年月日時死，則林公即以是年月日時生。公知是夙眷，嗟歎良久，爲厚贈而遣之。此事與湯恪素年伯清明梦上塚享石工之祭，醒而尚醉同。

數十年前，山陰尹張某，甲科年少。一日聽訟間，神思忽倦，憑案而睡。梦至一村，去郭不遠，中有嫠婦祭亡夫而哭之慟。尹則直入其居，據坐而食其食。已欠伸，覺喉間猶有餅肉氣味也，異之。遣一吏指示蹤跡，吏如言，果得是婦，淚猶未收。吏返命，尹呼婦至，詢其顛末。蓋爲亡夫忌日設祭耳，而其亡之年月日，正與尹生年月日合。尹傷感不已，屢向所知言之。此婦夫喪最早，年僅四十，色尚未衰。會有爲尹作合者，以意達婦，婦允。滿任之日，携而從焉。

愚山子曰：楚臬使毀産成橋，而享再世顯官之報，可以勸善。釋氏謂因緣感應，當合三世，觀之，信然也。林中丞、張令尹之夙生，固常人也，而皆顯貴，豈亦有所植乎？伉儷之親隔於胡越，生者已班坐堂皇，而哭者之淚未止。悲夫！林贈遺最當，尹隔世尋盟，自擬合鏡，然而濫矣。

繡衣僧記

予友平西陳徵白，少時嘗於山庵清齋，閉關閲釋氏教典，三月不出。一夕，梦至禪寺，有梵僧導入方丈地，極幽潔，中懸老僧影。徵白細視，白髮禿頂，而衣紅繡，絶非方外結束。梵僧指問：『君識之否？』徵白曰：『不識。』僧曰：『更認之。』徵白惘然無措。良久，僧笑曰：『此君前身也，乃不識耶？』徵白爽然，汗出浹背而醒。因自念僧矣，而繡其服，得無當於宰官中一見身乎？自是頗自期許。後登崇禎癸未榜進士，謁選得粵東潮州司李。嘗笑語予曰：『此鸂補銀帶，從蒲團上來，不盡闒七篇也。』

噫！既身矣，奚以影？既繡其衣矣，何仍禿其頂？此梦中人，以本來面目示徵白也，而不識，則真不識也矣。夫世之偃蹇塲屋者，不恨不能讀書，恨夙世之不坐蒲團。而自蒲團上來者，以數十年之静力深山，盡消之於鸂補銀帶，則又大可惜矣。然則與爲禿而繡之人，無寧禿焉，況其繡而禿也耶！

報恩僧再生記

天啟中，金陵徐國公號蓼莪者，與報恩寺老僧某善。一日，徐公遊雨花臺過寺，老僧偶門立，見其騶衛甚盛，莞然一笑，意不能無動。歸院命湯沐浴，跏趺而逝。徐公還第，忽見老僧直入府中，轉而之内，呼問不應。尾視之，則夫人舉一子矣。隨遣偵老僧狀，入府之時即已化去。此子長亦佞佛，嗣爵未幾，起送北去十餘年，以壽終。金陵人人能言其事。

噫！一笑情移，遂纏福報，悞矣，墮矣？故塵芥玉堂，土苴金穀，學道人不可有此口，不可無此胸也。

松峰僧記

予庚辰同年生陳仰滹顯際，未誕時，太翁延僧於家禮《華嚴經》。有松峰和尚者，年高有道行。經將半，舉家夜見和尚闌入内室，闃然詫傺。而仰滹生，和尚已於經堂中坐化矣。於是名之曰『和尚』。己卯錫山馬爾未北上，與仰滹同居停，聞太翁呼名，異之。太翁具以告，且曰：『吾家再世老困場屋，而是子偏爾僥倖，豈纔能使然？或者稍食僧伽報耶？』相顧大笑。是歲仰滹纔二十二，其後謁選得萊陽令。北兵入，竟死其難，蓋癸未春云。

予辛巳之官濩澤，過恒山，仰渟見訪，盤桓竟日，蓋君子人也。從緇衣來，竟以白刃解，何也？豈儒之所謂『殺身成仁者』，固亦釋氏之所寵與？

紀瞿輝老僧梦

予庚子八月遊金陵，寓南關之三忠祠。一日，老僧瞿輝設茶告曰：『夜來奇甚，梦一僧語予：「子欲題像南嶽楞伽石。慧明禪師在，盍求之。」予詑曰：「孰爲慧明？」僧答曰：「新來與子同住者也。」既覺而思：「今之同住復誰，豈非公乎？」』予笑索像，題數語應之。瞿輝有道行，方禁足閲藏，非妄語者。

噫！昔永禪師嘗再世爲房琯，然相而貴矣。五戒和尚嘗生爲子瞻，然文名而盛世矣。今南嶽遠矣，其中之楞伽石，與楞伽石之有慧明與否，予不能知。誠有之，然以慧明而爲愚山，慧明苦矣。又不南嶽，而人間慧明又墮矣。慧明負予，與予負慧明，與予與慧明交相負與？抑梦中人欲其兩無負，而假瞿輝以唤之與？真耶、幻耶？安得過楞伽石問之，因話諸因緣，事附識於此。

康進士夙因記

同籍康小范與予言，其伯父諱元積者，自幼即能知其前身事云。方誕生時，與同輩三人，皆沙門中道履堅粹者。冥王賜以進賢之冠，繡紫之衣，禮而遣之。至一橋，有捧杯茗進者，同輩皆飲，己獨疑而置之，遂從此別去。伯父困諸生良久，每談及此，輒自許曰：『吾既已紫繡來矣，閻老非謔我者。但同行二子，踪影杳絶，可念耳。』後竟登萬曆辛丑榜進士。謝恩之日，於班次中遇兩同年，面目宛然當日兩僧之與偕來者。兩同年生則惘然，想即橋上杯茶爲之蔽也。

小范云：『今世爲儒者多闢佛。學佛者亦必詘儒。門户之分，若水火矣。然安知闢佛者，不自佛中來？詘儒者，不更向儒中去乎？』康先生事可念也。賢冠繡裳，人以爲三甲第。自康先生視之，直三老僧。僧亦何負於儒也哉？

予又聞古來慧頴奇絶之士，多從空山静力中來，若王方平之爲瑯琊僧輪化，馮京之爲五臺衲子，真西山之爲草庵和尚，王十朋之爲嚴闍黎，錢若水之爲南庵，房琯之爲永禪師，東坡之爲五戒和尚，班班然矣。彼疑之者，以爲傳之謬耳。若康先生事，小范述之，予耳之，可謂遠且誕耶？雖然，以僧之苦空禪寂，即爲宰官因，則今宰官之繁華貴倨推之，安知非將來墮落因乎？一炎一凉，生死若轂，然則莫榮於儒也，即莫危於儒，自謀之不暇，而暇佛之闢乎！

卷十七

梦墨小紀

曹進士熚字爾章，本新安人。父賈陳州之某集。進士幼讀書，至年十五，父命從業而商。與同輩子弟數人卜日刑牲，締結朋侶。集中有關帝廟，各致禱焉。是夜，進士梦帝至，於群兒中，獨指進士曰：『此丁卯舉人也。』既寤，爲父述之。適有鄉先達過肆，目進士器宇秀別，問之，知曾讀書而欲輟學，因語其父曰：『此子千里駒，奈何屈之轅下？亟卒業，勿失。』父聞而喜，還令讀書如故。不數歲，補博士弟子員，文名籍甚。亡何，得心疾，且亟梦關帝再降，出笏墨授之曰：『服此，可以愈疾。』進士驚寤，摸索枕間，果得佳墨一笏，不知所從來也。如教研服，而疾竟愈。進士心荷神貺，什襲此墨，藏之秘笥。未幾，發視，則失之矣，亦不知所從去也。

至丁卯鄉試入闈之夕，此墨忽復在。進士大喜，携以染翰，甚覺文思沛達。榜發，果得隽。至辛未中禮部試，此墨始終與有力焉。進士既第，歸，詣廟謁謝。夜又梦帝以一籍示之，則生平仕宦所歷無弗具焉。進士由縣令起家，歷官憲司，南朝再擢卿貳，與梦中之册無一不符合者。巴生文白，歙人也，其家長老嘗客陳州，得其事於進士太翁之口，述甚詳。文白識之，語予如是。

愚山子曰：以童稚曹耦之中，而輒報其科名，指其年歲，斯已奇矣。梦中所畀之墨，醒竟得之枕間，以起其痼，以襄其事，則尤極未有。而仕籍縷示則又如此，帝於進士何若是多情，盼睞之殷又若是其頻，數不厭耶？此中必有大因緣存，不易測也。夫賈之子恒爲賈，當徙業廢書之日，非丁卯一語鼓其雄心，堅其趨向，進士之淪落勿論，後來省會兩榜，亦且少一人矣。一士之成就，而上帝苦心輒復乃爾，彼列籍此中者，奈何不思砥礪身名以圖仰答，而安於自負耶？

僕梦文進士第

江州文用昭進士德翼，甲戌試禮部。榜將發，與同寓堯孝廉彩臣坐話，嘆曰：

『再刖公車，費不辦矣。』從僕文星進曰：『勿憂，我夜梦天榜，主君名在第二十七。』用昭掩其口曰：『止，止，毋傳。隔墻人哂誚。』無何，報至，用昭列名二十六。文星且喜且怪曰：『我梦當二十七，今前其一，何耶？』又問：『榜首何名？』答曰：『李青。』文星摇頭曰：『非是，向見榜首雙名三字，而畫甚多。』用昭大笑曰：『榜揭矣，尚説梦耶？』

未幾，禮部以閩中孝廉顔茂猷卷全，成五經二十三篇，外簾官疑其破例，未敢謄進，因爲具請。有旨特準中式，殿試臚名二甲第一，會試録出。顔以欽準另爲一行，列在正榜之前，而會元李青反次其下，若第二十七然。彙而會之，用昭名數竟在第二十七。文星見録，點頭曰：『是矣。梦中雙名三字二畫甚多者，即此公也。李青何耶？』聞者又皆傳笑。用昭自述。

三百年會録無名姓，更列會元之前者，有之自顔君始。欽準闈試之適然相湊，更一爲二，抑六成七，無端變換，抑何異乎？數也，力安所施？天乎？人安從測？文星説梦，用昭梦説，然安知即説即梦，而説説之更梦梦也乎？

神報關進士第

用昭同榜浙江關進士人傑者，貌雄偉，面色亦如重棗，彷佛壯繆，而髯稍弗稱耳。然人以其姓，同時以『關公』呼之。曰史遷以項羽重瞳，乃指爲大舜苗裔，况君貌似乃爾。試禮闈之後，與用昭輩六七孝廉卜關廟。時日初卯，足及門而祝人迓問：『諸公中豈有關姓者乎？』人傑前曰：『身是，子何以知之？』祝賀曰：『第矣。夜梦帝手一册，云是新貴名籍。閱至半，輒解頤曰：「吾家亦有一人。」今君晨至，非君誰耶？行矣，帝言無誑。』暨榜發，關果列名中半之間，亦用昭述。

唐薛元超以不由進士擢第，爲生平三恨之一。而兩榜列名，即帝亦爲動色，然則天上之重甲科，不異人間也？帝曰『吾家有人』，進士君之狀貌，彷佛爲河東苗裔或者然與？甲科之重於世如此，而得之者或不自重，甚乃蕩劣貽科名玷，豈不惜乎？

王胡兩進士夙因記

淮安王進士克鞏，少時嘗大病。病中惝恍，若有冷風颯然而至，見一老僧前撫視曰：『吾乃爾師也，爾過去世從予學道山中。春時偶見鳥啼，爾忽生塵想，問曰：「鳥鳴有情乎？爲無情乎？」予曰：「出家人何處着情字，爾不免入生死海矣。」然予彼時發願度爾，今見爾病，特來相慰。向後尚有佳境，無恐。』病隨愈。

至丁酉又大病，梦老僧復來，以紅藥數粒與服，云今歲爾當舉矣，又輒愈。是秋果中式，至辛丑成進士。歸，明年又大病，梦老僧携數衲子至曰：『此爾師兄弟也，爾數且盡，故相接引，撒手勿滯。』又與藥數粒，服之，遽覺胸腑蕩滌皆净，益悟其夙世山中事。次日語家人曰：『吾不起矣。』遂呼親友共相訣别曰：『往因固如此，即妻子無復留戀，惟不能終事老親，爲可念耳。』遂灑然以逝。没後四方多徵其事，其兄爲述其顛末，梓以代答。吾友高郵李鏡月述。

句容胡進士允，少時梦至一禪寺。有兩小沙彌，當門迎而笑曰：『師父來耶。』胡心怪而不言，步入堂中，禮佛訖，轉過後院，深處有斗室焉。見一老僧坐脱其中，形體如故。問旁僧，答曰：『此君之前身也。』遂矍然醒。後登己丑進士，歷仕臨江知府，陞湖南道。於迎候巡方御史次，道過一寺，風景宛然梦中招提也。門有二沙彌，亦如梦所見者。入堂禮佛，所見亦如之。因問主僧：『後有小院否？』僧疑其不潔，對以：『無有。』胡變色曰：『何欺我也？』僧悚然導入後院，深處果有小室，中供一老僧主。問之，即主僧示寂師也，年已久矣。胡心乃大悟，知其前身之爲此院老僧，歸而悵悵，若有所失，遂得疾，不數日卒。李景初述。

愚山子曰：以予所紀夙因多矣，其事大類繁複，而遊歷所至所聞，日益不少，又皆目前之顯著者，可以其複置之與。學道人一念失持，遂成淪墮，情之戾於道如此，况其沉溺不返者乎？胡君數十年之梦，驗於湖南寺中，與張乖崖、蘇子瞻當日略同，無足深異。所異者胡君讀書登仕前，此數十年日在梦中，而不自知，乃更向空山古寺中尋之也。嗚呼！今貴人鉅公之得志於世，宜莫不有夙植之助。而悟者絶少，或迷謬顛倒，盡喪其故我，以墮入於不測之淵也。豈不惜乎？夙生之師友，安得盡如老僧者頻呼之，而屢藥之耶？

紀李龍孫改名事

已卯同門李龍孫雲，以尊人謙庵先生作令嘉善，從讀書官舍。夜梦張榜，龍孫遍閱無己名，但近後有吉水生『李雲』，寤而惑之。蓋龍孫此時，非此名也。未幾，先生遣歸應試，龍孫以梦告。先生曰：『幻耳。即不中，安可不試？』龍孫歸，閱吉水諸生籍，無所謂李雲者，心竊喜，是可取而代也。

是年，侯廣成先生督吾鄉學，極言改名禁。龍孫試居首列，呈請不許，曰：『知無他，然不爲子破例。』龍孫怏怏。是秋入省，將投卷矣，憶前梦，漫續一呈，得批准，因急易之，蓋八月朔云。榜出，竟受知蕭問玄先生，名次稍後，亦奇合。

夫科名得失，惟其人，不惟其名；而龍孫之名，梦中輒先更之，何也？豈名亦前定乎？名於人甚輕，而尚不偶，况重於名者乎？白水真人之秀，太原留守之淵，其先皆籍籍人口耳間，而後卒與之應，然則人之名，固皆天有以命之乎？

趙太守前因紀

近韶州太守趙霦吉者，始爲諸生，非此名。一夕，神見梦告之曰：『子之前身，里中林翁某也，以夙植頗深，今當顯貴。但名中必寓林字，始得入彀。』太守既寤，恍然憶其先世委曲，及家族親故之居里名姓。且日身歷其間，忽忽若昨日事。但今往冥茫，不敢深復問年，遂易名『霦吉』，巧藏『林』字以奉神指。未幾，遂登第，顯仕如梦。同鄉陳令升丞郡潮州，親聞於趙，此又再生一公案也。

其植於前身而顯於來世，天之報施善人，合數死生以爲斟酌乃爾。今必責之目前旦夕，稍不應，即疑天道之不可問，淺矣！『林』字寓名，天之不欲忘故，乃甚於人也。

司生奇梦紀

萬曆中，處州孝廉司言貫者，元日梦亡祖告曰：『冥曹考校文行，當及了矣，然有軋之者。秋時入省，宜以厚幣饋臬司某胥，囑其填榜時，聞唱八十三名司某姓名，即振穎疾書，勿滯呼吸，則得之矣。』孝廉異而識之。

比秋入省，漫詢臬司，書役中果有某姓名者。生飭篚往拜，不遇。則再往，最後相值。問故，生以夢告。胥笑曰：『謬矣，闈中舊例，填榜自藩司胥爲政，我何得與而能爲子？』生曰：『雖然，姑識之。』委幣而去。亡何，簽寫榜吏時，按察使屬内大僚出者，性卞倨，與藩司忤，争於監臨御史。監臨不能決，於兩司中各取數人試之。擇其書之佳者，胥竟入選。至期聞唱八十三名『司言貫』，即振筆一揮而就。主司遽曰：『止。』胥曰：『書矣。』問『書名乎？抑止姓？』胥曰：『姓名皆訖。』主司曰：『數也。』蓋時有副卷頗佳，主司欲更之，拆視卷名姓『周』，以爲但書一『司』字，則固可改而爲『周』，今書名無及矣。生既入彀，往謝胥，具言闈中試如是。

然則名次前定也，正副榜前定也，寫榜吏亦前定也。夫彼此界在呼吸之間，而生以胥疾書之故，遂爲『司』不爲『周』，豈非天乎？

試題豫知

近年來山左有李神仙者，以術數遊京師，頗能知來事。庚子北直鄉試，有兩生從占得失，且密以試題詢。李謝不知，但笑曰：『兩公皆道德仁藝中人也，無庸卜。』兩生不解。及入試，首題則『志於道』全章，所謂『道德仁藝』者寔寓其字。而兩生皆中式。

辛丑會試，又有以場題餂者，李曰：『此何敢言？但題中當有五「後」字、四「可」字，他日或驗耳。』其後場中首題乃『知止而後有定』一節，果有五『後』字。二題乃『夫子之文章』一節，三題乃『易其田疇』二節，合之，果有四『可』字，始嘆其異。臨川羅立如孝廉語予如此。

題目裁自主司，疑非可以豫定，而古來梦授神告前知，不爽如此者，多矣。然則主司且不能主張一題目，况去取乎？

伐毛洗髓

新安洪進士琮，舉鄉試良久，欲就教職。辛卯之歲請仙傳乩，問以當得第否。仙既降，無他許可，惟書『三千年一伐毛，三千年一洗髓』兩成語而已。洪得之頗不懌，曰：『前鄉試中式時，本房坐師評閱闈卷有此二語，其殆止於是乎？』次年壬辰，再試禮部，竟入彀，心怪之。及領閱闈卷，則其本房評閱中，仍有此二語，如鄉試焉。因嘆仙之前知，乃如此也。

夫科第得失，其懸繫於數，無疑也。以闈中一二評語，杳渺隔歲，之先作者與閱者皆無端倪，而其句已定。其會闈之合於鄉闈，仙又皆已豫悉而隱示之，若引掖束縛主司之心思手筆，而使其必出於此也。豈不異乎？予友程非二與進士交厚，暇日爲予道之。蓋舉其極細者，而益可以徵其大也。

謁選紀事

庚辰廷試，予名在二甲五十，當得州。念學製維艱，而讀書之志未已也。請於蓼莪先生，欲引例具疏，乞考國學，先生許之。會有以予才堪外吏告先生者，遂不許。明年春，將謁選，復請先生曰：『州治大而政繁，恐不勝。今惟兩粵上思州最簡僻，得之可以藏拙。』先生曰：『誠欲之乎？』遂商之選部。部曰：『上思荒遠，明經且不屑，奈何辱徐君？且目前甲缺州頗多，而與上思，人謂銓法何？必不得已，太倉可。』先生曰：『善。』呼予往，俱言部意。

時京師有技士號『安樂窩』者，精數學。予往問之。曰：『君缺當是南直。』亡何，遘小疾，不克赴。夏四月將選，又問。士愕曰：『固南直，又山西矣。』予謾之。比掣簽，竟得澤州。或謂州分南北，子盍前自請乎？予曰：『王命也，何敢擇？』便遂趨出。及午門，大宰李晦庵先生走隸趣返，乃念予誤得北缺，命更掣，遂復得太倉。逮夕，太宰遣隸報曰：『仍澤州。疏且上矣。』問其故。乃同選人争南缺，以予爲詞，太宰嫌其跡私，故復仍舊云。因嘆安樂窩之言爲妙合也。

夫數之所在，豈人力可移？妄意憧憧，祇自增一擾耳。又同時同門生沈方平應旦、李緝甫光熙，同謁選五縣缺，新會最佳，南昌最劇。沈名在先，經營甚力，連掣皆是南昌。李最樸，無營，名最後，而最後一籤偏餘新會，李坐得之。大令宰割一邑，此何等事，可以人力勝天定乎？沈之南昌，避之不得，猶予之太倉，太宰與之亦不得也。《易》曰『樂天知命，故不憂』，誠知命也，固無可憂也矣。

東來館紀梦

上高晏孝廉揚勳，字來捷，予鄉試同門友也，與同邑聶仲昭郡丞煒同筆研。仲昭有齋曰『東來館』，孝廉讀書其中，歲歲無間。己卯正月朔七日，孝廉與仲昭試筆爲五篇。會是夜，仲昭梦齋中懸題扁焉，中横『東來捷第』四大字，旁書『爲第五煒立』五小字。仲昭覺而大喜，謂所署『煒』者，其名，而『東來館』之捷者，必己也。比入試，竟不利，而孝廉得雋，意不懌。有同學子釋之曰：『梦固甚明，而子自謬認矣。「東來捷第」，「來捷」非「晏」字乎？晏行次煒五，人皆「煒五」呼之，爲「第五煒立」，非晏煒五而誰？』」仲昭乃悟曰：『數也，乃使我虚喜數月。』又同時館童夜梦晏聶兩人，皆乘肩輿自外至，而高蓋前導，晏蓋青，聶蓋藍，曉爲仲昭言之。來捷甲申後高隱，不赴公車，而仲昭以明經，歷官郡司馬，亦皆合。蓋鹿鳴初宴，舉子例青蓋云。戊申三月十八與仲昭談前定事，因自言如是。

『東來』本館名也，而『來捷』之字隱其中。『煒』本仲昭名也，而孝廉之行又隱其中。齋扁一題若呼孝廉而告之，而又故支之若進仲昭而驕之，而又故弄之也。與予含章伯兄己卯『聯芳』之梦同，陰陽不測之謂神，其在於斯乎？得之不得曰有命，吾惟俟之而已。

紀章生失金事

臨川大坪里章生，館於建昌縣某氏，主賓甚合，歲得束脩金二十許。一日獨坐，見所居有物如白雞者，逐之，即隱入地。章計之曰：『此伏寶也。』乃夜掘得金二百餘兩，章大喜，秘之。而詐爲家人書，以急變告，遂辭去。主人留之，弗得。又却其從僕，獨以囊負金走。迨夜入逆旅主人舍，甫釋囊，腹急痛不可忍，起如廁。良久昏墨，旅舍既衆，不易記識。又無僮侣，不知主人名姓。生意態沮澀，間一叩他人户，輒得誶唾，彷徨循索竟爽惑。至辨色，始認其處，則同舍客皆飯罷散去，而所負囊不知落誰氏手矣。生大悵怏，又不可復返。方生未行時，别取二十金着夾袋中，幸存無恙，賴此得歸其家，而館竟失。

愚山子曰：悲夫！天之巧於弄生也，使生不利此金不去館，然歲得二十金，亦可以歸矣。却館取金，而其所得之數，卒不越於館金之數，故曰分定也。且金在館，而生遇之，而因發之以携致逆旅，而卒以授之不知誰氏之人，則是生之喜爲是人之喜，而勞爲是人勞也。豈非數乎？然安知是人之得之，其遷徙幻變，不更有如章生者乎？吾師王玄衷先生與生鄰，熟聞其事，爲予言之。

紀徐蓼莪先生謁選事

天下事有以爲利反害，有心營之反失，無心反得者。予師徐蓼莪先生嘗言，其初成進士時，循次當得縣。適有浙之嘉善缺，先生利其近，欲得之。是時文網尚寬，新貴人謁選，得以所宜商選部，部許可。有同年某亦同選，偶餂先生，先生誠告之。比掣籤，先生得閩漳之龍谿，再掣如故，而嘉善缺竟不補。同年生亦引疾，先生怪之。後兩月，前同年生竟得嘉善去。乃知先生誠告之時，生心忮再謀於部，匿此缺以自爲地也。生蒞嘉善未朞月，以漕糧詿誤，被劾遂廢。而先生用龍谿最績，考選兵科給事中。

語云『福勝巧，樸勝智』，使同年生聽其自然，不忮先生，而謀之部不得嘉善，未必廢。而漕糧之誤，先生且當之矣。謀嘉善即以嘉善斥，是其竭智畢巧以攘先生者，乃所以自媒削斥，而代先生受其禍也。先生恒衷樸性，失中乃更得之，孰謂安命爲不利哉？

紀徐蓼莪先生忠諫事

甲戌乙亥間，烏程相當國，爲上所眷，臺諫論劾，輒從中下，嚴旨逮繫，死杖下者有人矣。吾師徐蓼莪先生初入垣當言事，念無如烏程者，擊之則必死。已又奮曰

『寧死耳，不可不擊』，乃具草以『十可殺』大罪上。待命之日，聞户外喧聲，或小剥啄，輒曰是緹騎至矣。久之，杳然。章十餘日甫下，得旨罰俸三月。先生驚異。偵之，烏程初得奏，大怒，商之同事稟旨逮問。上曰：『大重。』命改擬，再擬降級調外。上又曰：『重。』遂止罰俸。

古人有言：『苟利社稷，何愛髮膚？』先生之冒禍擊奸，其志卓矣。數之所存，殺之不得，降之不得。烏程之技，至是亦窮也。先生立朝强諫，前後非一事，而此舉最不測。辨死不死，禍福在天，爲人臣子其無以此貳厥心，而墮厥職哉！

揚州守前定記

臨汝先輩吴公松家故貧，嘗冒雨獨行。過一村廟，廟中方請仙降箕，忽書曰『揚州太守至』。衆愕，顧孰爲守者，出門望，則見一人徙跣擎盖貿貿然來，衣履泥漬且遍。衆揖曰：『仙云太守公，豈是耶？』公入，焚香再拜。仙即復降，贈詩推許如前。吴公後登進士，官至揚州太守。與巡按御史忤，自知分定，益簡抗不爲意。御史積怒，未有以發。未幾，按部至揚，所需員弁輿隸之屬皆自他郡攜至，凡揚所供，斥勿入。公庭謁，御史以他事詰責，故挑公，公抗聲辨答，至於牴牾。御史大恚，叱隸執公杖之。隸非郡人，畏御史，不敢不前拉公。公力孤，窘辱而出，具疏互訐，御史與守一時俱罷。明興二百餘年，未有太守受御史杖者，獨吴公。公自審仕不踰守，故不難與御史忤，卒以此廢，則豈非分定哉？

岳武穆附箕記

甲申秋，江州文用昭吏部，以郡中兵民相鬨，與督標某弁忤，一時螗沸。用昭避地新安，自謂家必碎於弁矣。會其地有請仙言事者，仙降自稱是岳武穆，用昭前問家中安危近狀。仙驟書曰『魚龍滚白浪，氣吞江湖壯。一揞土未乾，六尺孤何向。』其足末句，停乩良久，若注思者。詢之，曰『方檢韵耳。』衆皆咤愕，不解所指，尋又書曰『公家居盡焚矣，太夫人無恙，公郎無恙。』用昭益駭，比家人至，問城中居蓋如故也。心疑其誕。

又踰年乙酉三月，左帥良玉逼江州，誘督撫袁公出，羈之軍中，而縱兵大掠，盡焚官民廬舍。用昭所居皆成灰燼，獨家口以前徙免厄。而先是南都烘傳先帝太子至，人情摇惑。晉陽之甲竟藉是起。『抔土尺孤』之語微詞吞吐，至是始悟，用昭述。夫問者目前，而告者來事，武穆之忠憤激烈，雖異代如此，况當日乎？夫廢興大故，而悍如左帥直㩙虎自噬，江州燼而金陵隨之，人謀不臧，乃亦關天意哉？

黄孝廉夙因紀

新安黄孝廉一鐸，字公路，負夙慧，生平不甚讀書。爲諸生日，每常就試前一宿，閉户展《楞嚴》一卷，焚香静對，戒毋剥啄。次日入構，義未嘗不滔汨遠意也。嘗過西鄉之朱坊，有友拉同清泉寺遊眺。忽自憶前身爲寺中老僧，其途徑差别、禪房委曲、徒衆名號，一一皆周知之。又能言其所住禪室中之几榻、器物、篋中經卷，遣人索取，應手而得，無不符合。問此中耆舊，皆云當年果有一老僧，净修精潔，入滅於此，房户久闢無輕入者，故凡所存貯皆如舊焉。

孝廉舉崇禎庚午鄉試，本房座主相見，怪其文心超别，得内典之力居多。蓋夙因然也。孝廉家居邑城問政山之麓。己酉月正與吴惠公、程自光、巴雯白踏雪過門，因遂話及此事。古今耳目覩記多矣，孝廉不甚讀應制書，而於《楞嚴》得力，若絶不相蒙者，則絶奇。清泉寺之三生忽透，不其然乎？静慧所至，文豈足道？而必以帖括爲耶？

萬孝廉夙因紀

《泊宅編》載宋樞密蔡卞帥廣日，過無錫，挈家遊惠山。是日，邑人楊生與數生間步殿上，戲言曰『蔡侍郎無子，吾與之爲子矣。』卞抵廣之明年，生子曰『仍』。三歲還朝，再過無錫，忽悟前身爲楊生，能言其居舍親戚、平時嗜玩之物，因召楊生二子陞陟，問其父死日，即己之生日也。自是，二家往來不絶。近壽州庚午孝廉萬君受祺，亦自知其前身爲山東某縣人，嘗過其家識之。今二家亦往來不絶。

嗟乎！身前身後，杳渺如許，情癡者幾爲斷腸，即達觀者亦等之逆旅，要皆無可如何已耳。安得盡知其從來緜緜不絶如此也？然吾聞崇禎中，婁江某掌科者死之日，城東門外人家生一駒，腹間有字即其名焉。若此之前身後身，則又不若不知，愈也傷哉！

卷十八

鄒令訴冤記

癸未秋，延平司李程君從直指使行部至泰寧，宿公署。梦有緋衣投謁，稱同鄉生者，見之，容甚慼。問之，曰：『我前令鄒也，中某胥毒而死數載矣。以公嚴明，故特相告。其受胥指而置毒者，門役某也。』語畢大慟而去，程大駭。

翌日驗籍，果有門役某，而無胥名。問之他隸，隸曰：『數年前，曾給役此，今謝去矣。』計其時，適當鄒君爲令。程意解，立捽門役掠問，具吐爲胥毒令狀。蓋鄒初蒞殊嚴介，己廉，得胥姦利事，而未即發。胥懼，賄門役，以問毒之。問毒何物，曰：『於茶杯中着一班猫耳。』當時鄒即噤不能語，衆皆以爲卒中惡死，無由辨也。於是捕胥對質，亦具服毒令狀。獄具，駢斬本邑以狥，而泰寧所部暨鄒令家，乃知鄒君之死由此，莫不切齒恨胥，又快其報之顯速，以爲有天道云。鄒君名守常，戊辰進士，江西豐城人。程君名九萬，乙丑進士，江西饒州人，梦中所謂同鄉生也。

愚山子曰：《傳》有之『匹夫强死，其魂魄猶能爲厲』，况鄒君賢令乎？靈見自白，此以知冥理之不恍惚也。小人之敢爲惡者，謂無天也。無天而有鬼，惡亦安可爲乎？胥姦利，輕者城旦，重即戍。法未必遽死，乃以毒令故，至犯不赦，孽由自作，誰能活之！愚哉！門役之以首領博數金賄也。雖然，令亦有責，御下有道，小過當赦者也，速赦則恩明；大惡當誅者也，疾誅則蠹絶。故令出而人不知，法行而奸無所遁。今既察胥姦，而復緩之，又不爲之備，使得伺間而肆其螫。事急計生，蓄疑釀變，勢使然矣，獨一鄒君哉？

先君子嘗言：往吾邑令杜君承芳者，性嚴正，甫下車，痛絶諸役，將有所摘發。諸役心恐，共賊之。偶食於外，腹痛竟日而死。人皆知其中毒，而莫可冤詰，與鄒君事絶類。

夫小人之於君子，力不能勝，即不難以術售之。如史嵩之時，杜範、徐元杰、劉漢弼、史璟卿諸人，莫不相繼以中毒死，至堂食無敢下筯者。而我太祖之世，劉青田之智，乃不免爲胡惟庸所賊。陰狡詭鷙，視惇、卞、杞、檜輩，其技又復一變，所謂

『蠻煙瘴雨，不在嶺海，而在朝廷』，昔人已痛哉言之矣，獨胥與令乎哉？予癸未冬，避亂入閩，耳鄒君事最悉，既憫其賢，而志弗竟，又以嘆天下之疾惡嚴而防患疎者，亦復不少，爲表而出之如此。

怨婦化蛇記

數十年前，予鄉許某客豫中，其居停主婦中歲而寡，有姿色，惟一女，别無家督，而貲甚富。許利其有，與之通，且誑以喪婦，誘與俱歸，作偕老計。婦意愜，因密買舟盡徙藏篋舟中，訂期疾發。既罄矣，婦至舟所密視，復念堂中神像皆銅，不忍棄，復還取。許伺婦去，張帆疾駛，頃刻十餘里。婦攜像及女至，問舟已發，望之則在煙濤滅没中。婦大慟哭，又所藏已罄，不可返，憤恧煎逼，遂同女躍水死。

是日，許舟行數十里，將泊。即見前婦卓立波心，詈許負約，隨衝舷入問之，傍人無見是也。是後舟中嘗有一蛇出没不測，抵家，其蛇忽復尾至。許知是婦精魂所化，亦不敢擊。自是，許所居室雖極秘密，床帷寢簀以至衣笥炊甑之中，時有巨蛇轇轕糾結。許亦心懷悔懼，時時飯僧禮懺，多作佛事，及造近村溪橋，冀以自解，怪終不止。初歸時，以所得婦貲買田筑舍，驟然富，實旋復零落。身死未幾，田宅悉歸他有，諸子竟夭終，以不祀。

貪人之有，而以私誣之。既盡其藏而遂棄其身，使無所歸，以窘而死，人之無良，至是極矣。其不克終宜也。彼知□金疾棹，婦無如我何，不知婦之魂乃能晝見。波心以躡其舟，又能化爲異物以擾其居處，剪其家世，當此之時，許又無如婦何也？冥怨深沉，豈佛事所能釋乎？回思昔之詭謀，竟何益也？或曰：許之失德在棄婦，使携之歸，將遂可以安乎？予曰：不然，人之虧德漁色爲大，貨次之，污人之婦而竊其藏，是以奸濟盜獄，兩無贖也。即携之歸，天必有以報之。婦之有，非許所得有也，特無若棄其身之忍尤甚，是故報亦酷也。此事近在比里，先君子時舉爲誡，故不諱而識之。

王生負心記

月堂王生某年少，館一孀婦家，婦悦其姿儀，與通。生猶未娶，遂有偕奔之約。

婦訂日，傾藏付生，而夜尾生踰垣出。稍遠隔一重塹，生已越，念貲入橐，以婦往恐爲人所跡，遂去不顧。婦呼生，弗應，又昏黑，怯不得返，恨甚。傍邊有井，遂自擲入死。生以其貲歸，買田娶婦頗適。踰載許，夜坐，見婦抉扉入，生大懼。曰：『吾死矣。』已忽不見，而妻産一子。又歲許，婦又至，又産一女，生竟無恙。有知其事者疑之。其後子漸長，戾甚，敗蕩不可制。而女未及字，輒有醜聲。生知冤孽所由，懊憤成疾死。子賣其田舍盡，即隨死，女亦死，生之祀竟斬。

居子曰：婦相悦，而不有其躬，罪不獨生哉。然生如端人，婦雖蕩，無由致矣，罪固在生也。攫其藏而中委之，則忍甚。行如生者，犬彘不食其餘者也。或曰：婦爲生死，死而有知，宜遂殺生，而徒醜之，緩其死於十數年後，誅無薄乎？愚山子曰：以子女醜之，固甚於拉生而殺之也，而况餒其鬼也。

還冤紀異

戊戌河南汝州人李某，以事繫獄，瘐死。妻邢氏入視，見其額有傷跡，而口多絮，知爲人所謀害。因疑所怨某家，訟於官。按治無驗，已置之矣。己亥巡方至州，邢氏更疑一人，籲冤不已，因下巡道理之。時高平張蕙嶸汧視道事，知爲牽訟。正徘徊次，忽本州刑吏趙姓者，抱牘跪前，其狀栗栗。張閲詞中無吏名，因詰之曰：『吾未索牘，爾從何至？』對曰：『恐需閲爾。』張曰：『爾伺我，殺李某者爾也。』刑之不服。張命曳下，呼獄卒至，謬曰：『趙吏供此事，皆爾爲之，速吐貫爾。』刑鞫，卒不意爲謬語，遽曰：『趙吏所爲，某何與焉？』具言吏值獄受某仇家金若干，以絮填口撲殺之。卒但得金若干，俾勿言。隨呼吏質，俛首無語，乃坐吏重辟，并治卒罪，其行賄謀害之人已先死矣。蕙嶸口述云。

嘻！使吏不抱牘詣庭，婦詞中無吏名，搜索所必不到，而跡遠矣。無端攙入，已脱復罹，鬼寔弄之，何所逃也？而蕙嶸之見形察影，巧行鈎鉅，亦云良折獄矣。吏既伏法，或問『爾何以入』。曰：『方道訊時，有人耳旁聒曰：「需案牘，急速往。」』遂貿貿從之。既入，乃知誤也。夫抱牘豈無他人，何以獨入？甚秘之謀，以甚幻露之，耳旁呼者何人？則真鬼也。

冥報記

金陵水西門回子某，嘗早過江干，見有人影摇漾淺水，立而不仆。就之，則一白鬚翁，已死，裹衣甚厚，腰間繫橐藏金若干。回子喜，解其金，而推之入深波去。未幾，生一子，年十七八便大放蕩，飲酒博弈，日耗無數。稍加約束，輒狂悖無忌。一日，獨卧樓房，其母偶往過之，乃見皤然一叟酣鼾榻上。駭而返走，牽回子往睨之。回子諦察熟憶，乃當日江干白鬚翁也。驟呼，覺之，其形忽隱。回子嘆曰：『信有是哉？我不應取其金而擲其尸，今來耗我，靳之不祥。』遂以産之十七畀之，恣其所爲，而回子挈妻拆廬，别食數年。其産既盡，子亦隨死。江寧祁君求目其事，爲予言之。

取死之有，似異攫生，然當因彼之橐爲之營葬，以妥其魄，或庶幾耳。納之波中，何異擠之江上耶？爲子以耗，猶鬼之懦而婉者也。而白鬚老面，竟綻露於昏卧之頃，天之苦心垂誡，固不惜多術哉！或以爲怪幻不經，腐矣，謬矣！

十七年前冤記

萬曆末年，家伯德廣携貲市布於南豐之刋都。有盜入其居，竊銀八十兩去，衆疑爲鄰子鄧惠之兄某，鳴官繫治，竟死於獄，贓亦弗得。久漸踪露，乃知爲無賴子，姓江名轉者。

轉亦自識難容，以多金賫入本邑鄧紳天倫之家爲僕，惠等因不敢問。後十七年，惠梦其兄踉蹌至，匆匆若遠適者，語惠曰：『已訟江轉於某府，得理行械置對矣。』惠睨其兄腰間有短刃半插，蓋庖廚中所用者，覺而駭異。未數日，轉復於比鄰敖店，竊山右客布一十四尺，衆於其家搜得。轉之兄弟醜而駡之，轉愧憤。夜沽酒烹隻雞痛飲，入廚中捫得菜刀，自剄於衢，不絶。弟聞潛起□之，乃死，竟與梦合。予兒時已識其事。

竊人財而人代之死，轉於此時可謂得計，然安知斷脰之刃，有携以從者乎？閭老無知，乃聽訟宦僕詞耶？十七年之老冤，而其後必報，世之銖較目前，不已闇乎？

陰訟

王坊人王桂四者，家頗富。崇禎中以墳山事，爲其姪縣三所訟，連歲不解，破産十之八九。一日，縣三病亟，桂四聞之，忿然曰：『予與渠陽訟弗勝，且陰訟。』無何，縣三愈，桂四復病，病竟死。閲兩歲，見梦其子騰芳曰：『屢訴苦抑，頃幸見理於五殿閻羅。明旦攝者且至，爾曹可爲吾開口笑矣。』次日，縣三買一鄰人田，踏驗歸。有棘當户，拾去之，遂爲所螫。指破血濡，立悶絶死。竺由夏羲叔與桂四善，聞之其家最悉。

噫！訟之爲害小刑獄大，兵革終凶之戒，大易備矣，而桂四者，竟以是死。死而復訟不休，以必得敵而止，怨何可結乎？世之刀筆殺人者，亦知公庭而外，更有閻羅老子否乎？

婦報冤紀

崇禎中，益府内閹王某，怙勢暴横，嘗以奉命造舟，伐巨木於東鄉木稚林。村有婦方孕，哀告曰：『木不敢惜，但以近宅，於方不利，恐傷損。願娩而聽。』王怒，蹴婦倒地，趣揮斧木。仆之日，婦亦傷胎而死。王先在家，生有一子，逾年得疾。呼王對語曰：『兒無他罪，父不德累我。木稚林之婦抱兒來祟我矣，然兒死，父亦不免，在來年耳。』次年，王果又以伐木暴横某鄉，爲鄉人叢擊死。如子言。夫伐木傷婦，非王手死之也，而婦不釋，父子偕及，怨毒於人甚矣哉！夏羲叔述。

婦報冤紀

數十年前，同郡平西有揭氏婦者，性悍戾，夫死無子，與夫之弟某構難。婦固厚產，某心利，欲殺之。遂訐其陰，罪至不可赦，訟於郡。而謁其邑先輩黄門某公，囑於守，守報以法不至死。某乃與黄門謀，授意郡役於途次殺之。婦舟行至盱江驛，役捽溺之，以急病聞。守心知而不問。後數年黄門自京師歸，過駟前，猛見揭氏從波中出，披髮號詈，直前索命，遂駭仆，嘔血不止，抵家而死。

婦雖不德，然不死於法，而死於賄，固不瞑矣，能忘報哉？波心晝見，黄門之威，乃不及厲鬼也。然予聞黄門爲人，骨鯁有風裁，所戾於德，獨此一事，竟以此死。嗟乎！戾之大，又寧必多哉？

妻報寃記

檇李盛周，號文湖。嘉靖中進士。爲諸生時，人或巇譖其妻。盛不加察，輒殺之。亡何，妻見梦曰：『本無玷，若用讒殺，我必報若。』後十五年，盛纍官郡守。夜簡文書，有縊死事，語閽童曰：『縊能死人耶？試之。』用組自繫，踐椅懸梁間。童乘其懸，去椅走，盛足不能至地，氣遂絶。而童馳歸，報父母曰：『今日得報仇矣。』遂仆地，視之，亦絶。人皆怪之，及詢童之生日，即盛妻之死日，乃喻其故。

夫疑人之縊，而輒以身試，即此昏爽，魂已失矣。曳椅而走，若曰：『今而後得反之也。』歸快語而亦以絶，則奈何？天又若曰：『死童，然後知其報以妻也，而庶誠也！』

妾報冤記

平西故紳羅某，多内寵。偶有鄰人饋時果，羅未得食，一僮先得之。詰之，乃一少妾所與。羅疑妾與僮私，逼妾使縊，并縊僮，合瘞後園。踰三載，羅於燈下見妾啼曰：『妾本無罪，公以疑殺我，又污我地下，死且餘辱。急易葬，否，將不利於公。』羅大震怖，次日自往發瘞，妾顔如生。羅見妾，心戰嘔血不止，遂死。

夫美男艷姬狎闉暱處，穢亂之生，所自來矣，然盍杜其源乎？影響猜疑，遂至草菅二命，彼以殺防奸，不知殺之還召殺也。倩魂化厲，冤親之互根如此。

前生冤子

同郡南豐數年前，老生姓徐者，一旦有鬼出入，追躡其言，琅琅可聽。凡生所欲爲，以及意中藴想之事，鬼輒屢舉而揶揄之。生心惡焉，密遣其子詣上清張真人所告理。既行，鬼輒呼生告曰：『爾子止某所矣。』數日又曰：『爾子今進詞矣，幸未准，准即禍不遠。』越二日，又曰：『准矣。且見理，爾自是不得活。』又十數日，子还。鬼又曰：『三日内爾死矣，吾當與爾對簿某所。』屆期，生驟病，恍有追攝者至，遂死。鬼亦絶。

其子因言，初至真人所進詞，不肯準，曰：『此爾父前世冤子作祟，詞準，即須置對，不得活。』其子以爲謾，不欲空返。再强之，乃許。頻行，付一牒曰：『未到家，於本境社庙焚之。』及質鬼所言時日皆合，始悔嘆焉。同邑高仙木述。

噫！前世之冤，至今世尚尾逐不捨，怨之不可有如此。且父子主恩，文王敬止惟曰『孝慈』。漢武、唐玄以英察稱，而皆有父子之變，幾覆其祚。冤報無論矣，骨肉傷殘，夫豈家庭之福哉？

爲李應泰報冤紀事

予辛卯居山中，有陽城人李應泰，遣僮持小禀至，自言爲同譜李濩水蕃之姪，今客閩之將樂縣，遣使通候。予以舊部子弟，且去澤久，喜得聞彼中事，因與來往。

丙申冬，隔一年矣，有傳其爲居停主孫秀峰賊死者。予疑未信，久則蹤跡畢露，秀峰亦屢爲人所持，皆以賄脱。予鄉及族子客將樂者頗衆，憤甚，且不能無狐兔悲也。數以大義責予究詰，予念鞭長不及，姑置之。

丁酉夏，應泰同邑原柝山來守邵武，而楚黄李灄水適復備兵建寧，二君皆舊友。予以爲此可雪應泰冤矣，遂自往將樂偵察，狀愈實。秀峰且認還應泰紙四百刀，獨云應泰已歸晉，不知其死。予姑受其紙票爲質，使家升伯訟之道，詞下邵武。守拘訊，不服，復解道。道鞫，仍不承。顧其兩供牴牾，殺謀益著，獨不得應泰死處，無以斷獄。

是時，灄水恨秀峰甚，則郡按治益急。予與柝山謀，密遣役檄本境萬安寨之巡司，詢之，果得秀峰遣送應泰之小僮李某。懾以威，遂吐殺應泰者秀峰，而同行則湯鉢、陶賽目等四五人。因捕湯鉢於僻山中，得一尸非應泰，乃應泰同事范升橋者。因又捕陶賽目於最僻山中，又得一尸，刃斷爲三，瘞踰年矣。而戟髯如生，兩眸炯然不壞。衆咸認之，則應泰也。於是具獄，秀峰等皆抵辟，而予於庚子春，過陽城，復攜泰家二人至，扶其櫬歸。秀峰所供紙四百刀，自訟費外，餘以還其家焉。

夫應泰之死，似非予所宜聞，即秀峰無怨於予，而予踟躕不能已者，念應泰之所以遠交予，以予居江閩間，來往能炤盼之。今身受賊殺，形見跡露而不一問，負應泰矣。且應泰數千里外，棄妻子廬墓逐錙銖，經五六年積貲纔至數百，其狀良苦。而素所依倚之主人，一旦操刀以隨其後，據其所有，兩日之間殺無辜兩人，割折其體若封羊豕，負心極惡如此，若復舍縱不理，人間鈇鉞何所用哉？故不避煩苦爲之竟詰，非喜事也，終能得情以伏其辜，天也！

賽目本雄鷙，自言殺應泰之夜，梦應泰披髮流血，直偪卧所，大恐而寤。兩足忽驟攣，不能移尺寸。比聞湯缽就縛，亦思避匿，而苦足不能進，遂及於厄。又言被獲之前夜，復梦應泰排闥入，呼號者三，手曳纏索直前縛己。方悚慄間，而捕卒已入其户矣。故於殺謀本末，不俟刑訊，銜口直吐曰：『久知有此，何庸諱也。』

噫！殺人本以求利，今利安在？而徒陷身不赦。小人貪狠自禍，往往如此。彼秀峰者，以爲應泰晉人，殺之已耳，誰爲之訟冤者，即有之，固可以所得貨賄逆闗其口，而安知數百里外，乃有人焉出而難之，而所以致其辟者，不在三晉而在江右哉？則斯舉也，予固亦在鬼神驅役，冥報安排之中，不自知也。悲夫！應泰死三年，而家尚未知，予過陽城日，其母妻始爲設位易服向予號謝，慘動行路。應泰之賚，痛益可知矣。兩梦見厲，賊足就攣，而歲餘槁壤之雙睛尚炯炯焉，應泰亦壯男子也哉！

豕報冤記

硝石鄉人饒某，與同輩三人駕舟爲業，辛卯將送客往楚。有李某者，臨川人，最黠，商於饒曰：『此行舟闊道便，得假少貲，市物貨往，必獲利倍。』饒喜，貸於所親鄧翁得十數金，畀之。饒以事留而李先發，約於巴河會聚。李故亡賴，金入手，輒偕同輩酒樓妓館，恣費立盡。饒至，責問銀貨，則皆烏有，懟而誶語。李怒毆饒，創甚。饒鬱鬱成疾，念負鄧金無以償，又心恨李，垂死語刺刺不止。

無何，鄧翁家生一豚，馴擾異衆畜，爲母豕，産子極蕃。積數歲，收息甚厚。一日，豕卧於路，李從他所來，碍而踢之。豕睁目見李，奮起，嚙其脛骨幾折。李號叫卧鄧舍弗起，且欲發難。鄧見李創重，急惶無措。夜梦饒某至曰：『我母豕也，負公金，故生公家爲畜，今償已畢。奴蕩我金，又毆我，飲恨未雪。今又過而楚我，故毒噏之。奴不得活矣，然恐累公。公且第語以梦云，將呼我家人縛奴訟官，必懼而走，則公之禍免矣。然予亦中奴撲，傷胎，旦死，皆數也。』雪涕而寤。旦日李正哮吼，鄧遽起數責如梦語。李俛首不敢應，趣飯而去，殁於昭武道上。豕數日亦死，鄉人感其事，爲斷肉食者甚多。吾友夏羲叔述。

負金而必以身報，蕩人之金而楚之，雖入異類，仇眼不昧。然則財之重，果等於性命與，孰謂物非人。豕晝梦授鄧，獄以免，居然人也。而恩怨巧償，知慮乃更過人矣。天下有負心而不報乎？無有也。

蟹報寃紀

壬辰冬，浙省某監司署前月池中，忽有一蟹浮見水面，其大如箕，衆喧視。適監司出，問狀，遣隸捕取。隸入池遍索，無蟹，僅得一蒲槖，塊然而重。出之，中有裹屍，首體傷刃，顔色未壞。監司知是寃殺，然地廣户衆，莫可尋詰。踟蹰良久，忽問隸曰：『此間豈有地名「八脚」者乎？』隸曰：『有之。八角巷，即池畔也。』蓋

『角』與『脚』音語相叶。

監司心駭，立命軍卒遮截巷中首尾，號召鄰甲，逐户鈎考。至一家，乃是他所徙至者。其家僅有一婦，問之，曰：『夫適他客。』鄰人質其日月，頗覺參錯，索其内室，得一異姓男子，因繫訊之。果一道胥，與婦通，懼夫覺察，共殺而沉之，蒲中之物是焉。此男子者，亦胥黨也。於是發卒捕胥，胥已越境逃去，僅將所獲男子與婦論誅池上。

噫！殺人而納之池中，其謀可謂密矣！而精魂所激，復能化爲異類，以致人而大暴之。然則世之爲不善者，亦何地可自秘也？如箕之蟹，奇幻無前，八脚諧名，義工射覆，監司洵解人哉！乃地下之靈，若牖而告之矣。

騾報怨

去予家十里，有過東明者，家富。其庶弟某，貧，無賴，東明惡而斥之。弟間出怨語，欲有以中東明。東明懼，因他事訟之邑，繫獄中，遂瘠斃之。未幾，東明晨起，見此弟踉蹌入馬廄，尾之不見，意大駭，而廄中馬生一騾。東明知是弟魂所托，頗心戒焉。已小騾漸長，絶類馴可愛，東明復心憐之，然終未敢近。閱歲，鬻之近村，得厚值。騾去後，輙復潛返，見東明作依戀狀。東明忘前戒，前撫摩之。騾益弭耳踼足以聽，至於逼近，連踼之，中腹。東明悶絶仆地，良久遂殁。

夫骨肉之親，義無蓄怨，而况修怨？象不嘗殺舜乎？東明以爲弟死，吾患絶矣，而不知其身卒喪於蹄下，而不可救。人獸等耳，復何怪也！方其含忍包惡，經歷歲月，而不驟吐，故爲温輭，以妥其心；又逃歸，以致之，使其狎己，至得當而後發，遂中要害。此與荆卿奉圖，高漸離奏筑時，機態略復相似，而鷙與捷則又勝之。孰謂物之智不如人哉？

卷十九

錢司李附箕

辛丑冬，江寧董司李以事繫獄，請箕仙問之。既降，書曰：『我前任錢司李也。』錢名肅凱，以讞獄失輕，論絞死，方月許。董駭問曰：『君事何枉？』答曰：『否。我過去世嘗以私故，逼一無罪婦人死，今訟於帝。故有是報。』董曰：『弟行何如？』答曰：『某之續矣。』題詩一首而去。時董司李因逸重囚，當事科以城旦。疑未必至是，奏上，竟内駁，從重論辟，絞死。錢之死，人咸憐之，乃不自以爲，抑知其獄在此，報在彼也？然錢不死，不能知，又安知董司李之獄，不别有所坐乎？夫一無罪婦人死，而能訟其讁至是，操兵刑之柄者，其勿以人命恣喜怒哉！

猪齋公記

猪齋公者，閩藩雄弁，姓臧，名某者也，未詳何許人。積領藩貲，質□旁郡，有鏹鉅萬，艾姬四五輩，成焰翕熠。昨歲乙巳病死，既朞月，家人延僧禮懺，用資冥福。是夕，妻梦弁告曰：『我以生性貪戾，孽力所驅，墮入豕腹。今且盈歲，軀體肥碩，勝刀俎矣。主人貨我於販客，旦將置我屠肆。幸復過我門，子當念我，以贏金之羨贖我，脱我烹割苦楚。我且欲依禪舍懺夙孽，保軀命，幸甚。』妻駭眩莫測。旦將轉語諸姬，而諸姬唧唧附耳説梦，正與妻合，益以爲怪。及午，僧方嚴設召禮靈魂，花旛鈸鼓，雲擁螗沸。有客驅豕十數過門，一豕突逸入中堂，踞伏几幄之下，叱扶不起。賈客門瞰躑躅，中外鬨然。其妻追憶昨梦，出帷祝豕：『若我夫乎，曳我裾。非我夫乎，出我廬。』豕見妻至，遽爾銜衣偎戀，狀類淒咽。尋竄入愛姬室中，傍簀偃卧。其家知是主翁，换胎易種作是，顔面蒼涼竦慄，各各短氣，遂以值就客轉贖。

其故舊朋侶，麕集撫視，欲遂厥志。以壽昌地接江閩，禪刹最盛，因共資送是豕入寺安養。豕既投寺，歡喜佻馴，棲止一所，閒静蠲潔，大小遺溺皆能自遠始至，粗於啖歠。主僧偶爲陳説因果，後遂隨衆三餉。每餉白飯三盂，沃以清茗，更不他食。於時環寺遠近及黎旴人士、商旅過客，觀者日每如堵，莫不咨嗟感喟：臧公豪貴人，一旦至是。各各怖畏，生懺悔想。寺中以其狎也，直呼之『猪齋公』。

東海生曰：始予作《人彘記》，得浙僧寒空截天山豕兩事，以爲千古幻怪，一時并見，不意復有臧弁如是。何人彘之多也？天下尊莫若藩，豪莫若藩之商領，其攫利則鷙擊，憑勢則虎負，啖噬無度則鯨饕狼藉也。方且鼓翼張吻，以四方之產，廬婦子爲孤豚弱肉，刀之俎之，庸意其身之遷變，而刀俎焉不免哉？屠門逃死，生平之威力安在？而持籌布算，鈎網不休，亦奚爲也？壽昌之面孔名號，弁不自諱，即其妻妾朋侶，誰能諱之？是猪齋公之以身教也哉！

猪齋公續記

予丙午秋既作《猪齋公》，傳其顛末，得之壽昌僧之過予者，猶未悉其名。丁未夏，晤光澤鄧角公於郡中，始知其名爲臧子英，山左人。蓋藩商而僑居光澤者，其家先送此猪於邑之慈化寺。以其地近，數潛歸，歸輒入其第四妾房中，生平所鐘愛者。邑人頗嘲笑之，不得已，轉送壽昌云。

是年七月，予過壽昌，訪猪齋公所在，遇之齋堂中，昂然高腯，餘威尚可畏也。而楚雲師言猪齋公在寺，不輕出。惟數月前，津送一亡僧，忽逐隊往。以一僧前導，而已居第二。有搀越者，必嚙之，歸復如是施施，先人不欲人先之也。而近有同邑一人，嘗於有憾者，來寺索觀之，呼曰：『臧子英，爾亦至此乎？我某人也，尚識我否？』齋公勃然而怒，奮牙前薄。其人疾走得免。又一日，雲公於其食次，謔之曰：『啖多矣，淡泊叢林，安得爾許飯？』是日齋公遂恚，不復食。

予又索其弟某手札觀之，内云：先兄子英向無夙根，因是促算。舊臘禮懺，有屠脱一猪，竟躡靈案，直抵亡兄寢室，鞭策不去。心甚訝之，隨唤其人如價償，與今豢養久矣。不忍見其污穢，思得一善地安棲，非寶刹不可處。奉白金十兩，聊供一齋之資，祈大發慈憐收入，放生空院。渠倘有知，當感激再世云云。雖中微有不盡之詞，其端末大略可見。因并録之，以徵前説之不誣焉。噫！世有迷於幽明死生之故者，覽於斯，其亦可以瞿然醒矣。

張姥豕記

福州鼓山之傍，有胥姓張者，妻没，見梦其子曰：『吾以業報，墮比舍家爲豕，生次第幾，毛色奚若，爾亟爲往贖之，毋忘。』其子怪之，且試詣比舍，果有母豕産小豚，而次第膚色奇合者，遂贖以歸。居以帷簀，越數月，漸茁壯矣。復梦告曰：『家居誠善，然於意不安。爲我資送鼓山，依空門，以懺夙孽，吾事畢焉。』於時族黨遠近，無不知此豕之爲張姥者，其子亦不得諱。具油壁小輿舁之，豕施施登輿，踞坐自若。行十數里，已近寺，却復出，惟步走。其子導登佛堂，焚香作禮。豕即蹲伏其後，若膜拜然。子起亦起，見諸僧衆如之。居山甚久，適適焉，其潔以馴也。人豕呼則不應，以『張姥』稱之，嗑然響答。無何，有他所雄弁擁衆至山。僧不測，皆散匿去，獨餘此豕曝卧院中。怪問之，從者以對。弁試前呼之曰：『張姥。』豕即矍起，瞪目向弁，嗑然而應。弁竦然低首，塞嘿若有思者，良久，遂去，寺得不擾。天界笠山師語予如是云，得之近日鼓山僧。

今人之於豕，未有不羞與爲類者，姥數梦其家焉，彼固欲隱而不得也。輿而行、姥呼而應，其尚自以爲故吾乎？擇所向而必佛之依，其志與趨又何晰也？彼固胥之婦也，胥舞文弄法，以剥噬爲事，不善之習，未有不漸於其婦者。其墮而豕也，宜顧獨能不昧，以自脱於藩溷刀俎之厄，豈别有因緣，不遂爲佛之所棄乎？雖然，今之世人不能動人，而畜能動之，雄弁之鋒得僧而狂，得豕而餒，即謂姥之以異類身説法，不亦可乎？

豕而僧記

笠山上人住天界，有僧過焉，叩其學，蓋有得也。視其鼻脊之半，截然而凹若嘗經鑱斷者，怪而私詢之。曰：『嘗病死矣，其徒坐之龕中，俟三日荼毘之。而僧受生至一處，甚隘而黑。以手爬地，覺穢極不堪，注想久之，始悟其豕圈也。憤曰：「吾僧矣，奚至於斯！」遂自觸死。時正三日，徒陳設津送，舁龕以出，而師忽活。能瞬目作喘息狀，因亟返之，捧以入室，以粥飲微進。彌月，始能坐起，益奮勵參究，遂有所省發。其鼻之凹，則龕前横木棱鋭僧面，撲之正着其鼻，陷而若截，迄不改焉。』

愚山子聞而嘆曰：危哉！豕乎，使非醒而自絶，則竟矣。幸哉！其豕而復僧乎。彼知僧之猶未免而墮地，而益免焉，以不負其僧，是一圈之爲鞭策也。顧今天下之僧衆矣，其自揣能不墮者幾，既墮矣，其能如僧之絶而再蘇，抑又幾也？

青原豕記

癸卯某月，吉州太守朔日行香城隍廟，途次有豕突出追躡，呵驅雖厲，終不肯捨。守入廟，而豕亦尾至。周章躑躅，若有急而訴者，守甚怪之。斯須，有人奔喘而至，四顧得豕，亟拉之出。蓋屠家所豢，旦起將殺，而忽失之。蹤跡良久，以至是也。守悟豕依隨乞命之意，以金與屠易之，送青原飼養。

豕初至，時時竄入殿中，若隨堂然，衆嫌其穢。時木立大師往青原，爲説偈開示，遂不復入。每太守過寺，豕輒逐隊遠迎，若謝再生之賜者。太守亦惓顧，而别齋之。至甲辰秋，忽病，遂却食纍日，大吼一聲而化。木公爲荼毘入塔，葬以亡僧之禮。

丁未過姑山，爲予具述其異，此與壽昌猪齋公同，而數善備焉。逃屠而躡守，以守能生己也，擇人之智也。聞偈不入殿，知恥之禮也。感守恩而郊迎，不背之義也。

命盡忍不復食，決絶之勇也。物之性與人同如此，而果於殺，忍哉！吾爲捐金守嘉，而不能不爲操刀屠懼矣。

龍湖豕

桂谷大師往龍湖日，山下有姓季者，死而化豕。見梦於其子，贖養寺中，多歷年所。桂公時爲説法開導，豕輒諦聽，若有得焉。臨終絶不飲食，灑然入滅，見梦桂公云『將往生近村某家』。此崇禎末年事，相傳已久，而無爲紀載者。黎川楊東曦近述其略如左。嗚呼！人羊往來，自昔識之，人豕循環，近跡更章章也。人墮而豕，豕悟而人，墮固不堪。即悟不已劣乎？人之所以異於禽獸者幾希？雞鳴而起，以爲舜跖之關，猶偏詞矣？

鵝道人記

近日，宜邑黄山寺有老僧，領衆托鉢至一村，有鵝獨出群中，延頸鼓翅，追躡老僧。

斥逐不返，遂依隨出入。經歷數家，鵝主蹤跡至，將曳之歸。鵝牢鉗僧衫，宛戀可惻。僧乃捐貲從主買得，携歸寺中，唤曰『鵝道人』。道人常在方丈左右，馴暱絶類。客至，呼『道人』，則張翮軒舞若娱賓狀。所棲潔浄無污，一如人云。此乙巳年事。

鵝性傲，而草食不殘蟲豸，腹中無腥血，與雞鳧輩，遂有於陵、盍邑之别。其目爲『道人』宜，而一依桑門，永離飪鑊，則幸甚矣。彼何人斯，而絲髮靈根，不以羽族昧也？

愚山子曰：危哉，是鶂鶂也，不遇僧，奈何？遇僧而不加恤，或以爲怪，且速其俎，又奈何道人而鵝。悲夫！鵝而始道人焉，抑晚矣。

陳大士傳箕

辛巳春，江州潘生家請仙傳箕，降者爲臨川陳大士。問何自至，曰：『將踐本郡城隍任，偶爾遊戲篇詠，多不具記。』最後，生求署所居堂，題曰『四備』。生請其義，答曰：『欲君備四時之氣耳。』時流寇出没光黄間，江上時時震動，生因徧舉鄰楚郡縣安穩以叩，一一具答甚悉。後江楚大變，其所言城郭人民、殘毀抄僇、得禍輕重，一一符驗。文用昭述。

記予庚辰得第，尚及晤先生都門。先生爲予序《憩龍山房稿》，推許過當，奉教日益數。是秋，被命護同邑文恪蔡夫子喪歸，卒於道，距辛巳春纔數月耳。先生中甲戌制科，年已過六十七，閱歲而仕，止大行，乃卒，未及朞。已列守土冥中，仕宦視人間特捷，先生不可謂不遇矣。或以先生之才，宜如李長吉、蘇子瞻簪筆著作，侍玉皇香案，不宜辱以城舍之任。或曰大士負制舉業名，今天上不重科目，八股文無所用之，豈然哉？豈然哉？

咽金紀異

荊山有兩少年相友善，以畜騾送過客爲業。一日同出，去家十數里。甲偶遺於道，見林莽中瓦器露，抉之，得缶，其中燦然皆小鏹也。時方有遠適，仍土覆之，而識其上。私語乙曰：『歸，共取之。』乙故黠，既知其處，則欲獨有其利，乃托故先返。至藏金所，發覆啟土，泓然清泉而已，無所謂鏹也。心疑甲之謾己，掬少水飲之，仍覆如故。乙既飲此水，遂覺喉間有物，格格不得下，歸而大困。

次日，甲至，拉偕往發金。乙辭，甲固强之，曰：『已期子矣，無私理。』乙心知其謬，然不得已隨之。既至，出缶，精金滿貯，藏甚厚也。乙大喜過望，猖狂跳躍，喀然而吐，有物墜地，視之，固小鏹也。而缶中有銀片識載鏹數，正少其一，得此而足。乙始自言所見及飲水至噎狀，爲中析以歸，家遂大潤。時時爲所知道之，此十年前事，鄰子何君述。

愚山子曰：天下之至俗者，莫如阿堵間物，然其得失多寡，往往有神司之。至幻變不測，豈上帝所重，乃亦在於是乎？亦錢神多狡獪，故於此行其播弄，與予所聞藏金化水屢矣。於少年奚疑水之吐於喉，而復爲鏹，則非常理之所可格也。甲得金以語乙，而又待之不肯私發，友誼若此，非賢者不能也。乙忮甲而竊先之，喉金不吐，幾喪其軀，天下之貪謀詐智，果可以專其利也哉？

林司李爲城隍

林進士檀，閩中人，謁選得南康司李。將出都，夢迎者至，儓輿胥史，班列甚肅。問所踐任，則郡城隍司，非推府也，意甚惑之。抵署三日，即病。神思爽惘，頻呼左右：『爲我具精微文書。』左右以爲司道報牒，答云：『已備。』林曰：『非此之謂，蓋緊要箋表達上帝者。』眄其旁而指曰：『各屬文籍，皆在是矣。』左右不敢復對。卧簀未久，奄然而逝。此丙午歲事，楊東曦進士司鐸其地，目擊之。人苦終身不得一官，林君獨一銓兩除，至幽與明争迓，不知地下職司苦樂，孰與地上，而一家哭矣。悲夫！時銓方壅，而冥司乃更苦乏才乎？

左生不願爲人

江州諸生左子湘，少慧而美，與孝廉黄堯彩情好甚篤。亡何，夭死。孝廉家一日請箕仙，子湘降焉。孝廉疑其謾，子湘備申繾綣，兼及讌私秘昵之語。孝廉色然，舉坐爲之歎息。文燈巖吏部，孝廉親也，亦在座。因問子湘死生輪轉，無乎？有乎？答曰：『有。』燈巖曰：『既有輪轉，何不托生？』答曰：『生而無才，爲造物愚；生而有才，爲造物妒。不如無生。』

愚山子曰：辨哉！左生言與虎丘老鬼意同，豈溺於其趣而不出者與？繹其旨，似達、似憤，不暇自憐，而反爲世之生而才者憐，豈别有魂礧不自得，而賫志者與？夫情當其憤，且有蹈雍河、赴湘水，以疾捐此生爲快者，况既已鬼而肯負其才，以重遊於坎壈跼蹐之世乎？生籌之熟矣！

紀吴來之舅事

吴來之昌時之傾薛韓城也，苦未有間。則先爲其舅某，營中書内閣，以伺其陰事而秘之，謬爲親厚以餂取之，舅不察也。既得其委曲，即具列上。烈皇震怒，罷韓城歸，尋勒還賜帛，而舅亦坐累并誅。韓城相公之死，本昌時力也。踰二年，桐城孫魯山中丞弟儀之，梦中書來告曰：『已訴昌時於帝，今逮問矣。』時昌時方持朝，貴氣焰薰灼，儀之怪其無端。未幾，爲臺臣抨擊。上怒甚，廷鞠得狀，置重典，竟與梦協。同籍方密之，語予如是。

詷韓城而謀使舅，此時已殺舅矣，不俟他日之賣也。韓城之慘禍，不測出意外，而昌時之廷訊酷烈，亦更出意外。毒手囊鋒，易喉互刭，天道乎？抑人事也？予又聞昌時多才負氣力，爲文選日，驟出臺臣不職者十數人，用是攖報，百矢并鏑。其致譴，蓋不以罪，然當時無直之者，以其貪恣黨比，實跡頗著。夫人臣以身任家國，即忤俗蹈禍，若李司隸、范功曹，亦奚不可？顧身名俱喪，爲可惜耳。士欲有爲於世，亦務潔白自樹立乎？中書一梦，不見於其親知，而幻結於皖桐千里外之孫儀之，則尤異。天之告人，固於間冷處見奇與？

紀汪中丞事

汪中丞上林，歙人也，幼奇慧，七歲應童子試。太守見而異之，呼前詑問：『若口甫離乳，而胸遽飽墨乎？即八股勿論，能就一偶句，便當首録。』時中丞内衣色緑，守窺見之，因出句曰：『出水蛙兒穿綠襖，美目盼兮。』中丞隨應：『過湯蝦子着紅袍，鞠躬如也。』蓋太守試士，例服緋出，本寓嘲對，亦隱誚云。太守大喜，閱其文亦稱，遂拔入泮宫。年十三，聯捷成進士。由部郎出守兗州，年甫十八。三十致政，已歷官巡撫、都御史矣。歙友巴育之述。

往閱《稗紀》，内閣彭文憲公十歲時，與同學兒歸自家塾。值太守出，失避道前騶，執詰。公曰：『屬有所思，不覺唐突。』太守曰：『能對一句則免。』因噣之曰：『童子六七人，惟有爾狡。』公即前應：『太守二千石，莫如公。』太守曰：『句則佳矣，何缺一字？』公曰：『請賞。』守曰：『不賞，奈何？』公曰：『有賞，「莫如公廉」。無賞，「莫如公貪」。』守大嘉嘆，携入署中，禮而歸之。蓋當童子時而宰制鈞軸，進退百官之概，已見於言下矣。汪中丞之玩弄徽守，亦如之。其幼同爲守所賞，同得句之天然奇巧，成於猝應，又無不同。嗚呼！昔之名卿巨公，負才早達，以有爲於世，豈不由天縱與？

詩媒記

信州鄭閣學士以偉，先世固微，以種圃自給。公生，獨負奇志，七八歲時，父母爲議聘同輩女作婦。公泣，不肯。從問所欲，曰：『必如楊天官者。』舉族鬨然一笑，語稍稍傳播。時同邑楊公時喬，以少宰家居，有幼女欲擇壻。或謔之曰：『賢千金有人笥玉鏡臺相待矣。』問爲誰，以鄭氏子對，因大噱。少宰顧獨訝之曰：『賣菜傭有此子乎？』聞呼入，見公故韶秀。少宰一見心屬，問：『兒能對句乎？』公曰：『能。』少宰倡曰：『千年蘿蔔氣。』公隨口應：『一旦桂花香。』少宰喜見顔色，入呼夫人曰：『今日得佳壻。』夫人大恚曰：『老詩！官人女乃婦傭奴耶？』少宰曰：『非爾所知，此子當出我一頭地。』遂留止家中讀書，以女許之。公後登鼎甲，起家史館。崇禎初拜東閣大學士，爲時名臣。

周都諫曰庠，臨川人。父爲石工，執役同里舒大司寇家。偶糧絶，母遣給諫詣父索米，時年甫十歲。司寇過視工所，奇其貌，屢目之，詢知爲周石工子。因戲之曰：『米聽子負，先須一對。』時天嚴寒，給諫貧，尚躡小履，遂出句曰：『無鞋穿草馬』，俗呼芒鞋『草馬』。給諫隨應『有鬢插金花』。司寇擊節，出斗米餉之。

他日又至，司寇曰：『兒賺米來乎？再發能中，賞不止此。』時舍中奴方推礱脱粟，因作雙關語曰『礱聲一似雷聲，紛紛穀雨。』給諫注思未得，偶散行，見窗間懸鏡曰：『得之矣。』即前對曰：『鏡樣渾如月樣，皎皎清明。』蓋時正春，寓兩節候云。司寇大喜曰：『里中復有是兒？』遂令同家中子弟讀書，以弟之子許娶之。舉家不樂，而重違，司寇公意姑唯唯。至登第，始於歸焉。給諫後歷官冏寺，在言路最有聲。

東鄉王太史廷垣，幼絶慧，同族有先達顯仕，建坊里中。太史日嬉遊其間，有老石工頗知書，欲難之。時方鏤石盤龍，出句曰『鐵筆畫龍，牙爪見』。太史即應『金針繡鳳，羽毛齊』。工吐舌曰：『勉之，再二十年爲子建坊有分。』

一日讀書家塾，邑大姓汪翁有女，將與王族富家子議婚，探壻至館，富家子適不在。太史見客突至，趨躍欲出。翁奇其狀貌，捉其臂曰：『有句能對，即當釋子。』因哃之曰：『三跳跳下地。』太史立對：『一飛飛上天。』翁心駭詫，益不捨曰：『此未盡。』時館中街地偶曬酒麯三疊，翁作隱語曰：『堂下直鋪三路麯。』太史正急，適有賣糕者過，即對曰：『門前低喚一聲糕。』翁嘆服，語媒妁曰：『此即真吾壻，何他覓？』遂捨族子，而以女與之。太史少年登第，以庶常歷少宗伯，女受淑人封。

野史氏曰：傳有之『言以足志，文以足言，不言，誰知其志』？觀於三先生，豈不信與？彼崛起單寒，終躋顯爍，士豈不貴自立乎？以氏族相人者，陋矣。而兒女重寄單詞露穎，便爾破格擢珠玉於泥土，數公知人之鑑亦豈易？及於『桂花一旦』逸思翩然，而『清明穀雨』之諧，『曲直高低』之隱，雖老宿宗工猶堪嘔心腐穎，兩公乃以稚齒銜口得之，豈非天與？士安可無才？才安可以常格限與？

李卓吾讓罵者

頃錢牧齋宗伯語予云：十數年前，吳郡秦生某同載北舟中，往往罵李卓吾不置。宗伯笑曰：『卓吾非可輕罵之人也。』至京師，生忽大病，見一人前，讓曰：『我卓老也，子何人斯，而亦罵我？』生大懼。翌日，市楮幣羹飰，祭而拜之，以謝愆焉。病尋愈，語宗伯曰：『卓老真異人。』

愚山子曰：『生何前倨而後恭也？』或曰：『卓老生平罵人，死乃不許人罵，可謂恕乎？』愚山子曰：『有卓老之胸與眼者，罵卓老可也。世之罵卓老者，皆卓老之所謂「子何人斯」者也！』

兩太宰知人紀

安隱崔太史銑，童時隨父之延安州守任。時三原王太宰恕，負知人鑑。父故令衣蔽衣，作侍兒狀出見。太宰着目即訝曰：『此兒不凡，奈何令作廝役？』撤席間饌食之，後太史早貴，有文名。

近時陽城張尚書慎言，同邑王太宰國光族甥也。六七歲隨母至舅家，太宰顧而異之，摩其頂曰：『吾邑復當有一吏部尚書耶？』後竟登第，以名御史，歷官南大司農。弘光改元，晉冢宰，爲清流領袖，如王公言。前輩識鑑之明如此，而皆於童稚之日別之，知人能官人，兩太宰之銓衡克稱，此其一斑矣。

按富韓公弼，年十歲時，父貧甚，客吕文穆公門下。一日白公，見之，公驚曰：『此兒他日名位與吾相似。』亟令諸子同學，供給甚厚。後文穆公兩入相，以司徒致仕。

韓公亦兩入相，以司徒致仕，與王太宰之識張太宰絶類。所謂知人之明不可以學，不其然與？童稚如此，而況成人？孰謂塵埃中，不可物色將相耶？

尚書侍郎無姓

豐城張侍郎春世，莫知其所自出也。父無子，偶出，見樹間筐筥摇曳，小兒在焉，遽抱以歸，養爲己子。後登兩榜，廷試臚名一甲第三，官至少宗伯，而有九子，福最厚。

潞安萬尚書某，亦莫知其所自出也。父年且老，一子殤於疹，俗例：凡小兒病疹死者，棄之城隅。翌日，父思兒，遣僕往視。適有他兒微聲呱泣，蓋亦殤棄而復蘇者，僕憐而裹之歸。其父撫而子之，教之讀書，早登第，歷官大司空，已極貴，終不自知其姓。

兩太公無子而有子，奇矣。又皆名貴至列卿貳使，自生未必能如是也。而所生者，乃不得而有之，豈非天乎？往永樂中胡學士廣，亦生時委棄而轉撫者。既貴，本生父來認，廣謝不與通，以爲當委棄時，父子之情已絶。嗚呼！張萬兩公終身欲識所生，而不得也，胡學士已識而竟絶之，豈不忍哉？

金聖歎入梦記

孟津周計百令樹，磊落人也。以甲科司李處州。慕吴門金聖歎之才，恨未識之。署中館賓某生，吴人也，嘗從圣嘆遊，能言其生平事。計百益喜。庚子冬，生歸吴，計百寓書幣招之，圣嘆得書大喜，顧有以所選某書未竣，役不能遽擲。因削牘報謝，且訂來約。此辛丑初春事。

未月許，吴郡諸生以漕糧事與某邑令構鬩於撫軍所，不得直，退而聚哭學宫，使圣嘆作捲堂文。撫軍怒，以逆狀奏，内遣兩大人置獄金陵鞫之，捕諸生爲首者十八人，皆論死，圣嘆與焉。圣嘆既繫，嘆曰：『吾死當耳。以一窮生，有數千里外書幣相招之周計百，而遲遲不赴，何哉？我固當死。』七月十日，圣嘆與十八人駢斬金陵。是夜，計百梦圣嘆投謁，自起肅入。圣嘆殊不顧，且趨署中，踞案而坐，視其衣皆羽客製，而髮披散，色最黯慘。計百遽前拜之，矍然而寤，呼館生問曰：『圣嘆身材若何狀？貌髯髮膚色若何然乎。』皆曰：『然。』計百曰：『吾梦如是。』月許，始聞圣嘆死金陵事，而梦之日即論決之日。計百惋嘆，遣人至其家卹之，葬其遺骸，搜輯其詩文散佚者，梓存之。吾友方爾止自處州還，爲具述。

嚴君平有言『生我名者，殺我身』，圣嘆之謂乎？捲堂之文，豈今日諸生所宜爲？兩大人之鋒端，豈七才子之筆端可捍耶？圣嘆負才而死於才，其悔宜也。獨是聞聲相思，生重其人，而歿即襄其難，無傾蓋之歡，而情款殷於故舊。計百之憐才而俠，直千古矣。圣嘆身不能赴，而魂依之，千里鬚眉酬於梦寐。湯臨川云：人生何必深哉？

象還米價

乙酉六月，滇師趙民懷自浙潰，而西取道吾郡，留駐數日。軍中有象三四皆習戰。一日，有小販肩米行道中，象飢，就而食之。其人捨擔大哭，象注視良久，有一生曳紗衣傍過，象前捲其衣，頓抑不得去，又不加害。生駭怖欲死。俄傾，象奴至，笑曰：『此欲君償米價耳。』生乃顧失米者：『吾償爾價，請以衣質，或遂代金與。』生授之，象顧其人已得金，乃釋去。夫飢而食人之米，又横曳行路之人償之，黠亦甚矣。然其意視世之斬艾攫奪、啼號宛轉，而略無憫恤者，相去遠矣。且行者百輩，而獨執生，謂其衣之華，宜可償之。象於斯，固具眼哉！

魚擇善地

同郡新城縣近郭數里，溪深曲，界首有寺名曰『龍湖』。邑人以是溪爲放生池也，禁網罟，使寺僧主之。歲月既久，魚皆來聚。其大者至數十觔，游泳出没，與人昵狎，雖屢經漂漲，終不越界外一步地。魚豈不知江湖之浩蕩，而尺澤之局促哉？幸無網罟之禍，則苟安焉，以偷其生足矣。何必江湖也？夫擇地而蹈，魚之知亦及是也。

牛知七夕

山右風俗，以七夕爲牛郎節，凡畜牛家皆加禮，以麵飯飼之，飽其所欲。牛至是日，亦知爲己節日，得麵方飽。或投以常食，即不食。夫牽牛而訛爲牛，可笑極矣。人以成俗，而牛亦襲其謬，然則人間節候，物亦能辨之哉？

蟇知端午

蛙之長股而色褐者，其質斑駁，俗名癩蟇。相傳端午日得之入藥，愈百病。予鄉此物極多，以其不可食，無捕之者，故常交於道路。獨至是日，則皆潛匿不出，雖搜索不可得。故俗嘲人之畏事者曰『癩蟆避端午』云。然則蟲亦知有端午也，匪惟知之，又善藏之。詩曰『既明且哲，以保其身』，其斯之謂與？

卷二十

殺鰲償命

江寧南門有某回子，得一巨鰲，捉置案上，伺其頸出截之。鰲藏縮極堅，百計引誘，終不得出。回子躁疾，切齒語曰：『汝畏死耶？吾償汝命。』鰲遂引首如戟，回子揮刀斬之，有血一點濺頸間，拭之，便覺奇癢不禁，漸爾蟠起如小瘡然。久之潰散，纍纍成疽，周匝頸項，日夜痛楚叫號，膿血臭穢，人不敢近。首領墮折以死，如鰲之截斷然，人謂之『截頭癰』。此昨年事，友人於酒次述之。

等頭耳，斷以刃與斷以疽，有異乎？無異也。而筋骨離析之痛，視砧几決絕，爲尤異矣。鰲始而畏縮，繼乃慷慨無限，冤憤卒能以一縷頸血濺之，報亦異矣哉！

團魚齧足

竺由夏愛如，羲叔侄也。嘗夜梦大團魚嚙其腿，負痛而醒。次日，以嚙痕示羲叔，居然赤腫小破，流血若受物之螫。羲叔曰：『子素嗜團魚，將無示小懲乎？』飯後，果有土人送大團魚至。愛如視之，宛梦中所見者，乃麾去。自是，舉室戒不復食。

昔柳沂釣伊水，得巨魚歸家，有七歲小兒。是夕，沂梦魚以喙嚙兒頸，驚寤。果聞兒啼曰：『適一大魚嚙我。』沂舉燈視兒頸間，有瘡隱起而碎，乃大懼，投魚水中，自是斷釣。魚鱉細物，而當其困急，皆能入梦警人，以極幻之齒牙，示有形之痕跡。天下之奇莫踰是，其脱險之神，有人所不及者。夫絶嗜斷釣，衆生之獰手饞舌，佛不能禁，而魚鱉能之，可謂魚鱉非導師哉？

監斬官述

予友王錦雯嘗梦至一法場，束縛人甚多，而已作監斬官。細視所縛，似皆其所識者，然不能自主。踟躕之次，悉已屠僇，流血頳地，慘不忍目，驚怛而寤。熟思目前安得是事，姑置之。是日，有友招飲去，薄暮始歸。入院中，足踐滑液而倒，衣履皆污，呼燈燭之，血水滿地，酷若梦中所見。問家人，云方剖治大鮮百數於此。錦雯豁然始歎，夜來監斬之説，殆不誣也。自是始，相勸戒家中不復輕殺。

予覽《雜記》，有縣令薛禕者，病熱化魚，爲丞市得，刀下頸而魂始復，遂以蘇起。又有褐衣道人化齋溪村，一家以黄粱飯之。去時，慘然作詩，相戒以勿殺之意。亡何，溪中群網得大鰛魚。剖之，飯尚在腹。然則魚之去人，正無大别，聚魚而膾與聚人而劊，刃同、手同、血肉同，所分者，能言不能言耳。

先君生平奉戒精謹，傍近洿池，多湮爲田畝，廚無腥血，垂五十年。予雖不敢變易，而家貧，無從得肉食圈豕池鮮。家人窮饕，寢復不免，予不能力禁，得無亦監斬官類乎？聞王子言，而怵然有警，并述以告世。

放鱔小紀

予自幼畏食鰍鱔蛙鱉之屬，有長者以匕箸强拄，入口即吐噦，經時不得止。見諸物之爲人籠絡貨賣，則心目蹙然，必求所以活之，非有所慕，天性使然也。

乙酉四月入郡城，見鬻面者以巨缶注水，畜鱔數千百，次第烹殺，寸寸斬截，腥血流注污地皆赤，心甚憫之，欲圖贖放而窘於橐。念兩年前官澤州，嘗寄内子俸餘銀五兩，聞尚貯篋中，誠得此以快一舉，甚善。亟歸商之。内子曰：『子囊不贏一錢，而予安敢以五金費乎？以放生斯得所矣。』又旬日，入郡，攜以往，復念金有盡，而鱔之待生者無窮。持五兩之貲，以贖一郡之鱔，所濟其能幾乎？今郡伯王公，清惠著聲，誠得令出，教禁諭郡中，無得鬻賣鰍鱔，則不待贖放，而所生者不可量矣。會郡伯見過，話他事。良久，遽起别去，又不獲及。

還山之夜，内子梦中囈語咄咄不止，呼之醒，問之。曰：『異哉，適有青衣尖頂數百輩擁户而入，曰：「有急請見。」予答以他出，則憮然曰：「公既許救我矣，竟食言乎？今兹來者不止我等，户外闐擁尚數千百。」問其姓，皆曰：「黄。」問所許救何事，曰：「告公自知，不必多語。」』予聞色然，知其爲負放生之約也。今俗呼鱔曰『黄鱔』，彼云皆姓『黄』者非與？青衣尖頂，又非其形狀然耶？予向攜金往，又欲請之郡伯，而兩置之，予食言矣。

次早疾起，作劄上王公，以所梦告。王公頷之，爲下令禁捕。予又悉索假貸，合内子所有，得十數金。偏郡肆中之鱔買之，約十數萬，以舟載至章山中流放之，乃稍愜焉。

往覽《襍記》，見念佛魚、瑞像蛤、長史黿、道人鰛之類，嘆微物有知，而水族之神，其不可測如此。然或疑之，以爲其説出於婆心救世之人，而傳聞之過，不無增益假謬。今求救之鱔，見於内子之梦若是，豈不信與？夫人之需粒食，爲免飢耳，即雞豚家畜，尚以爲宜加節省，不忍以己之口腹傷物之性命。况蔬肉而外，又復旁搜異類若蛙鱉鰍鱔之族，斬之臠之烹之臘之。甚者以數十性命充一盤盂，以供其饕餮，謂之不仁，不亦宜乎？使吾庖廚中終身無此物，食未嘗不甘。使天下市肆中永斷無此物，祭祀俎豆未嘗不恭，賓客燕會亦未見不洽也。願同志者思之，家居即不能斷肉食，斷宜謹持殺戒，以體上帝好生之意。出而服官，亦以仁民愛物爲先，務於屠宰戈獵，一切操毒害之器，以殘物命者，嚴令禁止。則一日之間，所生已自無限，况卒歲數歲以至於終身乎？内全一己之仁，外消舉世之孽，報施在天，又不必問也。予有心而無力者也，謹識其略，以告當世仁人君子之權足以生天下者。

戒牛廣紀

予友夏羲叔爲予言：『庚寅三月十六日，與二客會飲法華庵，盤餐中有牛肉。二客皆謝不食，予獨恣啖。退而自慚，生平頗識净因，奈何此物戀不能斷，反出二客下。夜遂梦一道人，羽衣翩躚，手一編示予，蓋上帝戒殺文也，予拜而受讀。其説甚詳，大指以人物一體，天道好生，爲言又縷及於嗜殺之禍。道人因勸予長斷葷食，予對未能。則曰：「朔望素，可乎？」予許之，遂於次月初一始，舉家持朔望素。是夜，梦有人引至一處，盆簝肆列，腥血狼藉。問之，曰：「屠牛所也。」舉目細視，有大牛蹄懸壁間。每割一臠，則牛隱隱長鳴一聲，慘不忍聽。予矍然既寤，汗浹於背，因嘆曰：「牛既死，而魂尚痛乃爾。」自是，始絶牛肉。』

服耕竭勞，反遭殺戮，諺亦有之『人不仁，殺耕犢』。食其力、食其肉，常誦此言，覺天下食牛之人，非但饞忍，直負心也，其愆戾宜在啖割百物之上。且人日食百物，而復不能恕，此一物何與？今世儒者多闢禪，有言及戒殺文者，必笑以爲腐謬，而不屑讀，不知上帝亦有一篇如此。《易》曰『天地之大德曰生』，傳曰『萬物并育而不相害』。彼以殺生食肉爲能，守聖人之訓者瞀矣，且萬物所仇，上帝所怒，而尼山氏獨許之乎？

屠牛紀報

金谿，石門巨村也。有張老者，業屠，畏人巡緝，則於所居屋後院内置屠場。場傍小樓，起居在焉。早暮牛至，亦皆於此私鬻，蓋有年矣。一日五鼓，家人聞張老雄聲遠應，若有人呼之者，但曰『來來』，如是者再。已，遂聞張老窸窣起應，聲益急，群以爲此與鬻牛人期耳。已，又聞梯間撲跌聲甚重，似楚而號，嗚嗚弗絶。驚起視之，則見張老僵伏在地，屠刀穿其脇，血流似注，氣息湧沸，若牛之受鎚鑿者，不復能語。

踰時，遂死。偵之户外，固寂無一人也。此數年中事。同里何仞千，以武科授江寧衛弁，與予寓鄰，爲言如是。

同一刀，而牛以是解，屠亦以是刺，屠操是以斃牛，不知其終之，還自斃也，是亦商車、周甕之類也。且屠固日夕下上於斯者，不有呼者，奚由起之，不有擠者，奚由而墜焉。鬼之深情於屠而弄之也，可悲也，夫可畏也夫！

人頭蟹

維揚吴翁某，家計故饒，飲饌豐腆。平時烹宰之多，亦固其所。一日宴會，殺蟹甚衆。夜梦巨蟹無數郭索前擾，一最大者，竟作人頭，獰狠相逼，意甚惶迫。覺而異焉，遂戒蟹不殺。他日偶殺雞充飪，夜梦群雞盤旋飛啄，視其頭皆人也。覺又異焉，因又戒不殺雞。嗣是魚鱉鵝鴨之族，凡數梦，梦中所見，其頭皆人，則又次第戒之。最後梦猪，猪之首益龐然若偉丈夫，於是并戒猪肉不食。今長齋入道矣。予友許師六與此翁善，述其異。

夫物形雖殊，其性則一，其入梦之幻，爲人亦固然矣。何魚蟹之細而亦如是，又自魚蟹雞鴨以至大豕，種種各見。一人入其梦中，若怨而逼之，又若是而警之也。翁之夙分，殆植於净業者深，故隨類示現，各有人焉提唤之也。孟子曰『人之異於禽獸者幾希』，予亦曰『禽獸之異於人者幾希』？夫人殺禽獸不忍也，人殺人又忍乎哉？

嗜鱉紀報

儀真某生性嗜鱉，每食必設，非此不甘也。鮮俎之外，又曝其肉，乾之，以供他出不時之需，平生所殺，不可數計。本月内偶市數鱉，中有一極大者。家人疑非常，不可食。生笑曰：『吾腹中消磨此輩多矣，愈大益佳，奚不可？』趣飪以進，飽啖之。次日，胸脇間忽作痛，上下尺許，頑硬如石，不可屈伸。久之，漸成鱉形，首尾爪足隱躍皮裏。捫之，蠕蠕欲動。醫藥百計不效，遂痛楚以死。此旬日内事，予友許力臣語予，而諱其名。

《易》有之『惡不積不足以滅身』，古凶人禍機，伏在一事，罹在一日，其所以然，非一事而一日也，成於積也。生嗜鱉耶，時有一鱉存其胸中搜索，刀俎之不少恕，而其慘毒之積亦已久矣，蓄久而洩，鱉乃直入其脇，以甘心焉。蓋今而後，得反之也，而或以爲物之非常者，乃能殺人，則未盡然。夫積於毒也，孰與積於仁也？庚戌中秋日，記於廣陵旅次。

食牛紀報

岐亭張孝廉某之父，生平喜自殺牛，而選其肉之美者以食，孝廉不能諫。一日，父繫牛户外古柳間。問孝廉曰：『此牛似堪耕作，殺之乎？抑留之乎？』孝廉未應。夜梦一人長跪床前，求救甚迫。孝廉驚寤，恍惚尚有所見，然不解何故也？次日，父復問，孝廉又漫應之。是夜，復梦人求救如前，孝廉終不解。於是父殺牛，割肉煮之，遣婢持餉孝廉。甫進一箸，其肉横鯁喉間，欲吐不得，欲咽不得。孝廉大困，延醫療治，終不可豁。孝廉始憶連夕見梦之人，即此牛也，而已不能救，甚自怨悔。且懟其父，然已無及矣。孝廉竟病，咽塞而死。此崇禎十年事。

或問東海生曰：父殺牛而殪其子，無乃謬乎？雖不救，猶未至操刀也。曰：不然，殪孝廉，此所以報其父也。且牛連乞命，而孝廉置之死，而遷怒情或然矣。其縛柳間，牛也；其跪床下，則人也。又可謂牛之不人，而殺牛之罪，不等於殺人耶？嗚呼！事當死生呼吸之際，旁一言替之出則生，臾之入則死。其生其死關於旁人之一言，則其感恩銜恨，亦將不在是人，而在從旁一言出入之人矣。當其間者，其可無重念乎？又豈徒一牛乎？

鬼畏戒牛人記

予里新豐吴某者，少與鄰子合貲商販。鄰子客死，吴以道遠，爲焚其骸，罌貯以歸。一夕，舟中飯次，旁忽有聲索食。聽之，鄰子也。自是，每飯必爲别設。鬼亦忖忖至，若故侶然。有所往，必先告語。吴初甚怖惱，久亦漸狎，問其意，曰：『欲附載歸耳。』一夕，晚泊某大鎮岸下，鬼來告：『村中有大懺事，放施斛食，我當往。』斯須遽返，吴怪其速。鬼曰：『此家壇宇虔潔，有神捍之，謂予生時多食牛肉，羶穢猶存，遂見阻截。』吴駭然曰：『神惡食牛若此，予生平此嗜不免，今當斷之。』遂肅默告天，誓戒牛肉。鬼忽悵惋言别，吴詫問，曰：『子心想戒牛，吾不得復近矣。』自是遂絶，吴遂戒牛肉終身。此二十年前事，吴與内弟潘蔚文善，爲予述之。

昔縉雲管樞密師仁爲士時，正旦夙興出門，遇大鬼數輩，形狀獰惡。問之，曰：『疫鬼也，帝遣行疫人間。』管問：『吾家有之乎？』曰：『無。』問：『何以獲免？』曰：『不食牛肉。』夫一不食牛耳，而疫以免，然則食牛之家，固鬼之所藪而赴也。

往見《稗説》，山中婦有爲魅攝者，居處極高之地，樓宇敞壯。魅日飛空，下遊徜徉閃忽，辰出酉返。一日獨晚，婦詰其故。魅曰：『頃有修行人過此，彼精持五戒，善神呵翊，予不敢近。故稍回翔，以俟其去。』婦問：『何名五戒？』魅旁誦之。婦因默然禱『使我得離此者，當持彼戒』。魅遽反走，曰：『奈何心變？』婦曰：『無之。』魅曰：『爾心矢持戒，善神且至，予長别矣。』婦益禱，魅走益疾。良久諦視，乃在古樹巔穴中。伺人至，號之，得挈以歸。婦一念持戒而魅離，吴生亦一念戒牛而鬼絶，善力之及人如此，况精勤積纍終身弗倦者乎？

縱屠得遺記

同邑夏生駿聲，年少有才致。今歲春，一日坐家中，偶見青衣數輩入，迓曰：『某所有小職事，煩君署理。』即共取長褶衣被之，冒頂以幘，群擁而去。生懵然不復自省，經涉頗遥，若躡風霧。至一公府中，有衮冕人據案決事，儀侍熠赫。青衣入報，有敕命生給事門下，司名籍出入。已遂見其父蓮，生服仍儒，素若入謁者，見生，囑以敬身守法。俄頃，有隸領一鄰子至，赴生登記，遂驅之入。畢事而退，僵已半日。家人環守，率以爲痰疾也。生微語其故，遣人至鄰子家伺之，哭聲殷户内矣。

自是，日每一往，執事無異。一夕，有屠兒至，請曰：『欲解一牛，假君後店，取其静秘。』生曰：『可。』翌旦，遂有數卒械生而去。入見主者盛怒，罵之曰：『爾名隸吾庭，而故自捍網乎？』生謝：『無有。』主者曰：『太平婦人訴人殘其母子兩命，主口者，爾也。』遂呼婦見，舉體浴血，抱兒悲訴。生不知所對，王命褫生衣幘，大杖抶之，中其膊間，負創而返。自思所歉，惟假屋殺牛一事。遣問屠子，果母牛而腹有胎，已垂産矣。始悟抱兒婦人即此，但所云『太平人』不可解，豈此牛前身婦人，屬籍太平府耶？生受杖，後背骨如折，抶痕隆起，數日方愈。自是，絶不復往。每遇陰雨，膊間便覺骨楚隱隱。生有所知王生，爲潘蔚文述其概。

噫！鼓刀者屠子，而婦人之訴乃及夏生，爲其於與殺也。王豈不知殺由屠子，而重譴夏生，爲其明知而故與也。禮宥過之條，一曰『愚蠢而監守自盜，加常人一等』，然則令之讀書知禮義者，其律身可僅以常人例乎？

雷震屠牛人

乙巳六月初十日，雷震一姓鄭人於郡城河東浄土寺。時群聚者數人，鄭有侄亦在。電光中見一朱衣手幟前驅若婦人者，以幟擬鄭，雷隨擊之。又於額巔書一『雷』字。此人素不孝，昔歲業屠，每於佛殿中宿火煨牛肉，啖食無忌，其得譴宜。或又謂此家多無賴子，慣囂訟嘬螫鄉里。雷恐人死，必且貽殃於僧，故書『雷』字，以豫杜之想當然，則吾盱假命之害，雷亦宜且知之，且怖之，况細民乎？

屠牛紀報

洛陽趙二，素業屠。一日，買一牛飼之，家中詰朝將尋斧焉。牛伺二去，忽潛逸至府城隍神座後夾壁中，蹲伏不出。二遍覓不可得，越兩日，偶有人入廟見之，告二。二走視，果己所買牛也。曳之出，牛雙淚兩下，僵立不肯進，夾道觀者見牛情狀可憫如此，疑別有故，爭勸二捨之。二牽愈力，牛愈奮躑，以角抵二着壁間，氣甚惡。旁人鞭撲良久，方得解。趙二傷脇，益怒，以繩纏其足斃之，剥其蹄肉，烹以巨釜。與兩子一女環坐釜傍，益薪守火。釜正沸，二起提轉其肉，蹄重大擊釜如礮，湯忽湧溢四射，子女三人皆頭面焦爛立死。二中其下體，肉皆潰，病數日亦死。於是嗣絕，此牛之肉竟不得食。族子客洛中，曾親覩之。

夫牛畏死，而能入神廟之夾壁以遯，其靈真不異人。當之者可惻然矣，胡必殺之乃快哉？釜中一礮，舉室盡焉，鑊湯之威，固不下斤斧也。且人有生而謀之，其途亦多矣，奚必斤斤屠殺於肉林血海中作生涯，不但忍甚，而亦且愚甚也，噫！

不食牛報一

公安之袁，望族也。先祖名大化者，其副室余孺人樂善好施，嘗勸大化焚債券之貧不能償者以千計，尤嚴戒牛肉，遇人必勸。有鄰近子販牛殺賣，孺人呼至，以金贈之，而勸其徙業。生子士瑜，封翰林編修。孫宗道會元，侍讀。宏道、中道皆進士，有大名於世。孺人壽踰九十，尚及見之。曾孫彭年，進士，太僕卿。嵩年，舉人，兵部主事。人文於楚，稱最盛焉。

不食牛報二

秀水包孝廉世傑，歷官泗州知州，全家不殺生，不食牛肉。嘗刻《耕牛苦歌》編傳以勸，所至多從之者。其子鴻達，中萬曆己酉順天解元，聯捷進士，官兵科給事。壻陳萬言，中癸卯浙江解元，己未進士，官翰林編修。子壻兩解元，一時所少。

不食牛報三

嘉興庚辰同籍高君承埏者，其家先祖銘『舉家不食牛肉』，子孫世奉其訓。生子文登，隆慶丁卯舉人，官州守。孫林封，工部郎中。曾孫道素，萬曆己未進士，官工部郎中。道淳，恩貢，署丞。玄孫承埏進士，官工部主事，以正基重皆舉人，其嚴持牛戒以世，而科名之盛亦世。

不食牛報四

先府君諱德耀，字養貞，生平持殺戒謹，不畜牲物，惟一雄雞司晨而已。見有以生物鬻者，即爲買放，不惜價。家居嚴禁獵射鳥獸，及採釣蝦鱔者，不得入境内，有則必斥逐之。時時教人勿殺生，勿食牛肉，又嘗作《屠牛》《戒牛》兩歌勸世。不肖芳兄弟，童稚時即諄諄以仁民愛物之理宣示，又禩舉其報應之顯著者，故不肖兄弟亦恪守罔敢失，前後六十年庖廚無鮮牲牛肉。

府君壯時，嘗梦至一宫殿，身衣朝服，隨衆舞蹈。其後芳歷官吏部文選郎中，府君以覃恩，貤封如之。適迎致在署，例應朝謝，班列之際，所見宫闕殿陛，皆昔之所梦者。而先兄諱英，亦嘗以明經典籍國子，雖放廢，餘生不足道，而府君之躬行善，而身受其報則於于公高門之應，今古有懸合者。因次不食牛報，附及以質於世。

戒牛説

放生戒殺，人以爲釋氏之言，此殊不然，人自不察耳。子輿氏有之矣，君子之於物也，見其生不忍見其死，聞其聲，不忍食其肉。不忍者何，仁也。仁則不忍，不忍乃所以全其仁也，其於死不忍，則凡可以求其生者，無所不至。其於食也不忍，不忍必不食，雖有食焉者，寡矣。而况嗜之且殺之？釋氏之言戒殺言放生，不過曰人羊往來輪迴可畏耳，而吾儒之言直反而質之，吾心以觀其自然惻怛之性，天下之言有如是其深焉者乎？

語人之至者爲聖，傳曰『聖人以天地萬物爲一體』，『一體』云者，言物與我無二也，體欲其全，則物必不欲其虧也；體欲其安，則物必不欲其危也。今也取衆物之身，而烹之割之，以適吾口，猶取吾身之四體而烹之割之，以飽吾腹也。『一體』之義，安在乎？釋氏之言放生言戒殺，又不過曰蠢動涵靈皆有佛性耳，而吾儒之言直舉而屬之，吾身以爲生則同癢同疴，殺亦自烹自割也。天下之言有如是其痛焉者乎？所以古今論至聖者，必曰堯舜，其誦之者必曰如天，曰好生。何謂『如天』，萬物并育之謂也。何謂『好生』，萬物一體之謂也。其見於《書》有曰『疇若予上下草木鳥獸』，又曰『暨鳥獸魚鱉咸若』。言草木，則天下之植物備矣。鳥者，飛之概，獸者，走之凡。如魚如鱉，水族之纖碎，又具是也。天下之動物亦止此數，而聖人之心，無不期於咸若。推是心也，聖人之於物，無一或忍其死，即無一不樂其生，又可知也。

而世不察，以爲釋氏之教，吾儒所不道也，日恣睢於饕餮之途，以肆其殘毒，而不以爲非，此亦於與不仁之甚矣。放生戒殺於物，既無不該矣，而吾獨舉一牛，無乃隘乎？非隘也，物之有功而無罪者，莫如牛，宜吾之首及也。人生一日不粒食則飢，數日不粒食則死，死生之於人亦大矣。試問此食之所從，果隕於天乎？抑芽於地乎？採於山而釣於水，竭手足以自爲力乎？是不然，欲穫之，必耕之，欲耕之，必非人能耕而牛代之。相與犯霜露，暴風日，耐飢困，忍鞭箠，窮朝昏，努筋骨以啟此土，而插此穀也。苟無牛，何有耕？苟無耕，何有粟？故夫田之所以得墾而無荒者，牛之力也。人之所以得食而無死者，亦牛之力也。

生食其力，而死復殘其軀，此心何心，能忍之乎？以爲忍，則何所不忍？古今來貪暴凶殘、亂臣賊子之事，何一非忍心爲之？以爲不忍，奈何忍其所不忍？人生渴飲飢食，物物皆可養生，何獨於牛而津津不置，非丈夫也。人生工賈商農，事事皆可糊口，何獨戀此屠牛之業，而忍爲之？以有盡之生涯，結無窮之冤債，非仁人也。則反其所忍，以全所不忍，在一轉念間耳。轉念如何？殺牛之人謂物無知也，但一念人人畏死，物物貪生，則好殺之心，自爾悽然，不忍殺，竟不殺矣。未見殺之之人皆富，不殺之人皆貧也。食牛之人取味之適也，但一念過喉三寸，百味皆空，則好食之心自爾索然不忍食，竟不食矣。未見食之之人皆飽，不食之人皆飢也。

從此事事惻隱念念擴充，以不忍食一牛者推之，物物如是，漸淡漸減以達於自然，以不忍殺一牛者推之，物物皆然，自悟自懲，以破其結習，即古聖賢好生之仁，萬物一體之學，當不外是。予獨憫夫牛之多功於人，而不免於死，而世之忍於殺，且食者比比也。爲俚歌以喻之，而廣其説如此。昔東坡作《戒殺詩》，岐亭化之，多不食肉者，以吾所言不食牛尚有肉可食也，知其從之易也。

屠報一

予鄉陳某，業屠，生平所殺不可數計。辛巳，遘重疾，彌月求死不得。一夕，語子曰：『亟取血盆一，吾所用縛豕繩一，屠刀一，置吾前，吾待此死。』子不得已從之，操刀捧盆置卧榻前，以繩加其衾。斯須，喀喀作聲，若豕之就屠然，遂死。語有之『君以是始，必以是終』，豕非三物不死，而屠之死亦必需之。冥中倘有所用之哉？

屠報二

予鄰余某亦業屠，晚年喉間病一瘡，洞見肺腑，不勝痛楚而死。死後喉間血哆然，酷與猪死時肖。君子曰巧哉，瘡之生於喉也，是亦刃也，則亦屠也，而亦豕也。

二十年前屠

予族人某，壯時嘗業屠，後因先君子言悔之，遂斷葷酒十數年，用以自懺。彌留之際，忽代作人言，若詰責者曰：『爾以晚歲斷葷爲善耶？不記二十年前鼓刀時乎？』遂不起。噫！過而知改，宜可贖矣。如所殺者何？是以君子貴慎初，毋曰今姑爲之，而後悔之。二十年前之屠，寧非屠哉？

屠誡

沁水武威村有李某者，以屠豕作生涯，家用頗給，享年亦高。三子亦皆習之，人疑報之爽也。數年前忽病死，少頃復甦，疾呼三子，囑曰：『速改業，向見閻羅以我殺物命多債，令逐一償之。此網何時得出，我逝矣，爾曹誡之。』言訖而瞑，三子大懼，今皆易業。曹惟允述。

今世以豕爲業報，而不甚憐惜，即殺之食之者，亦共以爲當然而無罪。然李屠之責償，竟如此矣，則以爲殺與食之當然者自判耳，閻老之判不爾也。又雲程張翁言數十年間，渠所見鄉中之屠宰若轉販牛豕者，凡二十餘家，多不得其死。今皆無後，僅兩人有子，亦奄奄矣。然則嗜殺之毒不止及身，而且殃其後也。豕尚如此，而況人乎？

和岐亭戒殺詩

開筵敞群饈，沸鼎調衆汁。己箸腥已饜，刀見血猶濕。百手媚寸舌，過咽復何得？口腹我誠貴，性命彼亦急。可憐無罪死，圈豕與籠鴨。況復羅水陸，殺氣充帷幕。以此豪杯酒，共傳顏一赤。彼族亦有神，沉痛魂仍白。頃者百六遘，斬殄多冠幘。豈盡□□□，都不聞鬼泣。或然冤憤積，此報亦難缺。薺鹽原可老，浮生如過客。共忘海客機，坐使鷗群集。

其　二

萬類同軀膜，我身亦滓汁。性即别靈蠢，生無殊□濕。若但强食弱，推此何弗得。昔年山左飢，啖割互相急。膏臠溢衢肆，價反遜雞鴨。比歲豫章圍，雀鼠竭廬幕。數萬丁男血，盡向錡釜赤。至今官路旁，拄撑骨尚白。每念推刃慘，怒髮起衝幘。豈知物命等，但少死時泣。感此酸心脾，遂覺庖可缺。何用媚神鬼，終不費賓客。酌水與蒸瓠，古人事亦集。

其　三

嘗聞坐化豕，净眼吹香汁。又聞念佛魚，清梵吐微濕。一虱一佛子，恣殺安可得？羲皇教網罟，原爲偪人急。養老或雞豚，亦不及鵝鴨。山林尚解網，屠斬肯在幕。古聖藥饞病，如去眼中赤。遠庖充不忍，黑業漸化白。天淵富魚鳥，放眼時岸幘。但令馴雉雊，無使枯魚泣。東園芥孫長，吾飽仍弗缺。烹食遞循環，傷哉五鼎客。君看腐鼠傍，鵷鳳幾曾集。

其四

脱粟亦有香，藜羹亦有汁。奈何肉食子，饕如蠅聚濕。腹膈群穢肆，何庸較失得。畋山潛靈駭，網水螯龍急。豪暴鬼所鬫，豈待算帳鴨。猪齒與蛤介，皆爲瑞像幕。始悟大宋蟻，全活等蒼赤。鳥獸期咸若，古訓殊質白。開籠送雪衣，叱奴解終幘。我推異類恩，彼免同群泣。好生吾黨事，瞿曇補其缺。殺活皆此手，忍爲屠劊客？净業免自種，至道將來集。

褻嫚戒一

洪孝廉步虚，歙之桂林人。暑月讀書真武閣，偶爾燈滅，乞火於神前龕中，下體赤露不及裳也。斯須就寢，梦有神赤鬚朱頰，捻梃逐之曰：『何物小生，敢爾無狀？』

生迫而伏地。梃揮欲下，忽關帝至前，以手格之曰：『生罪應殛，念名在桂籍，請曲宥之。』朱頰者止。既醒，則身已離床，僵伏地上，如冰矣。因大駭，悔以語同學諸子。是後生果舉鄉試，而不得第。蓋帝之愛惜人才如此，然則今之司文衡者，其果帝與？一行失簡，罰幾隕身，可畏也夫！

褻嫚戒二

陽城郭谷陳庶常長公，與同鄉數紳讌集海會寺，有浮屠勢極高壯。長公酒後與諸公挾妓同登，諸公皆下，而長公獨與妓遲留。良久，不免狎亂。斯須還就座，遽覺神貌皆異，呼輿疾歸。諸公挽留之，長公曰：『再滯，予將不得返矣。』於是群掖以陞。寺去莊二里許，未及入門，已軟僕輿中而卒。長公父道莊侍御，舊與予善。己亥春過陽城，長公招過其家，止宿石魚閣數日。是秋，長公遂舉進士，讀中秘書。甲辰遇同邑張生於三山，詢長公近狀，言猝變乃爾，爲之歎息。

夫清净禪刹，原非肴酒喧呶之地，而况登浮屠以恣蕩佚，其爲穢褻亦已甚矣。少年情性豪宕杯勺之餘，奚所不至，而竟以此蒙不測之譴，惜哉！

張生又言潤城村中有古廟，祀神甚肅。十年前，里中一生偕鄉人携妓酣飲其中，酩甚。客散，生擁妓於神前之案席宿焉。次早，扉久不啟，家人入視（底本此處有缺頁。）

卷二十一

義犬記

采石有某大姓者，家畜舟，募水手撑駕，以是取利。有徽商某，於其家僱舟，載米往吴門糶之。價適騰貴，二三日即盡，獲利且倍。趨還，再販至京口，前船尚在，附之歸。水手問狀，知其槖之豐也，心利焉，商不察也。

將發舟，適有縶犬過者，商憐而買之，置舟間。是夜，阻風野岸，將就寢，水手執商索金，擬刃之。商乞免不得，則曰：『幸以毡衣裹我擲江中，即以此葬。』許之。商落水，犬隨躍下，啣其衣不釋。毡既輕厚，又犬曳與俱泛，遂不溺，得泊蘆汀淺處。

質明，有漁父就汀，脱衣而網。犬驟至，啣其衣走。父追去，見有赭然泊者，解之得商，息猶未絶，以火煦之，良久而甦，自言爲舟子所害。又詢知犬啣衣狀呼，視則已登舟買放者也。商感嘆，因憶舟阻風行難，而已由陸路，可先達采石，亟携犬往。

至則舟尚未到，商入見主人言狀。主人曰：『毋喧，藏我家中，俟至擒之，聊以自明而贖過也。』數日舟返，主人伏勇士室中，呼諸水手入，勞以酒食，問商所在，皆謾應。出商質之。水手知變欲走，勇士出，盡縛之，送官論死。仍於舟中得原金焉，商乃攜犬歸徽。此崇禎戊寅年事。

夫水莫大於江，而犬毅然赴之，當此之時，急商之難，不復自計其生死也。而幸而得泊，則待旦以守之；知漁父之可告，而遠不能語，則啣其衣以致之。濟奇變於呼吸之頃，運精心於絶續之際，忠以誠全，膽由識出，犬於此，真不凡矣。今之詆人者曰犬，則勃然怒，即人莫不甚之。至如此犬，豈人所易及哉！雖然，商不贖此犬，必長委逝波，不惟金不可還，身且不復有矣。犬之報商，商之仁有以致之也。吾故樂舉以誡人之負恩，而又爲好生者勸也。

孝牛記

高郵菱塘鎮南，農人姓喬者，家有母子二牛，以其母鬻於屠。屠縛牛將加刃焉，忽小牛從數里外奔馳來，向屠屈雙膝而跪，若乞哀狀。屠不顧，轉身他向，仍擬揮刃。小牛又急轉，迎屠者面，再屈雙膝，淚簌簌雨下。旁觀感愴，責屠之不仁，共解其縛，勸屠勿殺，乃置之。予友李鏡月，有祖墓在鎮南之神居山。主僧慈明談其事，乃與其所知張斗藩，捐貲買此二牛，屬寺僧養之。待其死，埋之山中，勒石表之曰『孝牛塚』。鏡石語予云，此丙申年事。

人之靈迥絶萬物，或不順其親，見父母之急而避之，自爲身計者，不少也。而蒙昧若小牛乃能赴母之難，以乞哀於屠，雖攖其怒不避，卒全其母，『孝牛』之稱宜哉。此爲人子者，之所當愧且法，而猶有操斧斤以向之者，真鬼神之怒所必及也。屠之必禍，而其嗜之必宜絶也，聞『孝牛』兩字，可以愴心而決矣。

黄安豕記

丁酉冬，黄安人有畜豕者，夜梦皂衣人告曰：『某以夙業，墮身異類，然心常不昧，自知悔惱。且君嘗負予銀六兩，明日有禪客至，吾欲隨之入山修行，君幸以此銀相資，得遂夙心，感甚。』主人醒而怪之。日午，果有僧來募，問之，乃接天山也。主人異其符合，告以梦，止僧宿。凌晨具飯一盂，至圈前呼曰：『孰爲見梦欲入山者？趣飯，偕往。』數豕中一老者獨出，啖飯畢，即躡僧行。主人因以六金資僧，具舟載此豕至山中，置石崖下。每日如時能自就食，溲溺皆知出向他處。崖内净潔一如人居，口中出入嗚嗚似念佛者。有過而訊者，輒仰腹相示，其黑毛純密，中間白線横斜，岐合正成『人』字。予過麻城，黄安人謁是山者，娓娓言之。

往閲《清涼山志》，有異僧致書□□，豕因而立化，心頗疑之。謂天下頑冥垢穢，無踰於豕，菩薩雖慈，未必肯身入其中若此也。及讀晁補之《猪齒臼像贊》，乃更竦然嘆菩薩之至仁，雖頑冥垢穢有如豕者，仍不惜身入其中，以化度之，乃至齒臼之中瑞像在焉。則何物類中不有菩薩，又何物類可不以菩薩待之，恣其屠裂烹割乎？人以豕視豕，故殺之，不疑菩薩以人視豕，故身入其中不惜。即是推之，人殺一豕，菩薩視之無異殺一人也。推之，凡物與凡所殺，莫不皆然。人奈何虐諸物，而不知止哉？

往時吾郡南豐鄉，有豕見梦主人，謂夙負其家若干，今爲豕償之。主人覺，送之僧寺，十年前尚在。而予族中有業屠者，一夕將寐，見人跪床前求活，自言爲豕。蓋畜類中之不可測，往往然矣。或曰晚矣，天下之能修行者人，人不修，而豕修之，亦無及矣。予曰然亦猶愈於終不修也，且今天下之知修行者，人而不修也，而豕修之，又可笑乎？蓼庵子曰：人修不若豕修之能暇也。

人指猪紀

閩中黄圯人善丹青，居金陵天界寺。側鄰有屠子宰一豬，分裂已畢，脱其前蹄，兩爪中并有五指，森然皆人。此戊戌年事，圯人親見爲予言。

史記隋開皇末，渭南有僧行法場圃之上。夜有大豕與小豕十餘，謂沙門曰：『阿練我欲得聖賢道。』又有客人家寄宿一豕對語，一曰：『歲將盡，阿爺欲殺我，何處避之？』其一曰：『可向水北姊家。』因隨去。明日失豕，客告主人，如其言覓之，得二豕。夫聖賢何道，而豕能知之。又知歲之暮，而求庇於其姊，則其知覺喜懼，一一皆人，不但十指之似以爲異也。

往聞有屠子宰豬，豬狂踴不受縛。一比丘前，代捉其足。屠子曰：『阿師亦爲是乎？』比丘曰：『是物可恨，兩隻脚兒不修，四隻脚兒挣命。』屠子感悟徙業。若天界寺側之豬，則固兩隻脚兒者也。惜不令天下人共見之也。

媪雞紀異

予幼時，伯母潘孺人有所厚母家老媪，死且久矣。一日雨晦，孺人自内出，見前媪立外庭門限上，姿貌歷歷。心大駭，以爲鬼也。趨就視之，其形漸隱。立門限者，但一老母雞耳。孺人心知雞爲媪後身，謹護不殺，竟以老死。

按釋氏有輪迴之説，以爲人之情生而戀其親，没而不舍，則其精魂還生其家，業力所驅墮爲異類，亦時有之。人不知而以爲家中孳乳之物，宰割烹飪，漫不爲意。彼既化爲異類，口不能言，而聲又不類，含怒抱痛，變親爲冤者，蓋不少矣。如雞之爲媪，豈不然耶？假令媪之形，不幻見於陰庭晦雨之中，則直以爲一雞，而不免於烹鸞，亦已明矣。是孺人殺其所厚之内親，而不自知也。然天下之物，既已化爲異類，而能復見其本形者，少矣。而藩籠之畜，免於烹鸞，百不得一，使復有如媪者，生於其間，其化親而冤，安可知乎？殺可不戒耶？

昔縣令薛禕病熱未絶，魂入水爲魚。漁人得之，禕呼訴官職姓名，不應。持入縣，縣丞遣隸市魚。禕呼隸，又不應。將入庖，庖人捉向砧間。禕又呼，又不應。乃奏刀劃然，而禕以寤，呼問丞，魚尚未入釜也。魚可化，何物不可化？當其呼訴不應時，痛憤當何如哉？而市且殺之者，見爲魚，不見爲令。然則天下之殺，而呼而不得應，銜恨以死而終，莫之知者，獨一薛禕魚乎？殺其可不戒耶？媪已化爲異類，而能幻見其形，以免於刃，偶耳，雞中之最僥倖者也。

羊求救

白門王錦雯爲予言，兩載前，其内子夜梦兩人跪床前求救，云是母子。内子以不知，謝之。則曰：『明旦當死，屬爾夫爲政，夫人力可相救，否則夫人亦將不利。』内子駭詫，然終不解所謂。次日，外廚置酒宴客，婢子來言殺一羊，腹中有羔胎，將産矣。内子始悟，夜來所梦母子兩人，即此物也。嗟歎良久。一二日間果得疾，幾於不起。自是舉家矢不殺焉。

古有通禽語者，牽羊入廚而鳴不已。問之，曰：『羊言腹中有羔，幸分娩而死。』主人遲之，是夜果産一羔。嗚呼！身且死不自憐，而憐其腹中之子，豈不悲夫？此刀寧忍，操此肉又安可下咽耶？錦雯之内子失救，出於不知，而危病之侵，若巧符其入梦之語。彼屠割取利以血肉，媚喉舌而不知饜者，安得無報乎？

羊求救

數年前，太平劉進士餘謨者，夜過蕪湖，梦一人跪而求救曰：『旦日且死，惟公憐之。』既醒，不解其故。已乘輿過街中，有羊奔躑而至，口銜輿之前帷，群從笞叱，固不肯捨。劉駐而撫視，正疑訝間，一人周章馳走，見此羊，急曳而去。劉問之，曰：『此家畜也，垂刲而逸，尋幾遍矣。』劉悟爲梦中人，給值買之，送興國庵中長養。隨自至庵，話其委曲。是時，壽昌其天和尚正住是庵，爲予道之。

往聞羊就死多長跪哀鳴，若乞憐者，然終無一免，固緣定業，亦人忍寔甚，利在金錢肥甘中矣。誰復反毒，爲慈恤其悲切而免之也？此羊知劉公之可告，先申以梦，又銜帷以致之，遂以出險，優游禪刹，可謂知矣。子房謀略冠一世，椎秦之中尚誤中副車。燕關鬧地，車馬紛錯於道，而此羊所詣輒合，略無爽失，豈不異哉？

人言雞記

往牒所載識鳥獸言多矣，而人言者少，若張聘之牛、渭南沙門之豕，則人言矣，然傳述既久，或以爲怪誕不經，而莫之信。天啟中，叔父育貞公客豫中某鄉鎮，比舍有老媪，貧甚。偶縣隸公事至，晚餐罷，媪私語婦：『明旦無從得肉，家中母雞哺雛已成，且殺以飼之。』隸卧草房不寐，夜半微聞隔籬啾唧聲。听之，若老婦訓誨兒孫且永訣者，曰：『雛將至，我死，我死無憾。惟憐爾輩未壯，爲人欺侮，慎之，尋常勿出户，怕有人害爾。我死，爾輩須和氣，勿自啐啄。』言訖，嗚咽而泣，久之乃寂。隸怪之，詰旦問媪，隔籬夜來何人絮語。媪曰：『無之，空院耳。』隸自走視，見檐下雞窠母雞擁雛十數，僵伏不動。捫之，已死矣。媪大驚，具言欲殺餉隸之意，隸亦具述所聞。

蓋雞聞老媪之言，懼而自絶，訣其雛而叮嚀之也。於時，聞者感歎，共取此雞埋之。而隸與媪家，從此斷殺。

噫！雞，物之至微耳，乃亦有母子之愛，臨終綣戀顧慮，不忍割之情如此。未論其言人、泣人，叮嚀告誡，無一不人。其知難之將至，早自絶以免於刃，識與斷亦不下人也。夫人之殺物而食之，無所憫者，以其頑然無知，且非我族類也。今既莫非人矣，則其殺之、食之，去人一間耳。人可恣索以爲吾之口腹地乎？

又聞之先君，萬曆中潞藩好珍玩，宫中有行殿，廣羅文禽翠羽之屬，籠曳之至數百種。一日獨步入殿，籠中忽齊聲作人言曰：『放了我罷。』王大驚，乃盡解而釋之。然則天下鳥獸，無不解人言者，但不激則不出耳。雞語而叮嚀嗚咽，無一不人，視公治長成仙子之所聞，又有進矣。而得之家育貞公之目擊，可謂之傳述怪誕不經者耶？

雞道人紀

乙巳夏，江寧鄉有村婦宴客，捉一雞殺之。雞忽作人言：『願見郎制院，有所陳訴。』鄉人駭異，共止不殺。事聞郡縣，取雞赴院驗之。雞見郎，人言如故，云夙負人債，故墮爲雞。又嘗學道，故不應死刀俎。今無他求，請得入九華山修行，於願足耳。郎令縣遣一隸送山中道院養之，凡謁禮至者，争索一見，呼『雞道人』，則戛然而應。如是兩三月，有弄之者以常雞并置籠中，雞道人怒啄之，立死。又復作人言：『此間鬧甚，非所宜居，爲我移入天台山中。』識者以爲然。又如其言，移之天台近地山名，去九華二十餘里。徽人汪士林以乙巳七月入山，猶及見之。

愚山子曰：以覺道人而不免於羽族之墮，豈不嚴哉？雞而人言，固類妖。然其知有制院之郎，而求見，知九華、天台之爲佛地名山，而願往，則已居然人且慧矣。又安得以羽族待之？故知天下之物，其性未有不同於人者也。而能言者少，此其所以終見殺也。嗚呼！天下變日甚，而奇亦日出，以予耳目所及，有『豬齋公』『鵝道人』『鱉先生』種種矣。而今復有道人之雞，禽獸中之五伯一何多哉？彼亦烏知其非有耶？

人化牛記

高平縣民李官者，生平奸惡無行，人畏而恨之，樂其有禍，年六十竟以壽終。鄉人惑之，以爲無天道也。已，殯將葬矣，忽聞棺中勃踤聲，若動轉者。其子以爲父且復生，啟視，則其身軀手足皆化爲牛，但頭如故，矍然欲起。其子醜之，亟掩棺加釘秘焉。棺内喘吼，尚半日不輟。親族在傍見者，皆掩口胡盧，復心嘆以爲有天道。此崇禎中事，近修縣志者，於勸誡編中特列之云。

夫死則已矣，而又故生之，以啟其藏而彰其醜。化牛之辱，雖有孝子慈孫，百世不能改也。且夫以人死以獸生，又人其首而牛其軀，以墮入於非人非獸之列，官於此時，雖欲悔之，亦晚矣。其子活之，而不得也，豈不悲乎？

鱉先生記

江村汪氏，新安北鄉故族也。有一生，家中以巨缶注水，養大鱉於中，已數年矣。

一日薄暮，客來頗衆。生念詰朝無以爲款，當殺此鱉。是夜，客中有最長者，梦一人方巾青袍跪而求救，客謝不敏。方巾者曰：『非敢他煩君，但不惜一言，足相庇矣。』客許諾，問何名。曰：『鱉先生也。』次早，汪生家中人向缶中捉鱉，已逸去，遍覓不得。此客知即夜來之求救者，當在己室中，因招主人入索。果得之地板下，遂烹食之。是日在坐諸客，凡食肉者皆病鱉疽，惟此負諾之客，疽生胸前，正當要害，不可藥治，瀕死自悔不救鱉先生，致受此報。洪敷皇述。

缶中之畜能知難，而避之房中，又能入梦以乞客救，靈亦甚矣。觀其方帽青袍以先生自命，非水族神物，則夙世之爲文人貴客，未可知也。既不見庇，又牽引而下之石，是名負心。夫負心之人，其罪皆不容死者，奚論人物哉？奚韋澳救洛陽就烹之黿，感胡盧生導，見報以生平祿壽，其稱曰『元長史』。高門華室，居然貴人也。水族之有神如此，夫元長史尚能録天曹之文書示人，鱉先生化疽厲客，亦奚怪乎？

雞老人紀

汪扶升之母方孺人，性不好殺。家畜兩雞，且老矣。一日，梦白鬚老人跪於前曰：『殺了我罷。』孺人驚汗而覺，不解何異。數日，又梦如前，孺人應曰：『俟吾家有不速之客，即殺爾。』夫其時，意中若悟其爲家所畜也。又數日，汪太翁客歸，梦如之。翁謝曰：『爾人也，我豈無端而殺人耶？』旦日爲孺人道之，亦終不解何異。午後，乃有一老雞自死棲塒中，因悟頻見梦者，即此雞也。其迫於求死，殆數之將盡，而知其不免也。孺人終不殺，而聽其自斃，蓋全其仁矣。幼時伯母潘孺人，嘗見雞立門問狀爲老媼，予志之。今又爲老翁，其墮愈深，其細愈甚，可悲也矣。

雞鴨逃死

辛丑五月，金陵南門外十里鄉中，某莊民家有公差至，將殺一雞餉之。雞忽匿去，若喻意者。或曰：『鴨亦可代也。』已鴨又匿去。遍跡之，則鴨在田間深草中，口啄雞翅，若牽而曳之出者。雞則堅伏不動，狀甚惶蹙，交紐弗釋。其家怒雞之黠，捉烹之。公差甫進一臠，其肉忽塞喉間不得下，又不可哇吐。困病之極，有性命之憂。延醫療治，終不可解。時已兩日矣。楊子開生偕予看山牛首，有蒼頭至，言其事。

雞之遠匿，爲畏死也。鴨之啄雞而曳，爲其累己也，此與人情何異？此等靈異酸楚之肉，亦可以廢箸矣。而竟殺之，啖之，此家之手何辣，公差之牙齒心肝，何其銛且毒也。饞夫熱債，慈氏痛鍼并征於喉間寸臠，獨物怪也與哉？

救蛇免厄

從姑之東崖舊有虎豹關，郡城吴生讀書其中。一日，聞山中喧甚，視之，田夫方逐一蛇，鉏擊之。蛇巨，甚急，無所避。生止之曰：『蛇未爾害，殺之奚爲？其捨之。』衆諾而散。夜半，有家僮至，叩户洶洶。詢之，曰：『主母暴患心痛且垂絶，需歸一訣。』生踉蹌去。次早山上人報曰，生去後山中風雨大作，關後巨石崩墮，正壓卧處，窗牖幾榻皆爲齏粉。生以行得免，而妻之病，殆歸則已瘳矣。

嘻！使生不夜歸，則必碎巨石下矣。然使生之妻不暴疾，疾而不甚急，生亦必不歸。巨石之厄，無由免也。暴而疾，疾而且甚，以致生之驟歸，而石始墮，而生以免，妻之疾又已失也。或曰好生所感，或曰蛇之神爲之。夫生脱死之奇如此，即欲不歸功於蛇之神與好生之報，豈可得哉？陶西之口談。

殺生罪家長

嘉興有懷翁者，家富。歿後，鄰居吴老人死三日，而尸不寒，因未敢殮。及甦，自言曰：『初有獰卒押至法曹上，坐如王者，傍一人執簿問曰：「汝壽未盡，何遽攝至？」卒復押而出。顧見懷翁着械而來，迎謂老人曰：「吾家殺生甚衆，罪皆歸我。今受報百端，惟設大醮或可解耳。歸幸爲我言之。」老人曰：「君家素不信此，當以何質？」翁曰：「冥中無可券，但吾生平所積悉已語之。惟夾屏風中四百金，兒輩不知，以是爲徵。」』吴頷之，以告其子，得金如數，乃爲作醮懺謝。手殺物而身其報，於法宜耳。今乃坐及其主，所謂家人犯法，罪歸家長者，冥律亦如是乎？然則生之不可多殺，爲家長者，不可不知，爲富貴家長者，尤不可不懼也。

熟螺噛人

數年前政和縣有林翁者，勤劬善作家。每旦無事，必走田間拾取螺螄，隨其多少分給其子媳，如是已久。閩人食螺，恒煮熟以手抉而吸之。一日，林翁持一大螺正吸未得，其唇忽爲螺口所噛，悶痛欲絶，百計脱之不得。自知業報，焚香禮佛懺悔，願舉家長素，以贖前愆。又使引刀於螺與唇相銜處，割而墮之，血肉淋漓，用藥敷治，旬日乃愈。邑人聞林翁爲熟螺所噛，罷市往觀，自是亦多感悟不食螺者。而林翁舉家從此素食。

噫！螺噛人，生且不能，而况熟乎？噛而不可脱具，何神力若是耶？唇間之刀，小懲大誡，是又林翁之幸也。

殺犬之報

崇禎中，臨清富人龔某，每以參湯煮粥飼犬，使其肥碩，則具甕貯沸湯，縛犬擲其中撞蕩而死。皮毛自脱，然後烹飪，以爲補益軀體之計。所殺甚衆，後得病僵卧，口中叱叱惟云：『犬來嚙我。』臨絶不復能語，但作嗥吠聲，瘦損既久，狀貌俱變，齒頰齦齦居然一犬。先君子遊其地目睹之。

噫！人之貪嗜肥甘，止此三寸舌耳，過咽即污穢不堪矣。蔬肉已足，何庸多殺以媚之？且我之軀體欲益，而彼之性命獨當喪耶？嗥吠宛轉，平生之補益安在而不救？死時若悲哉！

蛇爲厲

庚子五月内，姑蘇城中郭生某，其家卧房地板下有巨蛇盤伏。生偶見之，呼衆闔扉，以火煅錐於板罅中，刺之死，出之，長至數丈。未已，此蛇時化男女二形，擾亂其家，出没不測，至於攙奪枕席，魅污婦女，至則人自昏迷，不復能制。或時傳家人言曰：『我於此潛形修真多歷年所，脱化有日，於爾無害，奈何殺我？』生不得已，延黄冠解符籙者，於家設壇建醮，欲驱禁之。隨有磚石從空摶擲，器物糜碎，皆駭而去。予於蔡九霞坐中聞之。時方作難，未知所終。大抵黿蛇之爲物，其族多神，不宜妄殺。生之擾，固生之自致也。死而爲厲，然則蛇亦有鬼矣。

殺鱔之報

近歲通州一王姓者，張肆賣鱔麵，生平所殺以千萬計。一日自外歸，但覺通身燥癢，呼婦具湯沐浴。怪其不熱，屢更，猶不快。最後婦以極沸湯投之，喜極，恣浴，遍體爬搔。良久，皮俱褪脱於毛孔中，各露小鱔魚嘴，集集皆動。踰日潰爛，血肉狼藉，不勝痛苦而死。家濟寰貿遷其地，因聞之。

噫！人生糊口之途多矣，何必鱔麵？殺鱔而鱔還殺之，猶種瓜者之食瓜也，宜也。獨怪某之身非鱔，而鱔何以生其身，又何以毛孔中乃各有一鱔，而體之所生若巧合，其手之所殺也。帝若曰爾不知鱔之痛癢，今使爾之身爲鱔，而爾之痛癢如此，即鱔之痛癢，亦可知矣。

殺鱉之報

往綏安楊允彝爲予言，丙戌夏自延津歸，從行者亦姓楊。途次偶買一鱉，楊懸之卧榻間。是夜，允彝大醉，梦中頻聞聒耳聲，不知何物也。次早，楊烹鱉以進，乃告曰：『此怪物，夜來時時作聲叫喚。』允彝曰：『何不以聞，乃殺之？』命撤去。楊某因飽食，是日遂得病歸，而燥熱益甚，卧床彌月乃死。

夫水族無聲，而鱉何以能鳴？物之不由家畜者，其怪而害人往往如此，是以知者絶之，非獨好生，亦衛生之道也。先君子嘗言：少時有一友甚壯，偶食鱉過多，胸中忽作塊，能動，遂漸消瘦不起。而《方書》亦言鱉與莧菜同食，即復生殺人。夫既烹之，餘臠而能復生胸中，怪已甚矣。又可冒焉殺食，以腹腸爲嘗試，重喉舌而輕性命乎？

萬魚索命

內鄉人閻宗邑，少好捕魚，業之二十餘年。一日大病，夢小人千萬數，直前擾逼曰：『爾傷我等命，我亦索爾命償。』宗邑駭懼，知其爲平生所捕之魚也。遂焚香虔禱，誓不死，必當改業。既而獲愈，遂盡毁其漁釣之具，長齋念佛，今年六十餘尚在。同邑李子田爲周櫟園述。

《廣仁品》載江上漁人得魚滿舡，忽一大者昂首念『南無阿彌陀佛』，其聲甚巨。群魚千百亦皆連聲和之，水波爲沸。漁人大恐，因盡棄之江中。夫以千百滿舡之小魚，而皆能誦佛號，則其見千萬小人之身，以索漁人之命，亦力之所優也。孰有受殺，而能忘怨者乎？宗邑決絶徙業，又蔬食終身以贖其過，誠不遠之復矣。夫何業不生，而必漁？屠千百萬魚身，即千百萬人身，可畏也夫！

卷二十二

紀金雞峰神報事

同邑朱源人陳德，素行兇逆，居家悖瀆倫理。好以僞鏹市易，欺詐取利，屠殺作活。庚午夏謁金雞峰歸，忽發狂走號，以木架籠頸，自言『天神械我』。且自數生平罪，捉刀自斷其陰，臠割膚體，片片擲地，不復知痛。人亦不敢近，磔裂殆盡，七日方死。遠近多往觀之。謁神本以希福，今更罪之，惡貫盈而天鈇適湊，神不受此輩媚，亦更不爲此輩憐矣。操刀自割，神之報惡人似别出一狠手，其誡衆人，則固同一婆心也。金雞峰在邑東南五十里，上祠三仙，靈爽最著，夏羲叔述。

流魚洞紀

華陰山中某所有石洞，泉自洞中出，滂沛若桔槔之注下。爲小溪，水清冽無纖物。惟七夕前後十餘日，則有小魚從泉中流出極多。居民及是時競以小網罩洞口承之，斯須網滿。所給甚衆，而取不匱，歲歲如是。過此，雖竟日夜不得一鱗，名曰『流魚洞』。翟象陸述。

泉生石，魚産溪，石非魚之窟，今乃與泉俱出，孰蕃蓄之。歲止十日，過此則絶，孰閉窒之？天下之不可知，何必六合外哉？

風洞

聞喜鳴條崗有石洞，斜出山嶺間，四時風出嗚嗚。然樵人以木椿及衣服投之，即飀鼓而出，高丈許，土人結塔山巓鎮之。翟象陸述。

流米洞

蜀之萬縣山中有流米洞，每日出米少許，可供二三人食，而不能多。至今猶然。新安吴專公姪某，近過其地，歸述。此與流魚洞爲域中兩大奇事。

油洞米洞

吾郡從姑山之巔，巨石如削，壁立千仞。壁間有大小兩竇，大曰『米洞』，小曰『油洞』。米洞去地二三丈許，扶闌側足，可躡而上，外窄中闊。内有平石類床，嘗僂入趺坐，鼻端習習如入倉囷。油洞油氣逼人，可瞰不可入矣。相傳二洞嘗出油米，足供數僧之用。後有貪者加斧鑿焉，而竅遂塞。天下怪事何所不有，因紀流米洞附識。

薛濤井

川中薛濤井，水有異色，每歲染紙得二十四張，適供達御箋奏之用。或歲當閏，則增二紙。多即不成，相沿已數百歲。自崇禎末，張獻忠據蜀殺蜀王，此水遂變，用以染紙，黯然無色。督撫遣官致祭，多葺紅花蘇木，浸漬其中，終不可用，經今二十餘年矣。歙友吳生自蜀歸述。

山鬬

近庚寅歲，陝之秦州鄉中兩山忽鬬，壓死居民數千人。又有丁華嶺者，其山忽爾移動，溪水爲之壅閼改道十數里。旬日地復大震，壓死有名人數十萬七千有奇。至今城中到處凹凸不齊，皆是震時所陷裂者。吳專公有兄官陝中，家人還爲言之。

人頭鳥

涑口程生伯升者，自言數年前客揚州之安豐場，有一守備圍獵，至近海得一禽。人首銀髯似白頭老翁，兩足亦人趾，而身則鳥。大與雉倍，不知何物。

世族與國運相

歙之東鄉有桂林洪氏，科第纍葉，官鄉貳方面者至十餘人。庚辰同籍進士明偉，家亦在焉，其祠堂門首新舊旗竿林立。甲申三月，有飄風一道直入里中，其聲呼呼震耳。祠前竿木一齊掣斷，凡數十枝，宛若鉅截。衆皆詫異，隨聞京師之變。自是二十餘載，舉宗不發一人。蓋大家故室盛衰興廢與國運相關如此。洪敷皇述。

帝召周生記

周生仁政，金谿麻山里人也，端謹有文行。其友江君琳者，性至孝。酉戌間挈家避亂，中途與兵遇，捽其母。將刃之，琳奮身翼蔽，願以身代，遂見殺。邑人競吊以詩，稱曰『江孝子』，殁數載矣。壬辰之元日，周生梦其父懷南君告曰：『頃帝有命，俾江君採訪下方賢雋之士掌書記，江以爾名上。曾爲懇辭，恐不可得，事在旬日耳。』生駭而寤，告所知余翁元美。余笑解之。至十五日，復梦白鬚老人至，揖生曰：『江孝子薦君疏下矣，有牒趣君踐任，予忝司土，故敢迎謁。』生惶遽謝，老人曰：『行矣，尊公亦爲君數辭，然不可。』生既覺，老人猶在目中。遂寢疾，不能起，使人聞諸親友暨余翁。翁至視疾，無大異。至十七日亭午，生忽顧家人曰：『白鶴降矣。』揮諸親友稍退勿擾之，連聲語曰『跨白鶴上危樓』，如是十數遍而瞑。予友余藴隆孝廉爲述其事。元美，孝廉尊人，蓋目擊之。

愚山子曰：往李長吉將死，見緋衣人曰：『上帝白玉樓成，召君作記。』黄伯思之，卒亦梦人告曰：『上帝有命，俾司文翰。』才人之爲帝重，從來久矣。如周生者，殆其類與？吾不知生之才視黄李何如，要以其人端謹有文行，自足以録於帝，白鶴之致非偶然也。然聞之余子，周生於時年且老矣，卒偃蹇無所遇，至死乃得被上帝命掌書記，豈朋友獎引之力，固不可少與？抑地下之愛惜人才，乃更甚地上與？江君誠知生而得薦生於帝，即江君可知，又豈不以其孝重與？

汴州雷記

萬曆中，汴城民家一童爲雷震死，父母貧老，無他子，哭之哀。一老生過而憐之，問其平居何狀，曰：『無他過，僅能牧豕而已。』老生曰：『吾爲子疏籲天而焚之。』父母曰：『聽。』其詞曰：『惟神震天之威，司天之怒，强暴不畏，幼弱不侮。當今官吏猛如虎，何不當頭轟一斧？嗟嗟赤子有何辜，擊死不留養父母？若問前世因，極惡不當生下土；若問今世因，童穉無知何足數。神如正直與聰明，請聽愚生忠告語。』告罷，自辰達申，忽片雲自西北起，雷雹大作，至童子所，轟然自空而下，若重有所擊者。俄頃雲散，則童子甦矣。問其故，惘然無知也。於是汴人喧視，事聞撫軍，檄所司旌之，題曰『回天反怒』。同里先輩傅公遊其地，目擊如此。

致堂胡氏有言：雷者，陽之怒氣。氣鬱而怒，方爾奮擊，偶或值之，則遭震矣，始嘗疑之，今觀童子之無罪而死，豈非然乎？然老生之疏告，而死者復甦，獨何與？豈亦陰陽激搏之氣爲之與？自古震而死者多矣。未有能復生者，豈真有神主之，而所擊偶悮，感老生之言而霽其威與？當神廟之時，上下清明，法度猶肅，而老生之言已如此。使在今日，更當何如！然從來貪酷之吏，於世比肩接踵，而死於震者無聞，豈所謂猛如虎者，即雷亦畏之與？又豈斧之不勝斧與？生文詞鄙樸，無足深録，而吾樂存之者，不獨諷慨直切，亦以見雷之尊威。而當其擊之偶悮，不憚於轉環；則凡天下操生殺之權者，慎勿膠持成見，以人之性命狥其意氣，可也。

飛來庵記

甲午六月十四日，山東地方大風雨，拔木漂舍，竟夜乃止。與山東鄰者大名府某縣鄉中有村，衆謀建觀音殿，甃基已就，而費弗給，遂復中止，蓋數年矣。去村七十里外有一觀音殿，規製甚壯，兵火之後居民離散，香供冷落。是夜，雷風將此殿宇，徙向七十里外之荒基，縱横闊狹，彼此適稱，墻壁瓦椽、梁楝欂户之屬，以及大士金像，一無動毁，莊嚴端好正如新構。彼處失殿之後，遠近駭異。聞七十里外有此事，蹤跡而至，見其如此，乃爲具告所以，因名之曰『飛來庵』。是時高平王君效體，自齊河令丁艱歸，過此村目擊之。甲辰夏遇予三山，爲述如是。

夫哀多益少，天地之道，一有基而鳩工詘力，一有殿而崇祀無人，轉移之頃，雙美悉就。風雷之爲大士贊工，且當矣。然以數十里外之巍象曼宇，而從空徙易，無損墮窒礙之患，則事流怪幻，非王君身歷，鮮不疑爲誕矣。往梁時，有神人夜叩舒州真俊禪師，請建一道場，師許之。忽風雨大作，佛像神宇悉已移至，因名曰『飛來寺』，至今尚存。天下固有必不可知之事，而人以常理測之，豈通于神之説者哉？

風徙麥記 附

王君又言，同此大風之夜，又有一鄉農家，收麥甚多。因新苗種植弗暇，堆積場中，約以絢組，高若山阜。是夜雨後，蕩然一空，無有遺秸。而去此六十里外，有農家早起，見院中堆麥充塞，不知所自，於是鄉鄰競來賀之。失麥之家聞有此事，奔赴争索。衆以天之所賜，豈可人爲，共持弗與。其人亦廢然返。蓋一夕風雨，而王君所過之地有此兩異，則天下之大，見聞之所不及，蓋亦多矣。徙庵固爲大士畫矣，此鄉農之家果何植，至感風雷之力，徙數十里外之麥益之。或曰鬼神邇來亦好奇怪。或曰今天下之傾人藏，而殫其積者，莫不自飄空來去。風雷偶一爲之，亦何怪也。

燭花

京師會試，江西點名，例在諸省。先庚辰二月初八日，予入闈舍時，正初更，閑無一事。因呼號军烹粥少啜，而燭端結花爛然，大若胡桃，心甚喜。忽爾轉動，燭震花墜，又甚懊之。已復念曰花本無根，緣燭而起，果吉徵也，奚難再乎？因起而冥祝，目以竢。斯須小蕚漸起，專榮發艷，視前更盛。燭花非奇，而先後相續，應心爍目於一食之頃，則殊異矣。因紀寓公事并及。

雷震白起

光澤鄧角公語予，少時其伯父應奎官金陵，有雷震一蜈蚣於報恩寺。其長盈丈，横闊尺許。上書『秦白起』三字。伯父親見，歸爲述之，蓋天啟中事。好殺之報，二千年尚墮毒蟲中，爲天之所疾殛。世之秉鉞分閫，操生殺之柄者，可以監矣。

戍卒慘報

戊子己丑間，邵武遲鎮内丁某殺一人，而先割其勢，且袖以詑人。隨病陰毒，斷爛至盡乃死。人皆快之。鄧角公述。兵莫慘於意刃，次之斷勢而嬉，加常殺一等矣。毒應如响然，則非自割之也，一間耳。

二婦入胎

江州文用昭吏部自言，少侍太翁夜話，忽見堂中兩婦人影直入後舍。燭之，無有，甚訝之。少頃，其僕文星婦陳，孿生二女。乃知所見二婦，蓋魂來入胎以生者，以是深信輪轉之説。

海棠結實

海棠有花無實。近癸卯歲，嘉興高念祖讀書石佛寺，僧清隱房中庭前海棠忽結實四枚。其形如瓜，大若雞卵，剖食味甘而帶微澀。昌州海棠有香異矣，如瓜之實，又添石佛一段佳話，近日花神乃亦好怪。

石榴并蒂

念祖又言，丁亥夏，其尊公寓公所住園中有千葉石榴，着花一蒂五朵，老圃以爲從來未有。此與海棠結實當稱二瑞，并見於念祖之家，而亦竟無他異。何也？豈昔之所謂瑞者，今乃更爲失常也與？

鼠渡江

丁未秋，京口上下有鼠銜尾渡江，自南而北，其多至塞江流。不知産於何所，何自而聚，戊申春數日復然。江中舟航滿載皆鼠。

嘉興兩異

甲申三月，浙江嘉興府城哭三日，遂有燕京之變。乙酉五月，府城人家早起，門上皆有白圈子，内外悉遍。其無者，十一二耳，人皆異之。兩月之後，凡有圈者，悉遭兵禍。高念祖述。

釜底字

戊申六月十六日，江寧地震，次日閧傳人家釜底皆有字記。吾友王佩玉比鄰數家皆是十字，自脱其釜視字，亦如之。魏惟度所見數釜，有作十九字者，有作十一二字者，最後一釜乃是七字。地震而釜底之字適湊，誰爲布畫？畫之不同則又何義，都不可解。

地生毛

江南地震之後，到處皆生白毛。吳門尤甚，予初不甚信。一日方爾止見過，立命其僮出覔，俄頃得三四十莖，長皆六七寸許。其白如銀，中一莖長尺餘，其末微黄，酷類老人髮。焚之，亦作人髮馬尾之氣。

地震非一

江南地震事，予已別紀。而信州司李黎媿曾汀人言，庚寅十一月十七夜，上杭地震，岩石樹木無不搖動，其聲崩沸，若數萬人呼喊之狀，直至邵武而止。昨歲丁未京城亦然，内皇城傾倒數處。又某城垣數丈陷成坑井，其深不測，俱見小報。

白日星

戊申正二月内，日中數數見星。司天奏聞，金陵六月望後連日皆日中星見，光芒甚大，若彈丸然，城中罷市争看。

星鬭

金陵六月十八夜，有兩星鬭於南，兩星鬭於北，相去尺許。忽開忽合，若相抱而紐，良久始解。閩友魏惟度夜坐見之，語予。

白日星墜

戊申八月，年家子羅時先於山左道中群坐，時方午後，有星墜地，光芒射目。隨有白氣直衝而上，團結空中。久而不散，有知天者云是天狗星。

犬哭

戊申六月二十日，金陵有一家老犬，忽人聲而哭，其音啾啾若悲若訴，皆人語也。家中人惡而撲之，犬自躍於池，不死。良久復返，其哭如故。其家惡其怪變，竟撲殺之。居停主與此家姻婭，爲予私述。

鬍婦

淮安鄉中有許氏婦，頰頰鬍鬚甚長，生已多年。今孀居，時至黄沙河莊所，按收租粒，人皆見之。陳不易述。

三足雞

崇禎末，浦城一賈人家，畜白雞，高尺許，而有三足，其一近尾稍短。每鳴，則此足翹然而起。鄰叟何碧塘，常過其家親見。

人趾豬

予家有老輿子丘法，今年二月於市中買得一豕，豢之。其後左一足，着地拖沓，其行蹩蹩。察之，儼是人足。中一趾尤長，翹出於外。予欲贖放之，未暇，頃聞已因其怪而鬻之矣，爲懊惜竟日。

人指豬

又今春，鄰人何縣十一家，母彘生一小豕，其前一足乃是人手，指節分明。怪而擲之溪中，衆皆見之。人不信人類之有墮落，與畜類中之有人此一手一足之豕，乃疊見於比舍百步之間，輪轉之理豈不信乎？此以告天下之肉食，而又稱屠子手者。己酉六月十五夜。

火馬

戊申五月初四日，金陵武定橋南，河房火延燒數十家，鄰近聚看。火中忽有一人赭甲，騎赤馬騰空而上，自是火勢漸就熄熄。王錦雯家有婢親見。

火龍

數年前荻港地數搖動，占謂天災。合衆齋肅，建醮祈禳四十七日。竣事之日，白晝火起，狂飆佐之，焚燒廬舍略盡。正火熾時，水中有龍湧起，波浪翻沸。火中復有一龍，若自空下，前與之鬭，水龍不勝而没。説者謂本當有陸沉之厄，以虔禱格天，僅災以火，火龍之鬭若捍禦者，想當然。

石鱉

近年，金谿有人謁大華仙山，出行見溪中有鱉，捉而以囊貯之，藏於密所，俟歸烹食。既歸，解囊，秖一頑石之似鱉者，竦然悔過。何仞千述。

燖豬再活

吴門有屠殺一豬訖，以湯燖之。去毛已盡，豬忽自盆中躍起，走入旁肆，深匿不出。一市喧然，衆觀有數善士憫之，醵金與屠，贖送西園寺放生。豬喉間刀口隨合，惟毛不復生，稍漸堅厚，如人膚色耳。此昨歲事，西園有僧至天界口述。

刻感應篇愈疾

庚子正月，新安汪扶升母方孺人得怪病，頭項赤腫，喑啞不語，勢且危亟。扶升焚香禱於神曰：『人力竭矣，願刻《太上感應篇》行世，以祈神祐。』是夜，梦有冕衣裳者進扶升告曰：『若子所請，子能奉持是篇，冥眷有加，不止愈母之病。』次日，方孺人即能言，曰：『夜來到一境，極其清涼，如仙都王府。醒來肌骨尚有餘爽，吾不死矣。』自是孺人之疾漸愈，扶升因刻是篇，以酧所禱。予覽諸刻所載奉行感應篇事跡凡十數則，或再生，或愈疾，或免厄益算，或子孫顯盛，莫不歷歷著有明效意者。

帝之寶訓在是，凡崇之者，必獲祉與。抑皈嚮既真，則心一於善，而道崇過寡，其踐履之純，自足爲吉祥所集與？

吾嘗讀其經，語簡義晰，於善之類無不詳，於不善之類亦無不盡。誠審於勸戒，而力行不倦，即以進於聖賢之域無難，豈特遠於罪戾？已乎末世醒心訓俗之第一書，誠莫尚於此也。扶升矢志刊布而神告隨之，母疾竟愈。帝之與人爲善著矣，以增太上一段公案，不亦可乎？

神鞭妒婦

新安潛口汪太學某，有婦許氏，性悍妒。己無子，而必不許太學有妾生子。衆皆憤之。辛巳歲，乘輿謁九華山，抵山下，忽有鞭聲豁然自空而下，婦於輿中大叫，若受撻然。輿子駐視，婦七竅血溢，氣已絶矣，乃舁尸以歸。人咸快之。或曰此可以爲妒婦之誡矣。或曰不然，劉伯玉誦《洛神賦》，其妻遂沉河以死，曰：『吾死，何患不爲水神。』太宗以僞鴆賜任環之妻柳氏，欲以懼之。柳拜敕立盡，曰：『環多内嬖，誠不如死。』夫溺與鴆與撻一間耳，彼妒者甘之，又何有於神之鞭乎？

兩俠客記

歙之西鄉某村，有汪三毛者，豪富淫暴，爲害於鄉里有日。衆側目莫能制，同族有汪三者，其嫂嘗爲所逼奸，因恣出入。三心恨之，圖所以報。未得出。遊汴洛踰歲，偕兩客歸，一姓王，一姓許，皆矯健男子也。汪三毛易之，不爲備。元旦出謁神祠，三人伺於路，椎殺之，登樓酣飲。

其黨聞三毛死，號聚立數百人環而譁譟。三人自樓擲其尸下，笑語曰：『毋動，動則爾輩不活矣。吾畏爾，寧不能早避，而坐待爾耶？且丈夫除暴不殺人，諸公行矣。予且自詣獄。』衆逡巡退。

三人即抵縣，自陳報怨雪恥狀。縣令夙知三毛之惡，論汪三一人抵，客皆未減，論戍河北。臨遣，選健卒十數鉗押以行。及河，兩客語諸卒曰：『若輩寧能縶制我哉？我不早去，恐重貽汪君累耳。今行矣，寄謝故人，勿復爲念。』奮手震迅，委械如蜕褰裳，赴水凌波，竟渡。群卒瞪望土色，不敢復進。汪三後亦遇赦得釋，爲僧於金山，今尚存焉。

嗚呼！以三毛之豪恣、多黨與氣力，非兩客不能殺之，殺之而囊其首以逸，客之神技宜無難。出三子險，而酣飲以俟，三不避死，而兩客亦偕入獄，非不能去，亦義不肯去也。至遠戍臨河之日，乃振袂高舉，觀其所挾，昆侖奴、李龜壽之輩，豈足多乎？三里巷細民，孤憤一往，尚足感二客於千里之外，爲之毀兇效死。今以天子之尊、四海之大，旁求側席，或不能得一士何與？謂天下無人，天下其真無人也乎？

黄山佛見

玉林和尚，禪林尊宿也。慕天都黄山之勝，晦跡遊行至御屏峰文殊院。騁望之次，雲氣變幻，見百千萬億金色蓮花布滿山中。有三如來化身跏趺蓮華之上，紺目白毫，絲縷可辨。又有城郭樓殿、水田瀑布、山村雞犬，種種影象，遠近出没。觀者恍惝迷惑，不知身在危巒絶壑間也。次日再登蓮華峰，所見如之。玉公歡喜禮拜，以爲此山將興之兆。踰年，郡人黄于升僎捐貲數萬金，重建四面佛大殿，頹宇荒林焕然金碧，若符其言。壬寅八月事，同遊釋籜庵亦共見之。

黄山佛見二

徽友洪敷皇、汪扶升兩君，素皆學佛。戊申七月十五日，與黄山僧息心登御屏峰，峰下有慈光寺，蓋息心所手營者。衆因嘿禱，此中常有鋪海之異，倘我等夙生與佛有緣，此來求一示現。鋪海者，山中雲氣濤湧，山反如海故。又曰黄海云祝，已則見山中諸峰皆作靛色，有兩浮屠見於峰間。又有如城郭宫室、田野村落者，種種現前，歷歷可指。踰二時，始滅。

是夜，月色皎甚。息心同兩君偶出眺望，見有神燈無數，散布山頭，若游龍然。月中飄落白色飛帶雙綠長各數丈，月傍有暈，如五色錦。欻忽而滅，蓋月華也。息心因嘆言，風、花、雪、月四者，已得其三，惟少雪耳。次早，再出，萬山皚皚，儼皆雪幔，又若有牡丹、蜀葵各種奇花，陰顯其間者。同遊各各禮拜讚誦希有。

至十七日，息心以事他往。扶升、敷皇復相携登光明峰，時正午，後忽大地爛然皆成朱錦。瞪目細認，每一峰頭各似有一紅紗小幕子罩之，仰見日光蕩漾，忽爾并散爲七八丸，還合爲一。山中復起毫光二道，上燭於天，有龍爪見空中，鱗甲璀璨，至數刻不没。須臾龍身全見，數丈許，極龐大。有佛趺坐龍身之半，垂手結印，頂間螺髮，眉目口鼻莫不可覩。衆因向像作禮而起，則佛與龍并諸影象一時皆滅。山中林巒、草樹還復如故。敷皇是日遂發願持酒肉戒。

或曰佛幻也，龍幻也，其間浮屠宫室、城郭田野、皚然之雪、爛然之花、雙絲之月、七八分裂之日，又無非幻也。幻生於見，譬之揑目生華，本非實有，如峰間所見之足以異。黄山眼中之花亦足以異眼乎？荷山生曰然，然安知世之所謂日月河山、城郭宫室、田野之屬者，其幻不更有甚也。使世之所有之非幻，則又安知黄山之龍與佛之屬歷歷，然於敷皇、扶升暨玉林大師前後之目者之不更爲真也。

卷二十三

善人免厄記

乙酉夏，揚城圍急。將陷之前夕，有神見梦十數家曰：『旦日城中禍且屠戮，惟米肆某家免。趨往依彼，庶幾獲全。』次日，不期而會者若，而人各言所梦皆合。亡何，城果陷，有大弁過其門令曰：『此善人家，勿入。』凡依以匿者皆獲免。同時一屠子聞是梦，亦攙而至，良久不能寧耐，還視其家，兵猝至殲焉。此米肆主人無他異，獨忠信平恕，米粟升斗出納生平如一而已，其十數家亦皆平昔之有德者，神蓋一一導之至外兵之獨免此室。或由素識，或别有故，不能述也。張道子述。

往聞維揚之變，流血溢溝渠，積骸壅道路，崑岡之焚無玉石皆碎矣。是家以忠信之素爲神所眷，卒免於難，而又庇及十數家，全生之報視富貴更厚矣。神何負人耶？彼屠何人而亦希以免耶？

焚廪獨免記

暗窠程氏，吾邑東南鄉之以富著者也。有子毓文者，生平樸厚無財虜氣習。是時世界承寧日久，郡邑諸大家多苛削莊佃，租粒之入或改用大斛，以征索於常額之外，及其出糶，又輒用小者轉輾取利。小民壓於强力，莫敢忤。程氏亦復不免，毓文之父一日以斛小於衆，欲改造之。毓文不可，曰：『使吾家長有此小斛之入，足矣，且小民終歲勤動良苦，而浚之，無乃不可乎？』父感其言，已之。是夕，梦神告曰：『子用意厚，旦日將盡毀諸家廪，獨免子。』覺而駭焉。次日亭午，程氏諸廪之在竺由及嚴湖塔者，所在皆有火起，次第焚毁。獨毓文家廪，火及而熄，竟符其梦。此亦崇禎中事。

人之貪每求益於額之外，而天之巧乃更損於數之内。大斛之得，視烈焰之喪孰多乎？祝融氏之焚廪，非瞽瞍之徒，漫然無目者比也。語有之『人算千，天算一』。夫算之千奚爲哉？至不德而干天之怒，以入算之一焉，則危矣。

陳繼堂知死記

予郡伍伯中有陳繼堂者，謹願人也。居公門久，方便種德，又時以此爲同輩勸勉。鄉遠愚民之以事至公庭及負抑者，多所眄護。崇禎末年，陳有女嫁某氏，其翁亦長者，死已踰載。陳一日梦見之，翁時爲冥司掛號吏，見陳矍然曰：『君數雖盡，然尚有三月。且今太守龐公方編審，兒曹幼弱不解事，君宜暫返，吾家事并籍照理。』又一鄰人至，登號而去。

陳出見大溪瀰淼，方舟上下所載老幼男女甚多，皆狀若囚縶。舟尾檣末各懸燈籠一具，星火摇曳，上書『玉旨』兩字。陳問所親，答曰：『此皆冥曹奉命勾攝方到者也。』陳又欲遍觀地獄，所親稍爲引示一二，且曰：『君善人行，當免此。』

既覺，使人探所見掛號鄰人，已於是日死矣。陳乃次第處分家事，而托其妻子親友，意豁如也，然人皆誕之。後三月一日，忽沐浴整衣冠，遍過親友家笑語辭别，從容返室而逝。予友夏羲叔嘗識陳，親見其如是。

嗚呼！今之達官名人負氣力挾才智，睥睨驕蹇，視天下事無足難者，其意氣壯盛，誠不可一世。及彌留奄頓、神枯色敗、愴涼惘惑、氣垂絶而哽咽未休，日將暝而瞪戀弗已，往往然矣。而陳一奔走賤吏，顧能灑然有以自適，彼其生平凛凛，惟隨分自竭，無大功德被及於世，然天下之能隨分自竭者幾人？而及其純密，則涓滴之流可成沚澤，功豈必在大？而人之可重，豈盡以其名與貴乎？

徐生免厄小紀

吾邑西湖徐生某，生平持誦《準提咒》虔。中歲遊京師，道出山左。適北兵入，避居一城中。亡何，城破，生被縶入大營中，主者命卒押同數人戮之。生心念且死，惟謹持咒，使心不亂。卒已斷二人頭，次及生，刀下不中，忽錚然墮地。主者駭之，見其口中喃喃。問何言。答曰：『方持《準提咒》。』問持何爲。徐具以持咒功德對。主者遂捨之，且令給事左右，尋從受其咒語，賜予頗厚，竟免歸。梅友律之述。生俄頃待盡之人耳，豈謂咒之力足護其生哉？而卒以免當揮刃脱手之時，生之不絶真如縷矣，謂非冥庇之功，豈可得哉？

王氏婦免死小紀

乙酉七月，吾郡城陷，兵入大肆屠僇。有王氏婦，故大家女，夫亦邑諸生。爲卒所獲，欲污之。婦以死自捍，卒怒甚，而所掠得婦尚多，姑置之，使縫衣其傍。夜則令持炬出所居後户，而卒握刀尾後。婦素禮觀音，奉《準提咒》謹。至是知必死，惟默虔誦菩薩名號。既出，卒掣刀欲砍之，若有人焉受其刃者，而婦不傷，應聲倒地。卒謂已死，掩門去。婦得逃入鄰室空舍中，日伏床板下，夜潛出，承雨露咽之，竟不死。事定，予友梅律之遣僮入城探訪，遇而識之，爲負以出。今是婦尚無恙焉。

噫！盱城是變，城中死者數萬人，池井尸填皆滿。其不死者，率皆受掠以去。婦獨不污，又卒不死，刃臨頭項而堅逾金石，莫知其所以然也。所謂『不壞身』者非與？

善氣彌禍

天下遇極可駭之人、難測之事，雖勢力在我，不可鹵莽處之，便當思患，豫防待之。有道大抵用剛多失，用柔多得，憤而角之多失，因而化之多得。比鄰何碧塘常言，其客閩某處，偶遇一僧，壯貌粗惡，化銀若干，期於必得，語復悍戾。旁友怒，欲毆之，碧塘獨好語，施之如數，僧微笑去。後數日，携橐歸，過一高嶺，正矍顧間，忽有十餘惡少虎視道左，前僧亦在。見碧塘乃笑曰：『君長者，吾在，無恐。』使當日少苛遇之，此際兇鋒殆不測矣。

又予友夏羲叔常言，其家一日有老乞者撞入廚中索食，攙坐無禮。羲叔輒加温款，以酒食與之，飽其所需。乞者食罷，流涕謝曰：『本爲貧極，來君家索殯葬，既爾盛德，何忍相累。』即出行十餘里而死，方其來時已飲毒久矣。故以無禮將挑釁羲叔家而死，蓋有奸人教之也。故唯吉氣能彌天下之凶，唯和氣能柔天下之暴。孟子之三自反，終於禽獸何難？道固如此。

淫　誡

濩澤周公子，某尚書公盤繼嗣也。豐儀韶令，有衛叔寶之目，出入艷動，婦之蕩者意交屬之。而公子居無他營，惟孜孜漁色，目之所涉，窮神畢力弋獲乃已。有同學友嘗私砭之，公子屈謝，然不能改也。亡何，公子死，無後，復立一繼嗣。

踰半載，此友病，心痛氣絶，有數青衣簇之去。至一府第，堂上人弁冠黼衣，氣色嚴重，青衣擁生立階下，則見獰卒四五曳公子至，三木被體。主者手一簿，翻動摘舉所犯，一一訶之，大概皆帷簿事。公子故善辨，前款曲作枝梧語，如是過十數紙。最後，主者詰曰：『此某季女鞋，安得以泥金圖章污印其中？』公子又飾説，堂上震怒曰：『鞋見存書館夾壁中，可復諱乎？』遂命拉下，截其舌，剜其目，重撲數十，血糜飛射，慘楚聲不可聽。杖畢，仍付獄。而青衣推此友出曰：『事竣，公還矣。』遂出，行次若失蹶者，豁然而寤。死已兩日，但體尚温耳。

此友既蘇，心痛亦驟愈。而公子之嗣聞此友疾來問，友竊告以梦。與偕詣館，尋所云夾壁，空空如也。細加摸索，於其旁得一曲穴，障以木板，中有小篚，層纍充實皆女子鞋。其中一一書記名氏，生平所遇并聚於此，然無所謂泥金圖書者。友意不肯釋，顛倒察視，又於夾底中得纖紅繡鞋一雙，上識某閨女名，罩以丹章，蓋其意之最憐重者。於是相顧詫歎，以爲不謬，此崇禎初事。澤中數友并道如是。

嗚呼！男女有别，惟禽獸則不然耳。夫既已人矣，其可淪而獸乎？人妻女猶己妻女也，况淫爲首惡，己行而污人之閨壺，上帝所惡莫大於是。夫以公子之風流才雋，而其生平之快心適意者，皆其剜目截舌之具，當此之時，向來之娥眉犀齒安在？而糜膚雨血之慘，不能一爲之代也，可悲甚矣。夾籠之鞋，秘無識者，而冥中簿已悉籍之，謂暗室可欺，亦何謬也！噫！士當少年不能以禮自防，鶩於情欲，以爲風流才雋之所爲，至以一日之昏狂，貽終身之玷闕，後雖悔之，豈可及乎？風流才雋，則固莫周公子若矣。

柳氏之報

寶坻有富人某，性貪詐，以水銀潛貫天平横端銅斡中。每秤兑，入則昂其右，使水銀注左，銀雖重亦輕，而入多焉；出則昂其左，使注右，銀雖輕亦重，而出少焉。以此欺人取利，人不能測也。

有同郡趙生某者，教授其家。富人留之度歲，除夕獨卧中堂之旁室。至夜半，聞户外颯颯有聲，若數人躡屨入者，已聞堂中勃跸，亦若有人，出而迓之。户外人語堂中人曰：『是家用水銀天平有年，何以報之？』堂中人曰：『火其廬。』答曰：『已輕。』又曰：『殄其嗣。』答曰：『已重。』良久曰：『柳氏之報。』生怪之，披衣起瞰，則已寂然，知爲神語。已，又念主翁不德，而來神譴，予居其家，得無池魚之及？踰數日，托以他故辭去。

未幾，富人買一妾柳氏，有美色，特鍾愛之。與妻忤，家庭詬争，日夕不輟。一日，妻與柳氏誶，語侵富人，富人怒，捽而毆之，竟死拳下。妻家訟於官，比訊，殺妻有驗，論如律。而前館師趙，已聯第居長安，富人子馳往告難。師大駭，曰：『有是哉？我當日所聞如此，所云柳氏，亦不知何所指，今竟坐此，天也。天怒不可衡，衡天不祥，歸謝若翁，予不能策矣。』其子歸，毁天平，果於其中得水銀，始大悚悔。富人家從此破，獄竟不解。其鄉人淳安丞李君邂逅予，爲予道之。蓋崇禎中事。

欺詐取利，自昔多有其術，然未有窮工極秘若富人者。當其低昂出入之時，外人不知，即其妻子亦不知；知之者，富人耳。然知冥漠中窺伺彈議，户以外有人，堂以内有人；其權衡於火廬殄嗣之間者，法如此，其嚴鑒如此，其赫耶。柳氏之報，殺身之禍，乃伏於快意之中，人又安可欺？欺人又安見其終利也耶？今天下欺詐取利，其不爲富人者幾？即未必盡用水銀之天平而充其類，水銀之天平真能不用者亦幾？幸共省之，悔之，無致爲冥中人所判，以至獄成而不解也。欺人如此，况於搏執攫奪之，抉人之肌髓以自益者耶？

馬氏誡世篇

崇禎末，濬縣諸生馬一元者，才高行縱，年踰五十得重病，息絶而體尚温。家人守之。越兩日甦，叫曰：『幾溺死。』徐起坐，索紙筆作書，纍牘不休。妻密叩：『所書何事，而纍纍也？』生曰：『非子所知。我前欲瞑，即見兩隸攝我，挾我登縹緲之峯，有宫闕焉。主者瞋目進我曰：「爾之不德極矣，即欲置爾獄。緣爾世壽尚十載，今以爾爲人間模榜，爾能盡縷生平之惡，以誡於世，即歸爾。」我叩首承命，得隨前隸出，送我過大溪，墮我水中。今所書者，皆我過也。』妻曰：『君試誦之。』生誦之徧。妻吐舌曰：『妾幸朝夕事君，不知君行若此！即君已矣，如子若孫何，必諱之。』生曰：『已許冥君矣。』妻曰：『擇其輕者書之。』生唯唯。趣易牘，焚其舊稿。

斯須生僵然仆，口鼻耳皆血溢。妻喻得譴之故，焚香禱請曰：『但不死，悉書如約。』凡三日，而生又蘇，對其妻曰：『爾一言，幾殺我！昨隸再至，主者怒我甚。我自陳罪悞，哀請百方，乃得霽，然猶杖我數十，楚入心髓。』轉臂示之，膚裏墳起寸許，若將潰爛。伏簀而卧，呻吟數日，因盡條其夙𠍅，書而梓之，名曰《馬氏誡世篇》，逢人傳送。陽城曹惟允兄客濬，主生家，手受數編以歸，惟允識而述之。

今天下之敢於爲惡而不顧者，以爲惡之未必皆禍，而幾倖於漏網之萬一，曰：『苟利吾身，子若孫弗計也。』使知復有冥司之法繩其後焉，當必慄焉返矣。主者之籍手馬生，意在是也。且生以絶後再蘇之身，食其言而又再絶，片語隻字，或聽覩之，創痕在膚，血暈在面，影瑧響應，可謂昭赫者也。

惟允又言，馬生有姪，名大士，負甚。生素遠之，至是忽召謂曰：『若無意入闈乎？』曰：『已試録科，弗與矣。』生曰：『勉之！昨被攝在道，過一處，衣履闐沓，問之，曰：「冥中張秋榜。」强前視，至第十九名，子之名若籍也。』予之資而遣之。是秋，大士以大收入試，竟中式，列名十九。噫！士掄陟前後，主司事也。而冥司先定其籍，人世之榮枯罪福，安往不有司之者耶？

紀崔邑令冥報事

崔令某諱其名，山西人，以進士選授河南葉縣知縣，用法多嚴峻。有富家子以人命牽連繫獄，崔勒其賄數百金，又不爲之解豁，遂死於獄。秩滿，陞兵部主事。於京師買一妾，嬖之。其妻在家聞而恚甚，囑其長子至京逼崔遣嫁是妾。長子如教達母意，詞色過戇，崔已不懌。一日外出，長子與妾誶詬，竟入室捽而楚之。崔歸，大怒，以手拍几狂叫。忽中木螫，斯須掌肉坌裂成毒瘡，若人面瘡。遂困卧，口中唧唧自陳作令時罪過，若與人質對者。已，又叱咤言某富家子索我命急，如是三日，竟死。晉中諸友皆能言之。

考昔貪酷吏報，及近代懲鑒録中所載，如此者多矣，彼其嚴威勢力皆能得之生，而不能得之死，則殺人者乃所以自殺耳。數百金之賄奚爲，而亦安能終有之哉？蛇虺嚙人，人知避之。今枉法非義之金，其毒甚於蛇虺，而世乃争逐焉，至以身名兩殉，亦大愚矣。當厲鬼見迫之時，應亦悔其黷而罔也。則古循吏諸傳，當官者何可一日不細讀也！

紀王廣文冥譴事

崇禎中，高平王孝廉某，任中牟廣文。有諸生李姓者，與同里二人有怨。偶督學至，其人囑王以劣行申報，言其欺烝繼母，蓋假曖昧誣之。督學褫生與杖，且繫獄擬罪。生創恚，病死獄中。甫踰月，廣文忽遘異疾，昏卧中見有人攝己，云李生見訟。至一公府，主者詰責嚴峻。廣文初應支飾，則遣隸曳下加以拷夾。廣文乃服，云本某二人所囑，而己誤聽，單款皆其手授，然亦不知其遽死也。主者又遣隸縋二人至，與李生、廣文對狀，吐仇陷是實，乃置之重典。廣文以懇請哀切，得從減豁，仍決責數十。三日乃甦，其拷夾則脛骨儼有損痕，受杖則臀肉居然赤腫，痛苦拘攣，不可坐立，乃謝病歸。再詢向時賄囑之人，皆已同時猝病死矣。廣文還里，每爲人言其異。踰歲，亦竟不起。其同邑王君用體爲予述。

夫狗人之囑，而以莫須有之事陷子弟於獄，即非造謀，悖已甚矣。所謂我雖不殺伯仁，伯仁由我死也。地下有知，其能捨之？而刑加於幽，創著於體，彼司冥者固借廣文以示誡也。嗚呼！士大夫得志於時，放其一己之私，爲之而不恤在下之怨怒，欲無冥譴，得乎？其草菅人命者，又勿論已。

紀安溪卒冥譴事

癸卯九月，泉州之安溪縣有一營卒，因本管將領有疾，與衆具牲帛，祈禱於城隍廟，願各損年以益其算，蓋例舉也。是夜，卒梦爲隷攝勾至廟中。神歷數其罪曰：『爾自不赦，而敢爲人祈乎？』亟命付獄，傍有地界神請曰：『此卒應死，然近許施銀若干修某橋路，已登簿未償，若遽録之，則事廢矣。懇寬假三日，某躬爲之保。』神許可。卒返，遍呼其平時親識，以梦告。此卒止有一養子，而囊篋千金，皆得之不道者。既自知不免，因盡分給所識，及會計身後費付養子手。又呼兩募緣僧至，如簿與之。凡三日而經晝畢然，人猶疑其妄。至薄暮，卒方坐話，忽應聲喏喏云『地界神至，促去』，遂死。南安舊令王君用體聞之其鄉人甚悉。

愚山子曰：觀此可知神之爲有，而人間祈請不可以不慎。又知施捨財物，苟動於心，皆有神爲記識。而善事宜爲，即以卒之罪大惡重，尚得緣此寬三日之期，治其後事。又知身外之物，莫非虚幻，而從前之貪戾苛鄙、經營籌算，一無益於死，徒以增其辜，而致冥譴之不赦也。卒於是竟徒手逝矣，然豈獨卒也哉？

張孝廉紀報

將樂縣之萬安寨有張孝廉某，貪而放，頗侵剥鄉鄰自益，人不敢忤。旁近美好者，不可使見，見必百計求遂其欲。家本貧，後遂驟富。臨溪筑室連楹，曲水方亭，雕闌複磴，結構甚侈。亡何，謁選得蜀中縣令，道病卒，家隨以破。今其居室歸予鄉人夏生，而孝廉一子反依棲執役，略不知愧。予丁酉過夏生家，見其奄奄一息，零落瑣尾之狀。心感之，因坐方亭作詩曰：『九曲池塘活水流，雕闌面面俯清幽。半生心力經營盡，好與人間話鵲鳩。』其實云。噫！天道好還，炎冷如轂，孝廉之威焰烜赫幾何時，而子爲辱人、宅歸新主，悲夫！勢安可常恃乎？

淫爲首惡記

楚中某相公者，崇禎中嘗因請箕仙，問天下之善何首。仙答曰：『孝。』又問天下之惡何首。答曰：『淫。』相公曰：『此亦人間恒言耳。』仙曰：『人間如是，天上亦如是。』又問淫既首惡，當獲何報。仙曰：『絶嗣。』相公黯然。蓋其生平頗有失足，而歉於中者也。是後東南大亂，相公死，家亦凋落，僅存一幼子，數年前竟夭折，而箕仙之言竟驗。

噫！天下之最易溺人，而陷人於不德者，莫如財色。然財之中人或在庸流，色之中人偏在才士，自古迄今，失足而喪生者非一人矣，可畏也哉。然則『絶嗣』兩字，今之自命爲風流才雋者，何可一刻忘也。

予又嘗聞昔有梦入冥司者，讀其柱聯有云：『積善無如孝，造惡莫若淫。』有梦入冥判奸私事者，吏以陰律進，云奸人妻者，得絶嗣報。奸人室女者，得子孫淫佚報。質之箕仙之言，若合符契。信知天上人間無二道，亦無二法矣。同鄉張聖佐嘗遊楚中，詳聞是事，語予如此。

卷二十四

鬼驛記

平陽王方伯某，初以憲副入秦，欲携夫人偕往。而家大，子媳衆多，念非夫人莫可統理。夫人亦憚跋履，遂留焉。無何，方伯再遷，皆在秦，宫中頗有人。夫人欲行，難於自發，而方伯卒無一語迎致。夫人家居近十載，意不無快，未幾病卒。

閲數歲，方伯署中忽出怪，僕婢輩逢之，輒昏蹶，不能語，類欲死者。方伯懼，陳兵環署自衛，而怪益甚。逮夜，署中數十人皆僵仆，獨方伯與一内親子秉燭對坐。中夜，方伯公亦憒悶不支矣。内親子怖甚，無策，因漫祝曰：『方伯何罪？署中人又何罪？何所忤觸？而神之怒若是！』空中忽答曰：『何神，我王夫人也。老奴負心，聊復相報耳。』内親子乃具言方伯公不得已故，且曰：『方伯與夫人休戚一體，夫子當垂冥，祐俾以禄壽終，何恐至此。』夫人乃許之，因問平陽相距千里，夫人何由至此。

答曰：『癡兒子，吾受朝廷封誥，沿途自有郵傳迎送，車馬繹絡，何憂於遠？』遂去。方伯暨署中人皆霍然起。

又一載，諸子婦梦夫人告曰：『新命且至，速爲我更二品服。』旦日相見，所言皆合，心異之。逾月報至，方伯公以二品考滿，夫人先受三品封，至是得晉夫人贈矣，遂爲更製新服，告而焚之。族子某司訓澤州，爲予言如此。

夫一念之快，遂走千里祟之，而又能自訴語以瀉其憤，夫人之靈爽亦云赫矣。新命甫更，而舊服輒易，則是人世之事，泉下知之更先，而生者所焚，死者皆得而用之也。鬼胡何人，乃爲命婦供應，朝廷之恩於臣子，明且幽之。嗚呼！厚哉！

點鬼簿記

張獻忠之入蜀，所過殘殺最慘。有南充廣文張鳳城者，與門下某生善，聞賊至，渡河詣生家避之，生行稍後反不及。賊大隊已逼城下，屯營野渚，諭城中爲我具飯。城中人即共殺羊豕，出酒醴餉軍。軍皆食，則下令爲我拆城。城中即舉族馳走，爬土排石夷湮毁堞，斯須而盡。則又下令爲我拆房舍，即不敢不拆。俄頃又竟，敗楹散柱壘壘若阜。則又下令傾城男女共集於一處，即不敢不集。賊乃出鐵騎數千，環之而加刃焉，縱火燒諸積木，乃拔營去。時生匿深草間，慮爲遊兵所得，乘暗走殺人場，曳數尸自覆，卧其下，將伺賊去乃逸。

中夜，見高燈大馬冉冉導數十卒至，駭以爲賊，屏息不敢動。則見馬上人手尺簿，就所殺人點唱，每唱一名，從卒提一尸歘然而過，輕若槁枝。至生次，訝曰：『生人。』又熟視曰：『此人當死來日某賊刀下，奚爲於斯。』遂委去。生知其神，終不敢輕出。質明，瞰賊盡，乃起。將及河，數騎突至。生急跪呼名乞命，賊訶問何自知我名。生以夜所見對，賊灑然驚異曰：『去，今釋爾。』已行十數步，復呼返曰：『神言當死吾刃，不可無小應。』下馬抽刀割耳，微破血出，取革間藥傅之曰：『此銷爾劫也。』時賊禁携帶金帛纍軍，犯者死。生見道上遺鏹甚多，恣索勝取之。於溪得小筏以濟，抵家見廣文，言脱險故。握手懽嘆，里中人以生免厄，而又獲金，咸來賀。生因置酒高會，相爲娱樂。過數日，忽晝卧不起。廣文微問。僮言主人耳割處，夜覺驟痛，已聞病益亟，不可支。半日之頃，連項赤腫。逮夜，昏悶而絶，竟死刀下。予友滇南張道子與廣文有舊，詳其事。

噫！苟數所不免，雖一割之微與斬刈并盡，庸可避乎？點鬼一簿，抑何細而核也？雖然，天生人而又殺之，何如勿生。生千萬人以供賊之鋒刃，而又爲之卷籍点算，若驅雞豚以給庖廚。偶一遺脱，必索而俎焉乃已。天何惡南充人，又何愛於賊，而畀以殺人之權如此也？況其驅而俎者盡，天下皆如是耶？此予所不敢問，而終不能解也。

楊柳燈記

辛丑七月過錫山，同譜鄒木石，拉予泛舟五里湖，携邑志與俱。予閲其中得數異事，因從舟子索瓷碗代研濡秃穎，取裹茗片紙，伸而録之。木石曰：『子好異乎？吾語子異。兩日間，北舍堵生暨家姪輩社集賦詩，逮夜，生爲鬼馮。自言臨安人，姓王名某，年十三補邑諸生。乙酉秋，舟過梁谿，爲北兵所殺，棄於水，纔餘二十耳。問其意念父母乎？曰：「父母俱已逝。」有妻子否？曰：「妻亦死於兵。」曰：「若苦餒乎？吾羹飯薦若。或沉冥久求度脱，予爲若禮懺。」曰：「皆非所需。有詩一首爲我傳刻，使世知有王生其人耳。」因誦詩，詩清壯多感慨，中一字未叶。旁生欲易之，則持不可。又曰：「鄒先生家梓人方集，得遂附剞劂，幸甚。」旁生曰：「鄒先生家所梓，皆近代文人雜劇小品，入子詩非例。」則再懇。或曰：「今即以子事爲一劇，載詩其中，可乎？」則大喜踴躍而謝。已矍然寤，問：「何所？」言曰：『不知。適出溺，見楊柳間燈影，一年少青衫峩冠，如明子衿服。招我，入即憒，不識所以。』」予問鬼詩，木石已不記，但中有『人世自應留不住』之句。堵生故工填詞，是時方組其事爲小劇數曲，名曰《楊柳燈》。

唐御史李微化爲虎，故人使塞外遇之，忽人語問家人無恙，即以生平文集爲囑。蓋其好名之心，不以虎而變易如此。今王生既死，尚作詩，又必求人梓而傳之，然則鬼亦好名也乎？人世梨棗紛紛，亦奚怪也。予又嘆變亂來，文人才士之兵刃慘罹，而世不知名者多矣。生獨能以其廿年湮鬱之本末，假一詩以自表人間，推其意豈須臾忘溪舟濡血時乎？是可悲也。因即舟中續記之。

鬼神弄人

周元亮言，丁酉夏侯官士人孟堯者，梦見秋榜，己名居首，覺而喜。及試督學，名不在録科數中。乃以數十金請寄，得於遺才中續録，自以爲必售矣。榜發，竟不與。閲五魁名，首曰吴孟，次曰林堯，乃知向所梦見之『孟堯』，蓋吴林兩君之名聯合，誤認以爲己名之『孟堯』也。夫榜首之『孟堯』既兩人矣，奈何聯而合之，入此孟堯之梦中，使之狂喜謬誤，以數十金付之一擲耶？

予又記崇禎庚午歲，邑王君萬逵者，正旦梦見秋榜，榜首之名爲逵，而不顯其姓，心竊喜。是秋，榜發，解元固臨川劉叔雲逵，而王君殿榜。夫王君猶未至大失也，若孟堯者，徒喜而耗數十金者也。

紀黄狀元同名事

同邑有黄典史者，官粤東，梦天榜焉。狀元名姓乃『黄士俊』也。是日舉一子，心大喜，以爲必當應之，遂以『士俊』命名。既長，教之讀書，頑甚，於八股業茫然無所通曉，心自念世安有此等狀元乎？欲輟不讀，則向者之梦果奚爲，姑俟之。及丁未廷試，榜出，狀元黄士俊固粤東人，乃知與己無與，歎息徙業。夫粤東之狀元何與西江之典史，而偏入其梦，又生子以愚之，鬼神之弄人如此。

鬼刃記

同邑八都人饒起白者，富而才，頗爲鄉黨所重。祖中有不肖子三人别居沙坪，日以探丸胠篋爲事。饒氏懼其禍發爲累，一夕聚議執而殺之。不肖子之親屬曰：『饒西源者故健訟，念饒氏惟起白最饒且有力。起白摯，餘無難者。』遂以擅殺誣構於郡，煅煉成獄。

起白念事未易得白，而不堪困辱，因囑家人曰：『我且死，我寔不與殺人事，而某横巇我。我死，必置刀棺中，我得自報之。』遂自經，妻如其言，以一刀殉焉。後二年，西源暮行里中，起白自野圃叢薄間捉刀出曰：『吾爲奴死，何處不覓奴。今安往？』揮刃向其脛間三斫之，西源立悶絶仆地。道旁見者扶掖以歸，始自言狀，僵起，三日竟不勝痛楚死。時崇禎甲戌歲。起白初卒時草草就木，妻爲置刀臂畔。後數歲易棺以葬，其刀錚然在指腕中，握持極固。夏羲叔述。

漢雍州刺史梁緯，以長安令孝直有駿馬，索之不得，因構孝直贓罪，繫之獄。孝直使人告妻曰：『刺史意必殺我，汝輩未能申雪，置紙筆我墓中，將自理。』後五十日，景帝會群臣，孝直於殿前上表訴枉，并條上緯不法二十一事。帝駭異，下詔收緯。獄具，將至孝直墓前斬而祭之。時爲語曰『莫言鬼無聲，孝直訟生人』，與此絶類。但彼以筆，此以刃，彼假手士師，此直自殪之耳。小人之誣陷人而必置之死者，以爲吾患至是絶矣，豈知地下之紙墨其條列更詳，厲魄之戈矛，其鋒芒更銛耶？田蚡以蜚語殺竇嬰、灌夫，不數月蚡病，乃見二人共守殺之。司馬懿既族王陵，其年懿病，見陵爲厲，呼曰：『彦雲緩我。』嗟乎！我殺彼，而欲從彼乞生，豈可得哉？丞相王公之威靈能得之士師，不能得之鬼，起白之刀所謂我行我法，快比彦雲，而捷乃倍孝直者也。

罵鬼記

鄰叟何君，十年前客汀之永安，過一山村，主人家有婦爲鬼所祟，昏臥奄然，延巫師以法符咒驅治之，其出没擾亂固自若也。叟宿外舍，夜半皎月在地，聞隔壁廚中釜甑勃窣，以爲家僮起炊而怪其早。呼之，不應。已而刀几盂缶，滌濯刮戛之聲愈益沸。叟躡履瞰户，悄無燈影，知其爲魅，排扉入，大呼，直薄之。鬼自屋瓦間出，其響獵獵若步履然，殆山猓木客之屬也。是後有方外士教主人曰：『鬼惡罵，罵極必走。』於是其家募善罵者兩人，更迭叫誶，晨夕靡間，極粗惡醜穢之語，至十數日。鬼逡巡沮喪若重有所怍者，遂絶不至，而婦以起。

愚山子曰：自鄧綰有笑罵由他之語，而廉恥道喪。其後雞鳴狗吠、由竇屈膝之徒紛然以繼，雖極天下之污辱，舉世訶詆唾笑至不堪者，彼皆□然，自以爲得計，朝野清議久無所用之矣。鬼昵婦，符禁法制之所不能得者，而以罵去之，其亦猶能知恥也與？子輿氏有言：『無羞惡之心，非人也。』今羞惡之心，乃不在人，在鬼。夫自戰國迄今，其時之相去固已遠矣，其説之相反，不亦宜乎？

賣鬼記

金陵有朱生者，工賣鬼。其術於最深山中，或叢塚間，炙野鳥肉極香餌鬼。使集至，則與約曰：『能從我者食。』鬼輒散去。次夕，復往如是。積久，漸有貪饞不自制者，因遂與食。食既美，鬼亦漸與人狎，稍稍形見。至於踰月，遂戀不復去。於是截小竹寸許，攝鬼入其中，封固，携歸。賂僧道於齋壇受度七次，即能於管中作人語，所到人家，男女名姓、器物藏伏、人事兇吉皆詳曉之。伎術家多買此鬼，置衣領間，耳受口談汪洋神怪，人莫能測，三年而捨之。然其價亦有貴賤，愚鬼識人間事少，價不過十數金。黠者知事多，倍之。至於雅慧通詩文者，絶不多得，價亦數倍。生素樸誠，買鬼者争造其家，今其術多傳之者。

愚山子曰：以鬼之幻渺忽閃，而一念貪着，遂爲寸管所制，况於人乎？天下謀食之徑甚多，而生獨至賣鬼，然其價之豐嗇，視其所遇，弗可强焉。嗟乎！豈非數哉？雖然，非愚，鬼固不肯以一飽之故梏其身云。

獨脚鬼記

天啟中，維揚某孝廉者，與邑令交厚。有窶人子以事忤富商，商持梃搏之，中膝折骨死。其家訟於官，商懼，以數百金託孝廉關説，得免究。踰月，孝廉坐書室，見一獨脚鬼導數持符隸跳而至。攝去至一大府，主者呼入。獨脚鬼上訴，主者索籍細閲，取筆涂注。良久，謂鬼曰：『此事當置獄，但此人當爲翰林，官且徐之。然其禄壽緣此削奪半矣。』於是，隸復推孝廉出，一蹶而寤。未幾，孝廉登進士，館選爲翰林。居京師，一日晝坐，又見前持符隸至，而獨脚鬼爲導。大驚曰：『吾命畢矣。』亟集家人訣别，是夜竟死。泰州通家兄徐子虚爲予道。

操梃以折足者，商也。而獨脚鬼之怨，偏在孝廉，何也？商固殺己，尚無必死之心，而抑己之冤，使不得白者，孝廉也。出人之罪如此，則入人罪者，又不可知矣。數百金之利幾何，而窶子之恨，終不可釋。既已損削禄算，而末後置對，且不知置之何地，孝廉可恃乎？翰林可恃乎？

愚山子曰：後之遊四方者，遇請託金至慎之，恐其中有獨脚鬼存，不可犯也。

鬼請梨園

嘉興有優人，頗得名。忽舟迎焉，言湖州嚴尚書招演戲。日既昏矣，食頃至一處，華屋豐饌，燭光下冠蓋揖孫，皆香山緑野之老也。即席召首優曰：『知爾輩技精，然老人衰態，不欲聞金鼓。』優拜，命謹劇。甫半，一優聞隔窗呼聲，念巨室不應庖湢之近。窺之，見灶養廚卒并鬎軀朱髪，鸞刀縷割，多是死人頭足。駭甚，密報同輩，隙瞰，皆如之。憂怖罔措，因相約金鼓鎧伏，作戰伐聲以出。座客皆走，燭亦尋滅。仰見星光盈漢，身在長林古墓之下。藉草待旦，蟻出夜來所食，并是人肉，却視此墓，乃嚴尚書神道，即永樂中司農嚴公震直者也。

此事與予所紀綏安西山怪極似，而無錫邑誌亦載樟廟神請梨園，相與彷彿。然則鬼神遊戲之事，世固時有之也。獨笑朝紳貴客豈無他食，乃臠人肉而甘之？豈積習然耶？抑走空撇白之鬼，假尚書之靈以詐優輩耶？嚴名臣也，怯金鼓而嗜人肉，我決其無是也。

鬼招傀儡

予鄉鯉湖有工傀儡之戲者，一夕有人請去。至堂中，宛有佳客，饌設甚盛，搬演極久，而主人酣坐不散，更端命曲。工怪夜長，又神思昏惘，有異他日。因意傀儡中有太白星官者，俗呼『戲祖』，可以辟魅。試裝飾而出，則坐客颯然皆滅，工亦如梦忽醒，但見古樹蒼鬱，曦光斜映，傀儡皆掛樹枝間，綫索糾結。而村旁人夜聞林間金鼓嘈嘈，若有光影，疑爲師巫禳祓。比旦復然蹤跡而至，見林間木偶纍纍。工方提解，爲大譁笑。傳子瀛賓，鯉湖人也，讀予《鬼梨園記》，并述之。

論曰：梨園，幻也，以傀儡代梨園，又幻也。鬼請客而演傀儡之劇，觴於荒坵，臺於灌木，又幻之幻也。工當日倖不終迷者，惟太白星官，然亦幸而逢癡鬼耳。如使黠者，星官亦木偶而已，誰復畏之哉？然以幻攝幻，則木偶星官之可以嚇鬼也，亦宜。

鬼赴訊記

戊寅己卯間，王子房漢令高平，有聲。一村老有女，爲魅所據，具狀控縣。子房輒差隸往攝，曰：『必有以報，不者責。』隸不得已，持符市香楮，於其村社廟焚而禱之。良久，空中有聲，曰：『若爲我來乎？若行，吾且隨若。』隸喜過望，於路叩問，輒隨應，但不見其形狀，因遂與俱，詣縣繳票。子房曰：『被犯安在？』隸曰：『偕至矣。』遂漫呼空中，又輒應。於是，子房爲置對，責以無禮。鬼曰：『某曾納聘三十金，非敢亂也。』翁曰：『無之。』鬼爭曰：『見藏其家某所地下，安得無？』遣隸還取，掘土尺許，果得金如數。子房知其狡餙，怒責之，諭令改過。鬼諾諾而去，自是遂不復至。

古未有訟鬼者，而又勾之，又輒得之。村老之愚，子房之嚴，鬼之奉法，俱千古矣。昌黎曰：鬼無聲。今之訊者非乎？夫令苟賢，鬼猶可治，何有治人耶！

城門鬼火記

戊戌春，高平有二客就宿城中旅店。次早，一客刃死於牀，一不見，地方聞縣。縣拘店主窮詰，無他狀。別遣隸四出捕賊，并茫然不知所向。

正鬧間，有一少年意色倉皇，若有急者，尋竄入神廟中，伏不出。衆隸執之，則夜刃傷宿客者也。鞫之，自言：『偶爾同伴，利其槖中十數金，遂殺之，非有他怨。』問：『何以伏此？』曰：『早起到城門，門間各有獰鬼遮截，不得出。又空中有火，向身燒逼，處處皆是，無可避匿。最後聞廟中有呼其名者，因遂漫入，不意爲衆所覺。自知罪重，願就死。』送縣抵辟，斃獄中。

噫！城門安得鬼？自殺人者過之，則皆鬼也。空中安得火？自殺人者視之，則皆火也。神廟中安得人？自殺人者聽之，則遂有人名呼之也。苟爲不善，安所逃於天地之間，悲哉！

鬼拜鐘聲

江州文用昭德翼言，其司理嘉興時，屬邑羅令炌述其鄉有屠子夜行過早，至林莽僻絶處，瞥有一鬼。其高踰丈，狀貌粗狠，欻來逼逐，屠自以爲不免。忽野寺鐘鳴始一敲，鬼即捨之而跪。已連再敲，鬼即連再跪。屠行已遠，而患遂脱。吾不知鬼逐屠之何所怒也，聞鐘而拜之何所懾，而又將何求也。獨獰莫若鬼，而觸忿釋戾，五更鐘能入之，而世之鼾酣者盡是也，誰其聞之，而况能禮之乎？

鬼攻城

戊子己丑間，楚黄安縣每薄暮，即有鬼兵前來攻城，聲影洶洶。或遂踰垣毁瓦以進，觸之者，人畜立斃。城中無策，每當日落，輒聚衆登城，鳴鉦發礮，如迎敵然，乃暫退去。如是經歲，後於四城門外，各延高僧筑壇禮懺，設供七日，始漸銷歇。聞黄安近城多山寨，義師屯駐其間，後爲城中擊破，殺戮甚慘，故爲厲如此。

鬼請梨園

丁酉春，建寧縣之西鄉，有梨園子十數人寓焉，聲容并美，遠近傾動。一日薄暮，有青衣猝至，云其大家賓客夜宴，可即偕往，許酬金甚厚。梨園度不可却，因尾之。貿貿行山谷中約十餘里，至一村聚，有巨室焉。高臺豫結，即令登演。中堂有數嚴賓，共方酹酌，設饌甚盛。梨園久之，私念此鄉鎮大姓，而觀場者寂無一人，何也？因復注視，覺座上客及左右僮僕面目黧醜，多不似人，心疑以爲鬼物，而未敢發。乃共密計，以三壯士峩冠雄服仗劍，若世所繪鐘馗狀，大譟而出，欲以試之。既出，則堂上燈燭一時盡滅，昏無所見，惟聞衣履勃踤。三人震眩幾絶，騈肩屏息以俟，及辨色，諦視則在高崖絶谷中，古木森翳，闃無人跡。夜來袍帽等物皆掛樹枝間，同伴諸人亦不復見，惟三鐘馗存耳。緣崖行十數里，始得徑，問人，云是極西深山，從少人到此中，妖魅極多，後遍訪同輩，終不復有踪影。零落而歸，此梨園皆撫郡人，道過予里，酒肆中流涕訴及，竟不知何怪也。

今天下梨園子之貴盛極矣，得如是主人摧挫之，亦極快事，然鐘馗一出，而燭滅魅絶者，何也？豈鐘馗之神爲真有乎？不然，則鬼亦可欺耶。予聞之鄰人，浙中有工傀儡戲者，一夕爲鬼所召，偶演仙劇，出一白頭星官而鬼散。比曉，傀儡皆在樹間，略與此類。今其人尚存，然則歌舞熱鬧之場，不但人喜，鬼亦喜也。

鬼搏地師

溧陽戴生，習堪輿，寓金陵某庵。辛丑十月，爲人卜一地。發之，得大鏡，蓋古塚也。生意欲掩之，而重違主人意，黽勉終事。是夜，生還庵，即見一偉丈夫峩冠朱衣，直前捽己而搏。號僧起救，至則一無所見，然煏熗之聲，終夜不解，遂大病，病中時見此人前來苦己。今已六七月，尚僵卧不能起，兩目皆瞽。延醫療治，迄無效。僧亦苦此事，與同里熊瑞芝言其狀。

按生之發塚原非有心，但不能斷而棄之，遂至忍所不忍，而塚中人之抱恨如此。世之營求故家大族先世之舊塚，以葬其親，希福子孫者，可以警矣。而堪輿先生，益可監矣。

予又按，宋開寶中尚書錢元炳妻丘氏卒，卜兆報恩院側之古松林，發之，得古墓，柩已成灰，惟骸骨在石上，長踰丈。西畔一古劍已碎，惟餘大玉環。靶亦玉刻，爲合抱芙蓉，炳心欲之。自躍下，忽一黑蜂大如毬子，從劍下飛出，螫炳右眉。立悶倒，頭大如斛，舆還而卒。翌日，其子知玄夢一古丈夫長丈餘，握大劍，披魚鱗甲，前語曰：『我帝堯時繇余氏也，同禹理水，以功封吴，卒葬於此。汝父開吾石板，固已非義，而輒欲奪吾劍，過孰大焉？今雖擊死，然隸吾籍中，且無深念。』

夫自堯至宋開寶，已數千年，精爽所依，利其劍者，必殺之不赦，况其藏可得而奪乎？又况其近者乎？僧與瑞芝言，我不信天下有此奇鬼，其熖熯中夜時，何減生人猛烈。予笑曰：生尚幸而遇鬼之文懦循規格者，乃用老拳從事，使逢鱗甲丈夫，遣一黑蜂子，死戴生在彈爪間耳，奚煩終夜熖熯力哉！

稀見筆記叢刊

已出版

猗園 〔明〕錢希言 著

鬼董 〔宋〕佚名 著　夜航船 〔清〕破額山人 著

妄妄録 〔清〕朱海 著

古禾雜識 〔清〕項映薇 著　鐙窗瑣話 〔清〕于源 著

續耳譚 〔明〕劉忭等 同撰

集異新抄 〔明〕佚名 著 〔清〕李振青 抄　高辛硯齋雜著 〔清〕俞鳳翰 撰

翼駉稗編 〔清〕湯用中 著

簷廊瑣記 〔清〕王守毅 著

風世類編 〔明〕程時用 撰　闇然堂類纂 〔明〕潘士藻 撰

新鐫金像評釋古今清談萬選 〔明〕泰華山人 編選

疑耀 〔明〕張萱 撰

退庵隨筆 〔清〕梁章鉅 編

述異記 〔清〕東軒主人 撰　鸝砭軒質言 〔清〕戴蓮芬 撰

仙媛紀事 〔明〕楊爾曾 輯

狐媚叢談 〔明〕憑虛子 編

藏山稿外編 〔清〕徐芳 著

即將出版

在野邇言 〔清〕王嘉楨 撰　薫蕕并載 〔清〕王昺 撰

魏塘紀勝・續 〔清〕曹廷棟 著　東畬雜記 附 幽湖百詠 〔清〕沈廷瑞 著　鴛鴦湖小志 〔民國〕陶元鏞 輯

見聞隨筆 〔清〕齊學裘 撰

見聞續筆 〔清〕齊學裘 撰

松蔭庵漫録 〔民國〕尊聞閣主 輯